诗经研究丛刊

第三十三辑

（第十四届诗经国际学术研讨会论文集）

中国诗经学会
河北师范大学 合办

学苑出版社

图书在版编目（CIP）数据

诗经研究丛刊. 第三十三辑／中国诗经学会，河北师范大学合办. —北京：学苑出版社，2023.7
ISBN 978-7-5077-6689-9

Ⅰ.①诗… Ⅱ.①中…②河… Ⅲ.①《诗经》-诗歌研究-丛刊 Ⅳ.①I207.222-55

中国国家版本馆 CIP 数据核字（2023）第 104686 号

责任编辑：战葆红　李蕊沁
出版发行：学苑出版社
社　　址：北京市丰台区南方庄 2 号院 1 号楼　100079
网　　址：www.book001.com
电子信箱：xueyuanpress@163.com
联系电话：010-67601101（营销部）　010-67603091（总编室）
印 刷 厂：北京建宏印刷有限公司
开本尺寸：880 mm×1230 mm　1/32
字　　数：202 千字
印　　张：8.125
版　　次：2023 年 7 月第 1 版
印　　次：2023 年 7 月第 1 次印刷
定　　价：100.00 元

编委会

主　　编　王长华
编　　委　(以姓氏笔画为序)
　　　　　王长华　　　　王洲明
　　　　　向　熹　　　　刘毓庆
　　　　　李　山　　　　林庆彰(中国台湾)
　　　　　邵炳军　　　　赵逵夫
　　　　　赵敏俐　　　　郭　杰
　　　　　韩高年　　　　廖　群

目　录

学术史研究

方苞《朱子诗义补正》与清代"以理说诗"的衰亡…… 于　浩　1

《诗经》文本批评的范例
　　——方玉润《诗经原始》的诗学价值………… 毛宣国　24

为《诗》一辩
　　——古史辨派与中国《诗经》学的现代转型……… 郭明浩　53

专题研究

关于《诗序》研究的新思考………………………… 王承略　74
《韩诗外传》生成论略……………………………… 房瑞丽　85
"诗"证义考………………………………………… 赵棚鸽　97
民俗文化视野中对"郑风淫""郑卫之音"的再认识… 徐瑛子　112
《诗经》无"楚风"与上古"省风"制度和周代地缘政治
　……………………………………………………… 曾　浪　127
从《诗》篇看西周时期饮酒礼的演变……………… 张晓宇　144
"关关雎鸠"阐释分歧的形成及相关新进展
　　——兼考"周南"之地域范围………………… 张中宇　155
《诗·召南·鹊巢》为庆贺徐与齐联姻考………… 李治中　167

《诗·定之方中》"騋牝三千"旧解新证……………… 瞿林江 183
张衡《思玄赋》用《诗》考论…………………………… 任树民 195
清代《诗》类文字游艺述论……………………………… 刘立志 226
高侪鹤《诗经图谱慧解》图像析论……………………… 孟　荣 239

学术史研究

方苞《朱子诗义补正》与清代"以理说诗"的衰亡

南昌大学国际研究院　于浩

清代初年的经学研究呈现的是一种复杂的面貌,后来蔚为大观的考据之学尚未兴盛,但风气云集,渐成气候。学者对朱子之说已有一些怀疑,但大多仍从程朱之学中吸收营养,并从朱子一贯之说中弥补理学自身之不足和王学弊端,转而倡导综核与博通。康熙中期以后,屡屡表彰朱子,但引导学臣研究实学而非义理,因此在尊朱一派学者那里产生了难以回避的矛盾:朱子能否批评?若能,又该如何批评?他们一方面以维护朱子者自居,一方面也试图在朱子的基础上加以阐释和修正。但他们难以逾越清朝官方所限定的藩篱,也难以在义理上对朱子有真正的超越,因之考据学大兴后这些学者的经学著作多不被重视。方苞(1668—1749)《朱子诗义补正》一书就是如此,这位在后世以古文辞和桐城派开创者著称的学者,其实颇长于经学,张舜徽先生曾评价说:"苞寝馈宋元经说为尤深,故揭橥大义,每多自得之言。此固清初诸儒治经风尚如此,与后来专事考订名物训诂者异趣也。"①这种"异趣"即显示了学术风气的转移。方苞不仅有《周官集注》《周官析疑》《仪礼析疑》《礼记析疑》等数部经学专著,且主持乾隆朝《钦定三礼义疏》

---

① 张舜徽:《清人文集别录》,北京:中华书局,1963年,第106页。

的编撰,在清前期颇以经学见重。但《四库全书总目》对其经学著作已渐有不少微词,后世考据学者亦对其学有讥评。这种既符合清廷主导思想、又属理学名臣的经学研究何以在生前身后有不同的评价,值得我们思考。《朱子诗义补正》正显示了清代学风转变这一过程,可以给予我们部分的回答。其中包括方苞对朱熹的态度,面对汉学挑战时的反应,以及他在理学范畴内努力尝试有所突破等等,均值得进一步考察。本文即以《朱子诗义补正》为视角,讨论清代方苞《诗经》学的得失以及"以理说诗"的矛盾与困境。

一、《朱子诗义补正》成书时间及其相关问题

《朱子诗义补正》(后文简称《补正》)的成书时间较为复杂。因《补正》一书为方苞早年之作,生前没有刻本,至乾隆三十二年(1767)才由其弟子刊行,亦未被收入《四库全书》中。其撰写时间,据方苞弟子程崟给《仪礼析疑》所作的序中说:"(方苞)年三十以前,有《读尚书偶笔》《读易偶笔》《朱子诗说补正》。"①苏惇元辑《方望溪年谱》亦承此说。② 此说有疑问,因《补正》中有引其兄方舟之语,称"先兄",可见撰《补正》时方舟已去世,方舟去世在康熙四十年(1701),方苞时年三十三岁。又书中常引李光地语,李光地《诗所》成书于康熙五十八年(1719)③。不过细加考证,《补正》一书不会完成于如是之晚,详见下文。此书可能是方苞三十岁以前

---

① (清)方苞:《仪礼析疑》卷首,清嘉庆抗希堂十六种本,第32册。
② (清)方苞:《望溪先生全集》,《清代诗文集汇编》第222册,上海:上海古籍出版社,2010年,第444页。
③ 陈万策:《诗所后序》,《近道斋集》卷二,《清代诗文集汇编》第220册,第85页。

即开始撰写,故其弟子有"三十以前"之说,后陆续有所增订,包括增补了亡兄的意见,非一时完成之作。

关于《补正》成书最直接的材料来自方苞本人,其《答刘拙修书》与《再与刘拙修书》均提到此书。《答刘拙修书》云:"承示冯君《诗》说,命质其言当否?想因仆于朱子诗说有所补正,恐其异趋,故以试之,此吾兄盛心也。"①从信件内容看,正是因方苞《补正》(从此信和程崟记载看,《朱子诗义补正》在方苞生前当名为《朱子诗说补正》,刊刻时为弟子单作哲改为今名)已颇为友人所知,刘拙修才将冯班诗说给方苞看。刘拙修即方苞好友刘岩,字大山,有《匪莪堂文集》存世。刘岩在康熙五十二年(1713)与方苞同受《南山集》案牵连,最后发配至新疆,卒于康熙五十五年(1716)。②可知《补正》成书不可能晚于康熙五十二年。方苞与刘岩在康熙四十四年(1705)前后交往最为密切,此信很可能写于这一时期。是故大约在方苞三十七岁前后,《补正》已经成书,并为当时学者所知。

然而,又如何解释《补正》引及李光地之说?其实很简单,即方苞所引李光地语非出自李光地在康熙五十八年成书的《诗所》。详细对比二书即可看出问题。《补正》全书未出现《诗所》之名,仅云"李光地曰",所引共有二十六处,其中十三处与《诗所》相同,但另一半则不尽相同,有些是文字上的差异,有些则意义都有不同,还有不见于《诗所》者。如《杕杜》一诗,《补正》引文云:"李光地曰:观《东山》《采薇》《出车》皆眷眷于征人道路之艰辛,室家之离别;

---

① (清)方苞:《方苞集·集外文》卷五,上海:上海古籍出版社,2009年,第659—660页。《再与刘拙修书》,《方苞集》卷六,第174—176页。

② (清)吴椐:《刘大山先生传》,《匪莪堂文集》卷首,《清人诗文集汇编》第198册,第63—64页;何冠彪:《戴名世研究》,台北:稻乡出版社,1988年,第20、279页。

《杕杜》则并探其父母之忧思，皆圣人所以体天地之心也。至宣王诸诗，徒侈其盛威于中国，而此意微矣。"①此条引文，仅最后一句"至宣王诸诗，徒侈其盛威于中国，而此意微矣"见于《诗所》，而"观《东山》《采薇》"至"所以体天地之心也"，均不见于《诗所》。

又如《鹊巢》，《补正》引文作："李光地曰：鹊之有巢，兴夫人之有家也；鸠居而盈之，兴诸娣之相从也。"②《诗所》则作："巢者，鹊之巢也，鸠且居而有之，至于盈焉。家者，夫人之家也，诸娣从之，而亦将以为家矣。"③虽意义相同，而文辞不同，显然《诗所》文字更为精练，并非《补正》简单省减《诗所》之文。还有《采绿》一诗，《补正》引李光地语与《诗所》表面上似是文字小异，细考察之可发现二说意义截然不同，《补正》引文说：

> 李光地曰：此诗以为妇人念其君子，则意味甚浅，盖刺居位而怠其职事者。故言终朝所采无几，而已托言归沐矣，或期以五日，而六日不见其来矣。狩则韔其弓而不张，钓则缗其绳而不下，而问所欲钓，则鲂鱮也，观者咸料其无成，而不自警省，可乎？④

"盖刺居位而怠其职事者"这句，《诗所》作"盖刺人之欲有为，

---

① （清）方苞：《朱子诗义补正》，《续修四库全书》第62册，上海：上海古籍出版社，1995年，第431页。

② （清）方苞：《朱子诗义补正》，《续修四库全书》第62册，上海：上海古籍出版社，1995年，第399页。

③ （清）李光地，陈祖武点校：《诗所》，《榕村全书》第2册，福州：福建人民出版社，2013年，第145页。

④ （清）方苞：《朱子诗义补正》，《续修四库全书》第62册，上海：上海古籍出版社，1995年，第454页。

而不敏于事者",二者意义实有不同,居位怠其事者,是主观上荒怠职事;"人欲有为而不敏",是主观上并不荒怠,只是在执行上"不敏于事"。至于此诗所指,《补正》所引李光地的意见认为是"观者咸料其无成,而不自警省可乎",认为"薄言观者"这句诗的意思是观者都预料其不能有所成,故足以自警。而《诗所》则说:"然薄言观之而已,未尝一投竿施饵焉,则亦所谓临渊羡鱼者耳。虽未知所讽,然其取譬,则警人者至深切也。"①这里观之者变成了临渊羡鱼者,他们只是旁观,却未真正去尝试,较之诗中主人公甚或不如,因此此诗之基调,也由自警变成了警诫他人。

  由上所举证据可见,《补正》中所引李光地语与《诗所》的差异,显示其并非方苞对《诗所》的省减和节引,而是有其他来源。古人著书,往往非成于一时,在刊刻之前,常以抄本形态流传于师友之间,《补正》一书即是如此,方苞生前未曾刊刻,但其好友弟子均知有此书,当是先以抄本流传。李光地的《诗》说也属于这种情况,我们在其文集中还能看到一些线索。李光地晚年曾到鳌峰书院讲学,其内容经李氏弟子整理后收入《榕村全集》中。今《榕村全集》卷十八《杂著一》之《关雎》条、卷二十三《鳌峰讲义一》之关于《诗经》的十一条,内容均与《诗所》大同小异。② 可见在《诗所》撰写之前,李光地已有《诗》说流传,或者很可能有《诗》学著作的底稿。因为《诗所》于康熙五十六年(1717)冬开始撰写,第二年春即告完成,前后不过两个多月的时间。此时已是李光地生命最后一年,不仅

---

① (清)李光地,陈祖武点校:《诗所》,见《榕村全书》第 2 册,福州:福建人民出版社,2013 年,第 324 页。

② (清)李光地:《榕村全集》卷十八,《榕村全书》第 8 册,第 448 页;《鳌峰讲义》,《榕村全书》第 9 册,第 62—69 页。

健康状况极差,而且还在奉命看阅《书》《诗》《春秋》三部《钦定汇纂》①,以常理推断,是很难在很短的时间内完成《诗所》一书的。故很可能是李光地此前已有较成熟的《诗》学底稿,去世前对旧稿进行修订和整理,并名之曰《诗所》。

李光地有《诗》学旧稿,除了方苞《补正》的证据外,还可以从何焯《义门读书记》中看到类似的例子。何焯为李光地弟子,其《义门读书记》中有关《诗经》部分,引李光地说甚多,亦多不与《诗所》同。这应是与方苞《补正》中出现的情况相同,二人均非引李光地后来写定的《诗所》。后人多不明此,常误以为《补正》所引李光地语即为《诗所》中语。如胡承珙《毛诗后笺》就曾犯此错误,其释《采芑》一诗引李光地说云:"李氏《诗所》云:观《东山》《采薇》《出车》皆眷眷于征人道路之艰辛,室家之离别,《杕杜》则并探其父母之忧思,皆圣人所以体天地之心也。至宣王诸诗,徒侈其盛威于中国,而此意微矣。"②应该是采自《补正》,《诗所》中并无这段话。

更重要的是,康熙晚年官修的《钦定诗经传说汇纂》采录了方苞《补正》中不少意见,《汇纂》有十条按语直接抄自《补正》,关于二者的对比分析,下文还会论及。由于《汇纂》不取当时人之著作,故采录《补正》时并未指出方苞之名,之所以能知道是《补正》在前《汇纂》在后而不是相反,是因其中有两条,《汇纂》称"后儒以为",此"后儒"显然就是方苞。《钦定诗经传说汇纂》编定在康熙五十七年(1718),在李光地《诗所》成书以前,从这一点也可知《朱子诗义补正》中所引李光地语绝非来自《诗所》。

---

① (清)李清馥纂辑:《榕村谱录合考》,《榕村全书》第10册,第328页。
② (清)胡承珙,郭全芝点校:《毛诗后笺》卷十七,合肥:黄山书社,1999年,第865—866页。

二、指事类情:方苞说《诗》立场及其特点

在《诗经》的诠释上,方苞极为维护朱子的权威,他给刘岩的信中不仅批评了吴中学者反朱的态度,而且反复申辩自己的《补正》是"用朱子说《诗》中之意义,以补其所未及,正其所未安,非敢背驰而求以自异",并强调自己"所承用,皆朱子之意义",正如朱熹未尝不更定程子之说,但所承用的也都是程子之意义。① 从《补正》的实际内容看,方苞对朱子《诗》说其实做了比较多的修正,也有与朱子绝不相同者,但在方苞看来,这并非对朱子的背离。因为方苞认为其所用观念与方法,均是以"理"为中心,虽然与朱熹《诗集传》有所不同,但在理学的范畴内,因此并不背离朱子,相反是有所继承和发扬(所谓"承用")。

在《补正》里,方苞最为显著的特征是将理学的概念与范畴施之于对诗篇的解读,尤其重视理欲之辨和礼法对人心的作用。方苞承认人有私情私欲,但私情私欲需要符合于天理,否则易走入淫佚,天理在人间秩序中的体现就是礼。他解释《樛木》诗说:"后夫人之于众妾,常恐其上陵,而思有以限隔之。众妾之于后夫人,预料其妒己,而思所以曲避之。此恒情也。樛木下逮,葛藟上附,缠绵固结而不可解,如此,非尽乎天理之极而无一毫人欲之私不能也。"后妃限隔众妾、众妾曲避后妃,这都是正常的人情,破除这种限隔和曲避,需要尽乎天理之极,无一毫人欲之私。如何践行"天

---

① (清)方苞:《方苞集》,上海:上海古籍出版社,2009年,第175—176、660页。

理"？就是通过"礼"。① 方苞非常重视礼的作用，他在《葛覃》诗的解释中就强调古之礼可以"养廉耻、禁狎昵"，进一步则"人同此心，心同此理，所谋一于天理，则辞必辑，民必协和；所谋即乎人心，则辞必怿，民必安定"。《诗》的功能和礼相近，因为《诗》中尽可能地展现出了遵循古礼和不遵循古礼所遭致的后果。方苞在《补正》中指出《楚茨》《信南山》《甫田》《大田》描写的正是公刘迁豳，能够"立君宗，定田赋"，"其后宗庙之器渐备，礼仪益详"，故能逐渐壮大。解《江汉》之说则认为宣王后期不能用古礼，"不籍千亩，料民太原"，致使国家日益衰亡。

对于国风中的"淫诗"，方苞也从同样的角度进行解读，认为淫诗的多寡，与国家兵祸之疏数相符："稽之春秋，中原建国，兵祸结连，莫剧于陈、郑，卫次之，宋又次之，而淫诗惟三国为多。以此知天恶淫人，不惟其君以此败国亡身殒嗣，其民夫妇男女亦死亡危急，焦然无宁岁也。"②淫诗所体现的是国君和民夫妇皆弃礼废俗，所以招致的后果也极为剧烈。显然，方苞对《诗》的解说更注重诗在人伦道德等方面的教化功能，这与他所说"诗之用，主于吟咏性情，而其效则足以厚人伦、美教化。盖古之忠臣、孝子、劳人、思妇，其境足以发其言，其言足以感动人之善心，故先王著为教焉"③是相一致的。

《四库全书总目》评价方苞说经之文的特点是"指事类情"④，

---

① 丁亚杰：《生活世界与经典诠释：方苞经学研究》，台北：学生书局，2010年，第124—126页。

② （清）方苞：《朱子诗义补正》，《续修四库全书》第62册，上海：上海古籍出版社，1995年，第402页。

③ （清）方苞：《徐司空诗集序》，《方苞集·集外文》卷四，上海：上海古籍出版社，2009年，第605页。

④ 《四库全书总目》卷一七三，北京：中华书局，1965年，第1528页。

《朱子诗义补正》也体现了这种特点,所谓"类情",即上文将所举方苞释诗往往比附于性情天理之说;"指事",是指方苞深入历史语境来解说诗篇,丁亚杰曾敏锐地指出方苞在朱子《诗》说的基础上"增补并推论了甚多的情境,但这些情境并不在作品中",又常"延伸诗作的历史时间,将文本所指涉的对象,论其行事,对照前后异同,以为后世法戒"①。所谓"情境""论其行事",就是方苞的"指事"。比如《葛覃》一诗,方苞云:"礼经止载后夫人躬桑。观此诗,则知凡百妇功无不亲执。所以内事治而女教章也。古者夫妇之礼甚谨,妇之于夫,夫之于妇,有不自言而使人将命者,所以养廉耻、禁狎昵也。妻将生子,夫出居侧室,使人日一问之。女子归宁,使师氏告于君子。闺门之内,俨若严宾。所为起教于微眇者,其意深矣。"就《葛覃》诗旨,朱熹只说能见后妃贵而能勤、富而能俭、成长后仍能尊敬师父、出嫁后仍能孝顺父母,但方苞将礼作载生子、归宁等具体礼仪行事置于其中,意在申说内事治而女教章、闺门之内俨若宾之"理"。

  以"礼""事"与"理"结合来解读诗旨,方苞对朱子之说也颇有修正,如《有女同车》诗,方苞云:"《集传》谓与所奔之男子同车,非也。玩其辞意,乃见车中之女而慕悦之,绝无既得所欲而挟以同车之意。《序》谓国人追咎郑忽失婚于齐,义似有著。曰有女同车者,国君嫁女,必以侄娣从,如华如英,乃想象之辞,烂其盈门之类也;将翱将翔,佩玉琼琚,言孟姜将与同车之女,翱翔佩玉而来归也;德音不忘,忽虽辞婚,而齐侯爱忽亲郑之德音,则不可忘也。所以志忽失大援,以致丧位陨身之意,隐然可思。若以为男女同车以奔,则将翱将翔、德音不忘,义皆无处。"方苞反而认同《序》说,因为他

---

① 丁亚杰:《生活世界与经典诠释:方苞经学研究》,台北:学生书局,2010年,第116—118页。

以"既得所欲而挟以同车"是不符合礼的,若以公子忽失去外援,更能体现将翱将翔、德音不忘之理。从这里也可以看到,方苞自认为尽管他有不同于朱子之处,仍是承用其意的理由,是方苞始终在理学的范畴下对诗义进行解读,他认为这是不违背朱子之道的。

三、"理"胜于诗:方苞以理说诗的矛盾与弊端

由上可见,方苞尝试在理学的框架下对朱子解说之不足进行弥缝、补充,用"类情""指事"的方式,诗义更切近于事理,由此也提出了不同于朱子的解释。然而,这种方法带来诠释上的不少问题。比如方苞既以理学框架来解读诗义,那么他反复所倡之"礼"就不是真正的"古礼",而是后来理学所规定的礼,由此出现了很多由今礼来解读诗篇的现象,这种解读就不免附会,难以令人信服。如《摽有梅》诗,方苞认为:"女子之嫁也,行不辞戒不诺,所以远耻,至曰'迨其谓之',抑甚矣。当为求贤之诗。世乱则人材凋丧,如果实剥落,存者日稀。迨其吉兮,必吉士乃能劻相国家也;迨其今兮,恐后时也;迨其谓之,欲其相招而朋至也。"①方苞以一种绝对的道德主义,强调女子寻夫家,应守礼仪,保持矜持和含蓄,所谓"行不辞戒不诺",他认为诗中"殆其谓之、迨其今兮"等句,若是女子之言则太过分,故转而认为是求贤之诗。后世对于女子的道德要求显然不能应用在《诗经》的时代,方苞对这首诗的解释不仅有先入之见,并导致他对"迨其吉兮"等句的解释也颇牵强附会,"迨其吉兮""迨其今兮",按《诗经》句例,"吉"和"今"词性当相同,今即今日,

---

① (清)方苞:《朱子诗义补正》,《续修四库全书》第62册,上海:上海古籍出版社,1995年,第400页。

吉就是吉日,不能解释为"吉士"。类似的例子还有很多,如方苞解释《邶风·柏舟》说:"倚兄弟以抗其夫,非礼也;愬于兄弟而反见怒,非情也。盖谓女兄弟耳。娣,女弟也。"①他站在"情"与"礼"的高度,认为《柏舟》中的女子不可能倚兄弟以抗其夫,也不会愬于兄弟而反见怒,与是将"亦有兄弟"解释为女兄弟,更难以令人信服。

面对淫诗说时,方苞的解释也同样充满矛盾。上文提到过方苞认为淫诗的多寡与兵祸的疏数相符,但他自己也发现"郑风淫诗最多,何以郑之亡要后于陈,卫之亡后于宋?"于是解释道:"郑之淫风,盛于下而未及其上,卫有康叔武公之遗德,虽至季世,犹多君子。国于天地,必有与立,或同始而异终,或将倾而复植,岂可以一端尽哉。故曰天命无常,一以人事悬衡,则知其终无爽忒矣。"②最后只能归结为天命无常,在逻辑上难以自洽。

方苞既重视《诗经》的惩戒功能,为了给"淫诗"何以存于《诗经》而未被孔子所删一个合理的解释,他结合诗之惩戒,在《补正》的开篇就郑重说明:"郑、卫、齐、陈之奸声污人口耳,而具列之,使有国者见之,惕然于便私从欲、有家不闲,如卫宣、齐襄、陈灵、鲁桓,既已败国殒身,灭世绝嗣。即中君承弊,政教不修,民有桑间濮上之风,则国之灭亡无日,而自上以下,凡有人心者,皆知辨之不早,其末流遂至此极也。所以警发昏愚,砥维世教,视陈雅颂之音而尤切矣。"③在这里,方苞认为淫诗之存可以警发昏愚、砥维世教,故淫诗存在有其合理与正当性。然而在后文中,方苞却又往往辨

---

① (清)方苞:《朱子诗义补正》,《续修四库全书》第62册,上海:上海古籍出版社,1995年,第403页。
② (清)方苞:《朱子诗义补正》,《续修四库全书》第62册,上海:上海古籍出版社,1995年,第403页。
③ (清)方苞:《朱子诗义补正》,《续修四库全书》第62册,上海:上海古籍出版社,1995年,第395页。

析那些诗篇并非"淫诗",如上文所举《有女同车》,方苞认为是刺公子忽;又如《山有扶苏》,认为是国君好谗慝顽童,致使贤才伏匿之诗;《狡童》为"同僚治事于公所,必常会食,此必心怀嫉恶,而易期以相避"之诗;《风雨》用汉儒旧说,《扬之水》亦不同意其是"淫诗"。这样就与《补正》开篇义正词严的那段话自相矛盾。

方苞自己也意识到了这一点,其后又努力加以弥缝,如论《齐风》,认为"齐之立国能强,由其民习于武节,而其后篡弑窃国之衅,皆由女宠。其诗十篇,二篇为游田,六为男女之乱,而冠以古贤妃之警其君。盖齐之所以始终者具此矣"①。将齐国之亡归结为女宠,并认为这样体现了孔子删诗之旨。这是强行呼应自己开篇的立论,也是其"指事类情"说诗方法的极端体现。

由上可见,方苞的解释不可避免地陷入逻辑难以自洽的境地,究其原因,是"理"胜于诗。方苞以理学范畴内的礼欲性情观念去衡量《诗经》,哪怕是对诗之本事的解读,也更倾向于道德与政治训诫。带着这样的立场,虽然方苞自认是对朱熹的承用,但其实在解释上已大大缩减了《诗经》的文化意蕴。过于强调"惩劝""教化"和追求理之大义,对诗的解读也难免出现不近人情甚至虚伪的地方,如方苞解释《小雅·杕杜》"忧我父母"时说:"国风所载妇人思其君子,不过室家之情,男女之思而已。此诗则曰'忧我父母',而不及其私,则所见者愈大,而所忧者愈切矣。以舅姑之忧为忧,则所以体君子之心,而代其子职者可知。以劳还役而及此,教孝作忠,彷徨周浃,非圣人不能为此言。"②朱熹《诗集传》解释这句说:

---

① (清)方苞:《朱子诗义补正》,《续修四库全书》第62册,上海:上海古籍出版社,1995年,第414页。
② (清)方苞:《朱子诗义补正》,《续修四库全书》第62册,上海:上海古籍出版社,1995年,第431页。

"盖托以望其君子,而念其以王事诒父母之忧也",较为妥帖,方苞则认为忧我父母是人君假妇之言,以舅姑之忧为忧,这样所见愈大所忧愈切,反倒毫无道理。方苞所强调的"教孝作忠"值得注意,这不仅是朱子所重视的内容①,也是明清《诗经》解释中经常出现的话题,但是在明代的《诗》学注本中,往往作"体孝作忠",比如黄文焕《诗经嫏嬛集注》卷十四引魏浣初说:"人生惟忠孝之情并切,使臣尽忠,不得尽孝。王者体孝以作其忠。"忧我父母,是因尽王事而无法尽孝,所以为人君者应该体会孝道,臣子才更能领略忠道,这种解释显然更近乎人情。而方苞的"教孝作忠",则显示出浓郁的自上而下的教戒意味。以这样"理"胜于诗的态度去解释诗,就出现《七月》这样的解读:

> 首章言小民自营衣食之难,然所衣不过布褐而已。其载绩也,则曰为公子裳;其于貉也,则曰为公子裘。所食菽粟以外,不过瓜苴荼荑之属而已。而其禽则曰献豜于公场。纳稼之隙,宵旦靡宁。其乘屋也必先之以上执宫功,民之戴君,皆知为义所当然,且动于情之不能已。俾蒙瞍日诵于前,即中主闻之,亦将恻然有隐矣。②

朱熹《诗集传》在解释《七月》时还引王安石说:"上以诚爱下,下以忠利上",人君以诚爱民,即使不是前提,至少与民以忠利人君是相互而成的。但到了方苞这里,民之戴君成为"义所当然",并且

---

① 邓庆平、胡雅雯:《朱熹"孝"论》,《南昌大学学报》(人文社会科学版)2020年第6期。
② (清)方苞:《朱子诗义补正》,《续修四库全书》第62册,上海:上海古籍出版社,1995年,第421—422页。

"动于情之不能已",不能不说是《诗经》诠释的一个倒退。

四、清初学术背景下方苞"以理说诗"的困境

自明中期后,《诗经》著作中逐渐出现反对朱子的声音,明万历间郝敬(1558—1639)《毛诗原解》更是重新回归《诗序》的解释而排诋朱说,风气所及,以致一些笃尊程朱之学的学者也不免依违于朱《传》《诗序》之间。如清初学者朱鹤龄、钱澄之,他们的学术思想均从程朱而来,但不论是朱鹤龄的《诗经通义》、钱澄之的《田间诗学》都是以《序》说为主,对朱熹《诗》说多有驳正。面对这样的情况,方苞显然是大不满的,李塨受其师颜元影响反对程朱之说,方苞就写信给他说:"窃疑吾兄承习斋颜氏之学,著书多訾謷朱子。习斋之自异于朱子者,不过诸经义疏与设教之条目耳,性命伦常之大原,岂有二哉?……孔、孟以后,心与天地相似,而足称斯言者,舍程、朱而谁与?"①甚至认为李塨长子去世,都与他不尊朱子有关,所谓"自阳明以来,凡极诋朱子者,多绝世不祀",显示出颇为极端的态度。

朱子学同样还受到来自吴中地区宗汉复古之风的挑战和冲击,前文所引方苞的《答刘拙修书》与《再与刘拙修书》就显示了这一学风嬗变的信息。方苞之所以给刘岩答信,就是因为刘岩给方苞看了"冯氏诗说",且其说颇为流行,因此方苞不得不进行回应,《答刘拙修书》写完后意犹未尽,又作《再与刘拙修书》,畅论其尊朱立场,驳斥非议朱子者。方苞、刘岩提到的"冯氏诗说",即常熟学

---

① (清)方苞:《与李刚主书》,《方苞集》卷六,上海:上海古籍出版社,2009年,第140页。

者冯班,其《诗》说今存其《钝吟杂录》中。

《答刘拙修书》中引冯氏之文有两则①,一则云:"冯君之言曰:'朱子说诗,只成山歌巷曲,绝不似经'。"冯班《钝吟杂录》原文作:"朱子《诗》注,全不是经,只是一部山歌曲子、俗人拙文字耳。"②第二则说:"诗人不以比、兴分章,如朱子所谓兴者,皆重复无谓。"此条则见于《钝吟杂录》卷四,原文为:"宋儒都不解《诗》。朱紫阳诗人也,然所得颇浅。比兴乃《诗》中第一要事,二字本出《大序》,《大序》出于《毛诗》,齐、鲁、韩皆无此《序》。朱子既不信《序》文,却不应取此二字。既用二字,又不应不用毛解。毛止有兴也,本是意兴之兴,非兴起之兴。又比兴是诗中作用,诗人不以比兴分章。朱子谬甚,如朱说,则兴者乃是说了又说,重复可厌,又如此解兴字,亦鄙而拙。"③

冯班为明清之际的著名藏书家、学者,其父即撰写《六家诗名物疏》的冯复京。吴中复古尊汉之风,自明代中叶以来即已逐渐兴盛,冯复京即是此风气兴起之助推者。钱谦益在《冯嗣宗墓志铭》中说他"博学广记,不屑为章句小儒。少而业《诗》,钩贯笺疏,嗤宋人为固陋"④。冯班承此学风,在《钝吟杂录》中反复表明自己尊崇汉学、批驳宋儒的态度,如:"汉儒释经,不必尽合。然断大事,决大疑,可以立,可以权,是有用之学,去圣未远,古人之道,其有所受之

---

① (清)方苞:《方苞集·集外文》卷五,上海:上海古籍出版社,2009年,第660页。
② (明末清初)冯班:《钝吟杂录》卷七,台北:广文书局,1969年,第223页。
③ (明末清初)冯班:《钝吟杂录》卷四,台北:广文书局,1969年,第155—156页。
④ (清)钱谦益:《牧斋初学集》卷五五,上海:上海古籍出版社,1985年,第1378页。

也。宋儒视汉儒如雠,是他好善不笃处。"①在方法论上,亦强调读经当由训诂名物入手:"余尝读《尔雅》,有儒者相规,曰此等学问支离琐碎,不足劳心。呜呼!此书乃《诗》《书》之义训,不读此,如何读《诗》《书》!此小学也。夫子曰:多识于鸟兽草木之名。非此书则诗人之兴遂不可解矣。"②

冯班的这种见解,在清初吴中学者中渐成共识,康熙二十一年(1682),吴江朱鹤龄完成《诗经通义》,通释《诗序》之义,对朱子之说多有驳斥。康熙二十四年(1685)朱鹤龄好友陈启源完成《毛诗稽古编》,以小学方法考证训诂名物,发明《毛传》义例,总结汉人研经之法。这种驳正宋人《诗》学的风气,渐有蔓延之势,引起了方苞的不安。他在给刘拙修的第一封回信《答刘拙修书》中说:"至冯氏纰缪,本不必为吾兄陈述;然往闻吴中人甚重其学,故因吾兄所举,少发其诞,俾宗之者有省焉。"又在最后说:"仆平生不喜道人文字短长,以冯君所言关于经义,又为吴中学者者所宗,恐波荡后生,故质言之。"③到第二封信《再与刘拙修书》,语气更为激烈,将颜元、黄宗羲二人一并斥之,认为"如二君者,幸而其身枯槁死,使其学果用,则为害于斯世斯民,岂浅小哉"④!

其实尊汉复古的风气,不仅如方苞所说"为吴中学者所宗",且已经影响到京中不少学官。当时担任翰林院掌院学士的揆叙(1674—1717)就非常认同冯班等人的观点,在其《隙光亭杂识》中不仅颇引冯氏之语、批评朱子《诗》说,还特别提到另一常熟学者顾

---

① (明末清初)冯班:《钝吟杂录》卷一,台北:广文书局,1969年,第24页。

② (明末清初)冯班:《钝吟杂录》卷四,台北:广文书局,1969年,第144—145页。

③ (清)方苞:《方苞集·集外文》卷五,上海:上海古籍出版社,2009年,第660—661页。

④ (清)方苞:《方苞集》卷六,上海:上海古籍出版社,2009年,第175页。

大韶，认为其说"最为近理"①。顾大韶与冯班父冯复京是至交好友，顾大韶《诗经野语旧序》曾详载冯复京的《诗》学观念对顾大韶兄弟之影响。② 故顾大韶之《诗》学立场与冯复京、冯班父子亦十分相近。

揆叙同时还担任康熙晚年官修《钦定诗经传说汇纂》的总裁官。康熙五十二年（1787）开始，由李光地领衔编纂了《周易折中》，五十四编成后，又命儒臣编定了《诗经》《书经》《春秋》三部《传说汇纂》。③ 这几部官修经书注本编纂的目的，一是为了将学术思想定为一尊，二是为了超越明代永乐年间所修《五经大全》，成为新的科举定式。方苞曾指出："臣窃惟明初《五经大全》皆各主一人之说，且成于仓卒，不过取宋元儒者一二家纂辑之书，稍摭众说以附之。数百年来，皆以为未尽经义，不称《大全》之名。是以圣祖仁皇帝特命重修四经，颁布学官，昭示群士，然惟《周易》多裁自圣心，所取至约，而前儒未发之蕴，开阐实多，故特名《折衷》，余三经则曰《汇纂》。"④因此这几部官修经书注本皆以朱子之学为宗。但是，《诗经传说汇纂》却不尽然全用朱子之说。《汇纂》的体例，以朱熹《诗集传》为主，遍采宋元明诸儒之说加以诠释，并以集说、附录、总论等形式辑录各家之说，遇有疑难，则以"按语"的形式加以评定。

---

① （清）揆叙：《隙光亭杂识》，《续修四库全书》第1146册，上海：上海古籍出版社，1997年，第13—14页。参见卢启聪：《诗经传说汇纂研究》，台北：政治大学博士论文，2013年，第39—40页。

② （明）顾大韶：《炳烛斋稿》，《四库禁毁书丛刊》集部第104册，北京：北京出版社，2000年，第548—549页。

③ 参见拙文：《清代官修诗经注本的出版与发行》，《出版发行研究》2019年第11期。

④ （清）方苞：《方苞集·集外文》卷二，上海：上海古籍出版社，2009年，第564页。

"按语"不仅代表官方立场,更是康熙个人意志的体现,故后世引及"按语",多以"御案"加以表示。《诗经传说汇纂》的按语共有109条,不用朱子之说的一共有30条,超过了按语的1/4;而并存两义的,也有38条。这其中很可能是受到吴中尊汉复古影响的揆叙起了作用。

而方苞本人与《诗经传说汇纂》也有着千丝万缕的联系。他与参与编纂《诗经汇纂》的张廷玉、魏廷珍、蒋廷锡等都有密切来往。张廷玉在给方苞所作的《宋元经解删要序》中说:"康熙癸巳,望溪蒙诏入南书房,与共晨夕,叩其删取大指,颇与余同志。"①又在《跋王箬林为方望溪书韩子五箴》一文中说:"癸巳三月,圣祖仁皇帝召入南书房,余始熟而悉焉。……然与余交,自癸巳至今凡十有七年,常以天下之公义、古贤之大节相砥淬,而未尝一及于私。"②癸巳,即康熙五十二年,当时方苞受《南山集》案牵连在狱,蒙李光地等营救,宽宥出狱,并以白衣身份召入南书房。正是此时张廷玉与方苞相识,"与共晨夕"探讨经义,两年后《诗经汇纂》开始编纂,张廷玉担任南书房校对,仍然与方苞同在南书房。

所以我们能看到这样一个现象:《诗经传说汇纂》的"按语"部分,采用了方苞《朱子诗义补正》中的意见,一共有10条之多。兹列表③于下:

---

① (清)张廷玉:《澄怀园文存》卷七,《清代诗文集汇编》第229册,上海:上海古籍出版社,2010年,第395页。
② (清)张廷玉:《澄怀园文存》卷十,《清代诗文集汇编》,上海:上海古籍出版社,2010年,第441页。
③ 表中所引方苞《朱子诗义补正》分别见于第397、401、405、406—407、412、413、419、487、489页;《钦定诗经传说汇纂》按语分别见于第84、128—129、161、187、244、254、256、341、704、715页。

序号	篇名	方苞《朱子诗义补正》	《钦定诗经传说汇纂》按语
1	葛覃	礼经止载后夫人躬桑。观此诗,则知凡百妇功无不亲执。所以内事治而女教章也。古者夫妇之礼甚谨,妇之于夫,夫之于妇,有不自言而使人将命者,所以养廉耻、禁狎昵也。妻将生子,夫出居侧室,使人日一问之。女子归宁,使师氏告于君子。闺门之内,俨若严宾。所为起教于微眇者,其意深矣。	案载于礼经者,止后夫人躬桑之文。观此诗,则知凡百妇功无不躬亲,所以女教修明,而足以化下也。古者夫妇之礼甚谨,妇之于夫,夫之于妇,有不自言而使人将命者,所以严内外而禁邪昵也。妻将娠,夫出居侧室,使人日再问之。女子归宁,使师氏告于君子。闺门之内,俨若宾。所为起教于微渺者,其意深矣。
2	驺虞	朱子谓壹发五豝,犹言中必叠双,似非诗人之意。盖中或叠双,断无壹发而得五豕之理。况天子不合围,诸侯不掩群,若以尽物为心,则于礼为过,且与颂文王泽及草木昆虫之意相刺谬矣。	朱子谓一发五豝,犹言中必叠双,似非诗人之意。且田猎之礼,天子不合围,诸侯不掩群,若以尽物为心,于礼为过,而与嗟美文王之泽及草木昆虫之意亦未符。

续表

序号	篇名	方苞《朱子诗义补正》	《钦定诗经传说汇纂》按语
3	旄丘	故三章疑其无与同心者而不能来,盖救患分灾,非一国所能独任也。观齐晋主盟,凡役必合诸侯,可见至于终不见恤,乃知非无同心也,非有他故也,乃卫之君臣褎如充耳焉耳。曲折以体其情,而终乃质言以责之,忠厚之至也。	故三章疑其无与同心者而不来,盖救灾分患,非一国所能独任也。观齐晋主盟,凡役必合诸侯,可见至于终不见恤,乃知非无与国,非有他故,乃卫之君臣褎如充耳若罔闻知也。曲折以体其情,而终乃质言以责之,尤见忠厚之意。
4	定之方中	独举其夙驾桑田一事,盖人君能知小民之依,则所以克己厉俗,任贤修政,皆有不能自已者矣。周公戒成王,先知稼穑之艰难,盖君心敬肆之原,百政废兴之本也。……先言树木而后及田桑,以制疆封树主田表道作邑之始事也,败亡播迁,即预植良材,为礼乐之器,秉心塞渊,即此可见。	尤以农桑为立国之本,戎马为富强之资,巡行不息,蕃育有方,使康叔开国之模复见。播迁之后,而诗人推本自塞渊中来,可见一心为万事根本。
5	遵大路	《序》以为思君子,理亦可通。盖托言君子将去,要于路而执其祛,谓之曰:子无我恶,故国不可以遽绝也。下章仿此。贤者不见礼于君,而浩然长往,则必恶留者之言而以为丑。故曰无我恶,无我丑也。	案《序》:"思君子也。庄公失道,君子去之,国人思望焉。"朱子初解云:"君子去其国,国人思而望之,于其循大路而去也,揽持其祛以留之,曰:子无恶我而不留,故旧不可以遽绝也。"是亦尝从《序》义矣。

续表

序号	篇名	方苞《朱子诗义补正》	《钦定诗经传说汇纂》按语
6	风雨	《小序》:"世乱,而君子不改其度。"刘向、曾巩皆承用之。盖风雨至而如晦,犹世之昏乱也。鸡鸣在暗而思曙,犹君子居乱而思治也。君子不改其度,则世道可挽,故见之而心悦,如疾之去其体焉。	案《序》:"鸡鸣,思君子也。乱世则思君子不改其度焉。"……自两汉六朝及唐宋诸儒,皆传其说……盖风雨杂至而如晦,喻世之昏乱。鸡鸣在暗而思曙,喻君子居乱而思治。君子不改其度,则世道可挽,故见之而心悦,如疾之去其体焉。
7	扬之水(郑风)	朱子引《戴记》以兄弟为婚姻之称,与终鲜文义不协。	即就婚姻诠释兄弟,后儒谓与终鲜文义,究有未协。
8	候人	首章似宜作赋,盖谓才德无以异人,只可给役事之小者,如候人之荷戈与祋是也。而彼其之子乃累累而服大夫之服乎,敷陈其事而言之,无比兴之义。	案《候人》首章,《毛传》主赋,盖言贤者之官不过候人,而不贤者佩赤芾,乃三百人,所谓远君子而近小人也……首章有赋与兴之各别,然赋则直陈,兴则婉喻耳,与作诗者之旨,皆无害也。
9	思文	立当如字。盖烝民阻饥,则教化不得施,而无以立人之道。自后稷播种,民人率育,彝常之道乃得遍陈,是所以立烝民之命,而使各保其极者,皆后稷之功也。	后儒多有主是说者,盖谓"立我烝民",立当如字。时烝民阻饥,教化不得施,无以立人之道,后稷播种,民人率育,而陈常时夏,是立我烝民,皆稷之功也。

序号	篇名	方苞《朱子诗义补正》	《钦定诗经传说汇纂》按语
10	雝	《周礼》赞牲荐俎,职列五官,诸侯助纳其方物,牲非所荐也。盖言荐此大牲之时,有群侯以相我肆祀,此皆皇考之德之大,有以安我孝子耳。	宗庙之祭,主者为尊,故荐大牲者,归于天子,以对祖考,而赞助之者诸侯尔,载于《周礼》,详于《礼器》及《祭义》甚备。

由上表对比可见,《葛覃》《旄丘》《风雨》《扬之水》《思文》等诗,《诗经传说汇纂》的按语几乎是照抄方苞《补正》,其余的《汇纂》按语则稍作改写。至于其内容与观点,第1、2、3、4、10这五条为方苞"类情指事"的解读,而5、6、7、8、9五条都是不用朱熹之说而改用《序》说、《毛传》者。似乎《汇纂》的编者更重视的是方苞不同于朱子的意见,这与方苞撰《补正》的宗旨相去甚远。《汇纂》按语依违于《序》《传》之间,正显示了尊序风气的渐起和朱《传》权威渐落,这一起一落之际,方苞正处其中,虽然其说被官方《诗经》注本所吸纳,却有一半是不同于朱《传》的观点。而《朱子诗义补正》在方苞生前未有刻本,不仅未能收入《四库全书》,待刊刻时已是清代考据学渐成主流的乾隆中期,它被之后的学术界所忽略,就在所不免。

结 论

综上所述,《朱子诗义补正》是方苞40岁前后的诗经学著作,他旨在补充朱子所未及,正其所未安,重视"以义理为权衡"①的方法,对《诗》义进行解说。他善用"指事类情"之法,重视理欲之辨,强调礼法对于人情的约束,论及诗之本事也更重惩戒和教化,为此不惜委曲成说,以致理胜于诗,背离了《诗经》的美学特质,也偏离了早期诗学的讽喻之旨,往往陷入自相矛盾的境地,使得他的部分解释不尽令人信服,反倒不如朱子原说更为通达融贯。这种既需要尊朱,又试图有所创见,又不能逾越理学框架的矛盾,显示了以理说诗在清代经学发展中的困境。《朱子诗义补正》曾一度在方苞师友间流传,颇有影响,甚至官修《诗经传说汇纂》也采纳其说,吸收到代表最高权威的"按语"中,然而《汇纂》重视的多是方苞不同于朱子的意见,反倒与方苞本意背道而驰。个中缘由,当是学术风气的变化影响所及。当时吴中尊汉复古的风气渐起,明末清初吴地学者冯班、顾大韶的诗学观点在学者间传播,尤其是他们批评朱熹《诗集传》的观点获得不少人认同,其中还包括《诗经传说汇纂》的总裁官、翰林院掌院学士揆叙。方苞对此十分敏感,并在理学家的立场上做出回应。但是与他的《诗经》解读一样,他的回应偏重于道德而非学术本身,不是从学理上论述朱子《诗》学的价值,却只强调尊朱的天经地义,甚至不止一次激烈地表示不尊崇朱子的后果是"绝祀","有同于悍妇之斗口舌,非儒者所宜出",这样的态度正显示面对汉学兴起时的忧虑与不安。但方苞也无法在《诗经》研究中提出超越朱子的更为系统的方法和观念,"以理说诗"自不免走向衰亡。

---

① (清)方苞:《春秋直解序》,《方苞集》卷四,上海:上海古籍出版社,2009年,第85页。

《诗经》文本批评的范例

——方玉润《诗经原始》的诗学价值

中南大学文学与新闻传播学院 毛宣国

在清代《诗经》学史上,方玉润无疑是具有代表性的人物,他和姚际恒、崔述一起被称为《诗经》批评的"独立思考派"。他们所撰写的《诗经通论》《读风偶识》《诗经原始》,秉持独立思考精神,不带宗派门户偏见,以求实的精神涵咏《诗经》文本,不仅从"经",而且也从文学角度重新认识和解读《诗经》,对清代《诗经》学研究有着重要推进。三人中,方玉润的理论成就最为突出,特别是他晚年写定的《诗经原始》,在《诗经》研究的观念与方法上多有创新,受到学术界的广泛赞许与肯定。

《诗经原始》的理论价值并不局限于此,它对于清代乃至中国诗学史的意义同样不可忽视。对此,学术界尚缺乏充分的认识。对于方玉润的诗学思想,现有的中国文学批评史著作大多数是缺席的。黄霖所著的《中国文学批评通史·近代卷》可以说是一个例外,但评价并不高,认为方玉润的诗论观点"一般并不新鲜,大都与时论相合"[1]。不过,黄霖评价方玉润的诗学观点时,看到了其"具体运用到《诗经》的批评上"所显示出的独特的光彩[2],并充分肯定

---

[1] 黄霖:《中国文学批评通史·近代卷》,上海:上海古籍出版社,1996年,第233页。

[2] 黄霖:《中国文学批评通史·近代卷》,上海:上海古籍出版社,1996年,第233页。

了其《诗经》批评在"原诗人始意"的基础上重视读者参与的意义。这可以说为人们认识方玉润诗学观念提供了一个有价值的角度。只是这种论证还只是偏于方玉润个人观点的解读,并没有从诗学史的角度予以充分的论证,所以有必要重新反思像方玉润《诗经原始》(包括姚际恒《诗经通论》、崔述《读风偶识》)一类紧密联系《诗经》批评实践的著作的诗学理论价值,并对于其在清代乃至中国诗学史上的地位予以肯定。要做到这一点,须得对如何定位中国文学批评史研究有反思性的认识,特别是要认识到它作为《诗经》阐释史上一个有代表性的著作,在《诗经》文本阐释和解释学诗学传统发展过程中所做出的贡献。本着这一思路,下文具体谈谈《诗经原始》的诗学价值。

一

长期以来,中国文学批评史形成了以"观念史"为主导的研究模式。对这样的研究模式,宇文所安在《中国文论读本》中予以了反思,认为这样的研究模式的特点是"从文本中抽取观念,考察一种观念被哪位批评家所支持,说明那些观念是新的,以及从历史的角度研究这些观念怎样发生变化"。他并不否定"观念史"的研究方法,却认为其缺点是"容易忽视观念在具体文本之中是如何运作的"[①],所以他的《中国文论读本》不拟采用"观念史"方法描述与梳理中国文学批评理论面貌与发展进程,而是通过文本讲述文学思想(观念),试图展示文本的本来面目。

---

① 宇文所安:《中国文论:英译与评论》,上海:上海社会科学院出版社,2003年,"译本序"第1页。

宇文所安所提倡的研究方法与传统研究不同的地方在于更重视文本解读对于中国文学批评史的意义。这实际上也是中国文学批评——诗文评——所秉持的研究方法与路径。从《四库全书总目提要》对"诗文评类"的概述来看，刘勰《文心雕龙》、钟嵘《诗品》、皎然《诗式》、孟棨《本事诗》、刘颁《中山诗话》、欧阳修《六一诗话》所确立的五种批评体例多是以文本为出发点，通过文本解读来形成理论观点的。它们虽不如西方文学批评那种体系的完整性和系统性，却保持了批评对象的鲜活性和文本阐释的有效性，所以成为中国传统文学批评的主导性方式。进入现代社会以来，一些优秀的文论诗论著作，如王国维的《人间词话》等保持了这一特征。宇文所安对这一批评路径的提倡，显然也是试图将中国文学批评史的研究建立在中国古人鲜活的艺术实践基础上，实现文学批评理论与实践的统一。较之近现代文学批评论著对系统化、理论化强的理论文本（如刘勰的《文心雕龙》等）的关注不一样的是，宇文所安的《中国文论读本》对诗话作品予以了强烈的关注，总共十一章的文论选文涉及诗话体裁的有四章，即欧阳修的《六一诗话》、严羽的《沧浪诗话》、王夫之的《夕堂永日绪论》和叶燮的《原诗》。其中又以对欧阳修《六一诗话》的解读显示出其鲜明特色。在宇文所安看来，不是理论性、系统性的《文心雕龙》，而是"以资闲谈"的欧阳修的《六一诗话》成为中国文学话语的主导模式。之所以如此，是因为《文心雕龙》的观点"不是从经验与理解力的储备中生发出来的，而是由于他的写作逻辑的需要而表现出来"[①]，而欧阳修的《六一诗话》则是"伟大的欧阳修的言语"，充分地彰显了欧阳修对于文学的独特思考，显示了作者个性和文本的风格趣味，所以它能

[①] 宇文所安：《中国文论：英译与评论》，上海：上海社会科学院出版社，2003年，第397页。

对后世诗话繁荣和文学批评发展起到很好的垂范作用。①

然而,宇文所安所提供的中国文学批评的范本,主要还是限于在中国文学批评史上有重要地位的批评家的理论文本,局限在狭义的文论即传统的诗文评类。这种选择自有其优点所在,那就是突出了中国文学批评史的主干脉络,其缺陷则是容易忽视中国文学批评史上一些次要的、处于边缘地位的理论文本的价值,同时也可能忽视中国文学批评理论观念与总体的文学史及批评实践的关系。从中国文学批评发展的实际情况来说,经史子集会通、文学史与文学批评贯通是其重要特点。刘勰的《文心雕龙》和钟嵘的《诗品》,它们在中国文学批评史上的地位早期远不如晚期重要。早期的重要批评理论与观念常常不是通过专门的批评著作而是通过经史子集如《论语》《史记》《毛诗序》《汉书·艺文志》一类著作体现出来。《四库全书》的集部分类将诗文评独立出来,《文心雕龙》《诗品》之类的著作被纳入其中。而在早期文献中则没有这样的分类。《隋书·经籍志》的集部有楚辞、总集、别集的分类,作为诗文评归类的《文心雕龙》《诗品》是附列在总集之中的。即使有了诗文评的分类,中国文学批评著作常常也存在着归类的困难。比如《文心雕龙》,《四库全书总目》将它作为诗文评之首,明确了其文学批评著作的性质,但中国学术界却一直存在着争论,或认为它是文章学、写作学和修辞学的著作,或者认为是文学史和文化史的著作等。又如《毛诗序》,它是中国文学批评史上最重要的文献,从它的本旨来说却是阐释经学大义的,属于经学方面的重要著作。这反映了中国文学批评的重要特点,那就是经史子集不分,融文学理论与文学实践、文学批评与文学史、文化史于一体。清代是中国文学

---

① 宇文所安:《中国文论:英译与评论》,上海:上海社会科学院出版社,2003年,第397页。

批评的成熟期,专门的诗学文献已相当丰富,有学者统计多达800种以上。① 即使如此,诗学史的研究也不能局限于诗文评、诗话一类的专门诗学著作。在诗文评和诗话类著作外,如总集、别集甚至经学、史学、子学的著作中仍然有大量的值得关注的诗学文献,如王夫之的《诗广传》、章学诚的《文史通义》、顾炎武的《日知录》、沈德潜的《古诗源》《唐诗别裁集》等。按照《四库全书总目》的归类,它们可归为经部(《诗广传》)、史部(《文史通义》)、子部(《日知录》)、集部(《古诗源》《唐诗别裁集》)等,并非诗文评著作,却是清代诗学研究的最重要文献。

根据以上所论,我们再来审视《诗经原始》对于清代诗学的研究,就不难明确其价值所在。根据《四库全书总目》的归类,《诗经原始》可以归为经部的"诗类",属于解《经》之作,而非诗学理论著作。但是它又不同于传统的解经之作,对"经文"的阐释如其《诗经原始·凡例》所说,是"读《诗》当涵咏全文,得其通章大意,乃可上窥古人意旨所在"②,是找出精彩之处用眉评、旁批、圈点的方法对经文予以点评,以达到"振读者之精神,使与古人之精神合而为一"③的目的。也就是说,对《诗》的态度不再恪守经学家的做法与理念,而是站在文学立场上,以文学的眼光予以阐释。对此,人们已有所认识,但主要是从《诗经》学意义而非诗学意义上予以肯定。其实,《诗经原始》对《诗经》的解读,既是《诗经》学意义也是诗学意义上的。《诗经原始》所采用的方法即是宇文所安所说的"文本讲述文学思想(观念)",这也体现了中国文学批评——诗文评著作

---

① 张寅彭:《重视清代文献数量的因素》,《苏州大学学报》2005年第3期。
② (清)方玉润:《诗经原始》,北京:中华书局,1986年,第2页。
③ (清)方玉润:《诗经原始》,北京:中华书局,1986年,第3页。

的共同特色,那就是从文本而不是从抽象的理论观念出发,保持了文学的初心与本意,保持批评对象的鲜活性和文本阐释的有效性。《诗经原始》所呈现出来的中国古代文本诗学的这一特色,也是它超越一般的《诗经》学著作向诗学理论著作转换的重要原因所在,对于其诗学理论价值的认识不能背离这一基本特色。

另外一点也非常重要,那就是对于《诗经原始》诗学价值的认识必须放在中国诗学的《诗经》解释传统的这一大背景下来认识。宇文所安谈到《诗经》的解释传统时认为:"尽管在许多方面,与诗学和文学理论互为交叉,然而,在两千年的发展过程中,它自有一套独特的术语和问题,所以也就自成一个传统。在《诗经》解释学里可以找到最为复杂的传统批评,比如在王夫之的《诗广传》那样的作品中;然而,对于理解有关问题的历史和具体诗歌的解释史,这类批评之作的力量不具普泛性。"①宇文所安这段话可以说透露出两点意思:一是《诗经》解释传统固然与中国诗学、文学理论互为交叉,影响中国文学批评的发展,但是并不具有普遍性。二是《诗经》解释传统产生影响主要是通过像王夫之那样的大批评家的著作(如《诗广传》)体现出来。宇文所安的这一认识在中国诗学界具有普遍性,正是在这样的观念主导下,像方玉润《诗经原始》一类著作的诗学价值一直处于隐秘不彰的状态中。而在笔者看来,《诗经》阐释对于中国诗学来说,并非像宇文所安所说的那样只是一种特殊传统,而是具有普遍意义。这种意义并不只是表现在它对于中国诗学理论的发展提出过哪些有价值和影响的理论命题,更重要的在于它作为一种价值观念和理论传统的存在,从深层次上影响着中国诗学理论的发生发展。对于《诗经原始》的诗学价值亦需

---

① 宇文所安:《中国文论:英译与评论》,上海:上海社会科学院出版社,2003年,第10—11页。

要这样认识。如果将《诗经原始》放在清代诗学史上,以传统的诗文评眼光来看,看看它是否对当时批评界提出了产生大的影响的理论观念与学说,其理论价值显然是有限的、不突出的。但是若将其放在经史子集,特别是经学与文学交汇的理论大背景下,放在《诗经》阐释所累积起来和不断成长各种批评观念的总汇中,放在以儒家为主体的《诗经》文本诗学解释方法与传统中,其理论价值则是显见的和不可忽视的。

二

《诗经原始》作为《诗经》学史上的名著,它的突出贡献是能突破汉宋经生的桎梏,将《诗经》作为"诗"来读,也就是能以文学的眼光来看待和阐释《诗》。对此,学术界予以充分的肯定。从胡适开始,方玉润就被确定为从文学角度论《诗》的代表人物[①]。之后《诗经》研究的大部分学者都持此种看法。在肯定《诗经原始》文学解《诗》的成就与特点的同时,学术界又普遍不满意方玉润对于《诗》仍持有强烈的经学立场。早在20世纪初,钱玄同就批评方玉润"此人头巾气甚重"[②],认为他对于《诗》的态度基本是经学而非文学的。后来的学者虽大多肯定方玉润以文学解《诗》的成就,但几乎都与钱玄同一样,表达了对于方玉润维持经学教化传统的不满。夏传才主编《诗经学大辞典》认为:"《诗经原始》的成就固然很多,仍不能完全摆脱传统诗教的拘束,有些诗篇所作的总评,对诗旨的

[①] 胡适评说方氏道:"此人生咸同间,文学见解甚好",见《胡适遗稿及秘藏书信》第14册,合肥:黄山书社,1994年,第366页。

[②] 钱玄同:《钱玄同文集》第6卷,北京:中国人民大学出版社,2000年,第38页。

分析仍然牵合封建教化。"①黄霖在充分肯定方玉润文学释《诗》"在《诗经》研究史上给人耳目一新之感"的同时,亦认为"他的经学思想还相当浓重,很难完全摆脱传统的沉重束缚"②。

毫无疑问,对于《诗经》的经学教化传统,方玉润无疑是信仰和坚守的,问题是如何认识《诗经原始》的这一立场。从20世纪古史辨学者开始,《诗经》研究就普遍存在着一种观点,即认为"《诗经》是一部文学书……用文学的眼光去批评它,用文学的惯例去阐释它,才是正办"③。于是谈论中国古代《诗经》学的进展时,无论是对于宋代的朱熹,还是对于明清的《诗经》学研究,人们都习惯从文学意义上予以评判,认为从经学回归到文学才是《诗经》研究的正确路径。这一观点有其合理性。因为《诗经》作为中国最早的诗歌总集,其文学阐释的意义是不容忽视的。但这并不意味着就能割裂经学与文学的关系,否定经学作为主导模式在《诗经》学乃至中国诗学史的地位和意义。在中国《诗经》学史上,经学意义是大于文学意义的,《诗》首先是作为"经"而非"诗"在中国古代文化和政治生活中发挥作用的。正因为此,中国古人对于《诗经》文学意义的认识,与其说是还原文学本义,坚持文学的独立性,毋宁说多是出于一种教化传统的需要,将《诗经》作为儒家诗教和政治伦理批评的重要文本,以文学的方式来彰显《诗经》的经学和伦理教化意义。我很赞同这样一种看法:"现代学者普遍地设定《诗经》是一部文学书,但这种认识显然很少成为古代《诗经》学的逻辑起点。认

---

① 夏传才主编:《诗经学大辞典》上册,石家庄:河北教育出版社,2014年,第486页。

② 黄霖:《中国文学批评通史·近代卷》,上海:上海古籍出版社,1996年,第237—238页。

③ 顾颉刚:《诗经在春秋战国间的地位》,刘梦溪主编:《中国现代学术经典·顾颉刚卷》,石家庄:河北教育出版社,1996年,第123页。

识到这一点很重要,不然就容易'郢书燕说',乃至遮蔽古代经学的本质。实际上对古人来讲,所谓'文学阐释'与其说初衷是为了还原文学,毋宁说是一种以文设教的'读法'而已。这意味着研究《诗经》的文学阐释史,那种外在的鉴赏式批评难称其职,而应当更内在地谈论'文学阐释何以可能'这个问题。在这个问题上,如何在'诗意'与'经义'之间建立张力关系,在保障经典教化的前提下尽可能地释放《诗经》的文学活力,这种思路也就是构成了《诗经》文学阐释史的主线。"①明确了这一点,我们再来看《诗经原始》在经学与文学方面所面临的矛盾,以及它在强大的经学传统影响下如何开掘《诗经》文学意义所做出的努力,就不难理解它的诗学价值。

在清代之前,从经学角度开掘《诗经》的文学意义、"以文设教"的阐释模式主要以汉儒和宋儒为代表。汉儒对待《诗经》持有强烈的政治教化立场,从国家和社会政治生活的层面维护《诗经》的崇高地位,汉儒实际上建立了一种以"政治伦理"为核心的经学批评模式,对汉儒《诗经》阐释的文学价值也应该从这方面来理解。胡晓明认为,要理解《毛诗序》这样的中国诗歌理论批评最重要的文献,必须加上一个词——"政治",必须对"政治文学"重新有一个正面的认识。这的确是理解汉儒《诗经》阐释的关键。这里所说的政治,"并不是存在文学写作活动之外的批评,而是内在于其生命本身的批评活动"②,它表现为中国古代士子文人对现实的一种参与感、一种政治责任感,一种为民请命、心有天下的道义理想和政治关怀,一种对黑暗政治和不良政治的批判精神。"这既是政治伦理

---

① 郑伟:《古代诗经学的意义维度与阐释策略》,《山东社会科学》2020年第1期。
② 胡晓明:《正人君、变今俗与文学话语权——〈毛诗序〉郑笺孔疏今读》,《文学评论》2011年第6期。

批评得以存在并传承的合理性之一,这也是《诗序》得以千年传承不废的理由所在。"① 而"五四"以来,《诗经》学者常常忽视了这一点,将传统的以经学为中心的阐释变成现代的以文学为中心,将《诗经》变成一个纯粹的诗歌抒情文本,只重视从民间恋情的角度去发掘《诗经》的文学意义,自然也认识不到这种以"政治"为核心的《诗经》阐释的文学价值。

宋儒对《诗经》的阐释也是以经学为中心的,重视《诗》的道德伦理和政治教化功能的。这种重视,不像汉儒那样主要停留在国家政治生活和对社会现实的干预层面,而是转向了人的道德性情和身心修养方面,是一种以人的性情和道德修养为核心的经学批评模式。宋儒对于《诗经》的文学阐释也是在这一模式的影响和运作下展开的,最典型的是朱熹。学术界有人认为朱熹提出"淫诗"说的实质是"从经学走向文学",是一种文学意识的自觉。显然,这是一种误解。它没有意识到朱熹对于《诗经》的文学思考是在经学和理学思维下进行的,用钱穆的话说是"兼会经学、理学、文学之三者始有此成就"②。"淫诗"说的核心亦在于以义理释《诗》和得性情之正,是将《诗经》作为道德教化的文本,通过对《诗》的涵咏阅读来激发人们的善心和塑造人的性情,而不是以文学眼光看待《诗》。但是"淫诗"说又的确包含前人没有重视和阐释的文学内容。比如,它将人的"性"和"欲"作为"诗何为而作"的前提,虽然以"圣人立教"的眼光看待"淫诗",不认可"淫诗"感物的"邪"与"非"的内涵,却肯定了"淫诗"产生与人的性情,与人的情感心理的关系,承认了"淫诗"发生的现实。另外,朱熹从读者的"无邪之思"角度来

---

① 胡晓明:《正人君、变今俗与文学话语权——〈毛诗序〉郑笺孔疏今读》,《文学评论》2011年第6期。
② 钱穆:《朱子新学案》,成都:巴蜀书社,1986年。

解释"淫诗",将"淫诗"看成是"淫奔者自叙之词",目的虽然是强化《诗》的劝善惩恶的道德功用,但是强调了读者"无邪之思"对于理解文本的意蕴和进行道德感化的重要性,无疑又强化了读者的阐释主体地位,为《诗经》的文学阐释注入了新的内涵。只是这种阐释并没有摆脱《诗经》的经学和道德教化模式,而是在经学和道德教化模式的主导下进行。

方玉润的《诗经原始》对《诗》的文学阐释亦没有摆脱经学和道德教化模式的束缚,论《诗》常常秉持着传统的"诗教"和"思无邪"的宗旨。但是与汉儒宋儒相比,却表现出重要的不同:那就是它认为汉代以来"说《诗》诸儒,非考据即讲学两家,两家性情,与《诗》绝不像近,故往往穿凿附会",所以主张"不顾《序》,不顾《传》,亦不顾《论》"(姚际恒《诗经通论》),"唯其是者从而非者正"(《诗经原始·自序》),其论诗的宗旨是去掉汉儒宋儒对《诗》历史和政治附会,立足于《诗经》本文推求诗意。不管是否实现了这一主张,《诗经原始》对《诗》的解读较之前人来说,的确更加切近《诗》的本文,并且富于文学和美感的意味。

反对汉儒宋儒以政治、历史、伦理附会说《诗》,可以说是清代独立思考派的共同特点,无论是姚际恒的"惟是涵咏篇章,寻绎文义,辨别前说,以从其是而黜其非"①,还是崔述的"惟知体会经文,即词以求其意,如读唐、宋人诗然者,了然绝无性旧汉宋之念存于胸中,惟合于《诗》意者则从之,不合者则违之"②,都体现了这一特点。但是,无论是姚际恒还是崔述,基本还是在经学和史学的框架内论《诗》,所以常常又产生新的附会之说。方玉润则不然,他提出"原诗人之始意"的主张,则是试图彻底摆脱以历史和政治附会诗

---

① (清)姚际恒:《诗经通论序》,《诗经通论》,《续修四库全书》第62册。
② (清)崔述:《读风偶识》,北京:中华书局,1958年,第3页。

意的意图,回归到《诗经》文本自身。其中最典型的是对《二南》诸诗的解释。至汉宋以来,《诗经》学者几乎都陷入《毛序》朱《传》的后妃、文王之说之中,唯有《诗经原始》能跳出来,不指实诗中所咏之人之事,对《二南》诗意做出了比较符合诗人意旨的阐释。比如,释《关雎》为咏初婚,"乐得淑女以配君子"之作,不实指其人,显然较《毛序》朱《传》更合诗的本义。其他,如将《葛覃》诗旨解释为"因归宁而教妇本也",将《卷耳》解释为"念行役而知妇情之笃也",将《兔罝》解释为"美猎士为王气所特钟也",将《芣苢》解释为"拾菜讴歌"之作,将《桃夭》解释为"喜之子能宜家室"之作,将《草虫》解释为"思君念切"之作,等等,都基本撇开了后妃、文王之说,对《诗篇》做出了比较接近诗篇原旨的解读。

从诗的本文出发,从某种意义上说,也就是要摆脱传统的经学理论的束缚,不仅要"知《诗》之为经",而且要"知《诗》之为诗",从文学的角度来理解和阐释《诗》。"原诗人之始意"这一主张,从表面上看是要以作者(诗人)的意图为出发点寻求《诗》意的理解,但由于《诗经》的作者和诗人身份大多是无法确定的,而历代说《诗》诸儒,在方玉润看来,无非考据和讲学两家,其说《诗》思想与《诗经》本来的面目"绝不相类",所以更不能成为《诗经》阐释的根据所在。所以,要寻觅诗人之意,只能按照孟子所说的方法——"以意逆志",这种"逆"虽然是通过读者来实现的,却不是建立在读者的主观意图上的,而是借助本文之"意"来逆诗人之"志"。它抛弃了一切外在的解释权威和经学附会,不顾《序》,不顾《传》,亦不顾《论》,将阐释的基础牢牢地建立在《诗经》本文理解的基础上。这样的阐释立场,虽然没有完全超越经学教化的传统,却体现出独立自主的精神和强烈的批判意识,这是《诗经原始》能超越前人,在《诗经》阐释中开拓出新的境界的重要原因。对《周南·芣苢》的分析就典型地体现了这一点。

《周南·芣苢》一诗,《毛序》解释为"后妃之美"和"和平则妇人乐有子矣",显然是一种附会。姚际恒驳之,但又认为此诗六章二句,过于简单,无法用词语来解释。袁枚在《随园诗话》中亦讥此诗为"重复言之,有何意味?"方玉润认为,这都是因为解《诗》执着于"泥实"而不知"此诗之妙,正在其无所指实而愈佳"的缘故。①他认为此诗的妙处就在于给读者留下了想象的空间,若明白这一点,仔细涵咏《诗》之文本,《诗》的优美意境就会呈现出来。他说:

> 夫佳诗不必尽皆征实,自鸣天籁,一片好音,尤足令人低回无限。若实而按之,兴会索然矣。读者试平心静气,涵咏此诗,恍惚田家妇女,三三五五,于平原绣野,风和日丽中群歌互答,余音袅袅,若远若近,忽断忽续,不知其情之何以移而神之何以旷。则此诗可不必细绎而自得其妙焉。唐人《竹枝》《柳枝》《櫂歌》等词,类多以方言入韵语,自觉其愈俗愈雅,愈无故实而愈可以咏歌。即《汉乐府·江南曲》一首"鱼戏莲叶"数语,初读之亦毫无意义,然不害其为千古绝唱,情真景真故也。知乎此,则可以论诗之旨矣。②

这是一段著名的论述,有批评史著作评价道:

> 不仅在《诗经》研究史上给人以耳目一新之感,而且在整个中国文学批评史上颇有意义。它不是司空见惯的

---

① (清)方玉润:《诗经原始》,北京:中华书局,1986年,第85页。
② (清)方玉润:《诗经原始》,北京:中华书局,1986年,第85页。

由读者感悟而作点睛式的品评,而是对读者与作品主客观交融后产生的一种新意境的阐释。这种文学批评对原作来说无疑是一种新的开拓和升华。而方氏所用的文笔又是那么生动、优美和富有诗味,故这段批评本身也可谓是千古绝唱了。①

类似的解读在《诗经原始》中还有很多,如对《周南·汉广》一诗的解读,历来《诗经》阐释都围绕"文王之道,被于南国,美化行乎江汉之域"的主旨展开,方玉润则明确将此诗解释为"江干樵唱"之诗,并指出其"文在雅俗之间,而音节则自然天籁"的特点,并通过篇章结构的分析展示出此诗优美的意境:"首章先言乔木起兴,为采樵地。次即言刈楚,为题正面。三兼言刈蒌,乃采薪余事。中间带言游女,则不过借以抒怀,聊写幽思,自适其意云尔。终篇忽叠咏江汉,觉烟水茫茫,浩渺无际,广不可泳,长更无方,唯有徘徊瞻望,长歌浩叹而已。"②再如,对《王风·君子于役》的解读,《毛序》将此诗解释为"刺平王"之作,后人有人认为诗为"戍申者之妻作",方玉润认为皆是穿凿附会,因为《君子于役》一诗"言情写景,可谓真实朴至","傍晚怀人,真情真境,描写如画,晋唐人田家诸诗,恐无此真实自然",无论如何也不能与穿凿附会的讽刺之诗联系起来。③ 这样的解读,显然是得风人之旨,美感意味十足。

可是,在这些富于美感和艺术体验的欣赏解读之后,《诗经原始》常常又赋予《诗》一层道德教化的意味。于是,"拾菜讴歌"的

---

① 黄霖:《中国文学批评通史》近代卷,上海:上海古籍出版社,第237页。
② (清)方玉润:《诗经原始》,北京:中华书局,1986年,第87页。
③ (清)方玉润:《诗经原始》,北京:中华书局,1986年,第193页。

《芣苢》被说成是"欣仁风之和畅"之诗,"江干樵唱"的《汉广》附加上"念德化之广被"的意味,等等。对方玉润的这种解读方式,今人很难理解,批评得也很多,主要指责他受儒家诗教观影响太深,未能从政治教化的模式中走出来。实际上,若回归到古人解《诗》的历史语境中则不难理解。钱穆曾将"文学与伦理之凝合一致"作为衡量《诗经》价值的最重要标准,认为其"不仅为将来中国全部文学史的源泉,即将来完成中国伦理教训最大系统的儒家思想,亦大体由此演生"[①]。所谓"伦理"即主要是从经学、思想范畴意义上说的,中国古人读《诗经》最重要的就是从《诗经》中获取对于人生伦理的观念,这正是《诗经》文学阐释和艺术情感表达赖以构成的重要基础。基于这样的标准再来审视《诗经原始》,自然不难理解《诗经原始》注意到《诗经》文本的语言、形式一类文学表现力的同时为什么又要极力维护"温柔敦厚"的诗教传统,以传统道德伦理观念审视《诗经》,因为这不仅是中国古代《诗经》学的本来面目,也是以儒家思想为主体的中国古代诗学观念的核心所在。处于这一思想传统中的人们是很难超越的,方玉润也不能例外。

重要的是,无论是以"教化"眼光看待《诗》,还是对《诗》做出富有诗意和美感的阐释,《诗经原始》都是立足于文本,以"务探诗人之意旨"为目的。这正是《诗经原始》作为《诗经》阐释史代表性的著作有力量的地方。如果我们将这种文学性的解读放在清代诗学发展进程中审视,亦不难发现其价值所在。对此,有学者亦有认识,如《诗经原始》点校者李先耕说:"方氏所一再强调的'诗到真极,羌无故实,亦自可传','诗贵有声有色,尤贵有兴有致'等说,都使人联想到袁枚主张的性情真实,新鲜活泼的'性灵'说,而前述反

---

① 钱穆:《中国文化史导论》,北京:商务印书馆,1994年,第67页。

对征实,赞赏'自鸣天籁,一片好音'的意见,又十分接近王士禛兴会神到,含蓄淡远的'神韵'说。这同'儒者说《诗》,非迂即腐,而又故曲其说以文其所短'的做法相比较,确是一个了不起的突破。"①《诗经原始》不是一部重要的理论著作,却是一部很有自己个性,对《诗经》这样的经典有着深刻文学感悟的批评名著,它所采用的方法即是宇文所安所说的"文本讲述文学思想(观念)",体现了中国文学批评——诗文评著作的共同特色,那就是从文本而不是从抽象的理论观念出发,保持了文学的初心与本意,通过生动鲜活的文本阐释突出了"性情""兴会""风致""神韵"一类诗学概念对于文学批评的重要性。这样的解读,对于这一时代的批评观点进入批评实践中,推动着文学风气的转变和文学批评的繁荣,显然具有积极的意义。

三

《诗经原始》较之前人来说,它的一个突出特点,就是对《诗经》解释活动的规律有深入的理解。为说明这一点,我们不妨先看《诗经原始》关于《诗经》解读原则的一个重要区分,即解《诗》与观《诗》学《诗》引《诗》的区分。《诗经原始》说:

> 《诗》多言外意,有会心者即此悟彼,无不可以贯通。然唯观《诗》、学《诗》、引《诗》乃可,若执此以释《诗》,则又误矣。盖观《诗》、学《诗》、引《诗》,皆断章以取义,而

---

① (清)方玉润:《诗经原始》,北京:中华书局,1986年,第4页。

释《诗》,则务探诗人意旨也。岂可一概论哉?①

《诗经原始》此说是针对郑樵和范浚的说法提出来的。郑樵、范浚看到了《诗》多言外之意的特点,并把它与观《诗》学《诗》引《诗》的《诗经》解释活动紧密联系起来。郑樵、范浚之说体现了《诗经》阐释的一个传统,即《诗》以为用而非《诗》的本义阐释。它最早产生在先秦的赋《诗》引《诗》观《诗》的活动中。朱自清论及春秋时代赋《诗》时说:"(它)往往断章取义,随心所欲,即景生情,没有定准",只是以使用者的意愿为准,而不管诗的用意(本旨)。②孔子提出"《诗》可以兴、观、群、怨"之说,也是建立在强大的用诗传统基础上的。汉代对待《诗》的基本态度,也是以《诗》为用,将《诗》看成是"美刺讽喻""观风俗盛衰"的政教伦理工具。宋代则有所不同,以文设教,在"义理"之学的基础上提出"感物道情"和"以诗说《诗》"的主张,在创构经学大义的同时开始重视《诗经》文学内涵的探讨,但是,并没有明确区分解《诗》与观《诗》学《诗》引《诗》等用诗活动的不同,也没有将"探诗人意旨"作为《诗经》解释活动的基础,从而把握《诗》的文学意蕴。《诗经原始》则不然,它将观《诗》学《诗》引《诗》与解《诗》活动明确区分开来,虽不否认古人"断章取义,或于言外"③的《诗》说,但认为解《诗》最重要的是"务探诗人意旨",而非脱离诗人意旨对《诗经》文本意义作无限引申,推求脱离《诗经》本文的经学大义。比如,对《周南》《召南》诗篇的解读,方玉润认为其中许多诗篇均是"山林野夫,闾巷妇女之词",

---

① (清)方玉润:《诗经原始》,北京:中华书局,1986年,第51页。
② 朱自清:《朱自清全集》第6卷,南京:江苏教育出版社,1990年,第148页。
③ (清)方玉润:《诗经原始》,北京:中华书局,1986年,第78页。

"不必定咏文王,亦无非文王之化,不必定指召伯,网非召伯之功"①,也就是说,不必篇篇指实,赋予其明确的道德教化意味,然而人们一旦进入诗的情境中,涵咏体悟,却能从这些诗中感受到"化行俗美,家室和平"的教化之美,这些诗因此也超越了乡野之词而成为后世诗教之祖。从这里,我们也可以看出《诗经原始》解《诗》的一个特点,那就是它虽不否定用《诗》之人出于某种道德教化的目的对《诗》进行"断章取义"的引申——因为这正是《诗经》解释的一个传统,却通过"释《诗》,则务探诗人意旨"的诗学原则,强调了《诗经》本文阐释的重要性。《诗经原始》反复强调这样的思想:"解《诗》必循文会意,乃可得其环中"②,"虽不知其诗人本意何如,而循文按义,则古人作诗大旨亦不外乎是"③。"务探诗人意旨"的目的也就是将诗人意旨与文本之意统一起来,通过对文本的涵咏读解来求得对诗人意旨的把握。正因为此,《诗经原始》重视文本的细读,重视读者的审美感受,所采用的阐释体例丰富多样,有"凡例""诗旨""题解""集释""眉评""旁批""圈点"等多种形式,并在此基础上形成一系列关于《诗经》文本解读的原则和方法,它大致可以从以下几方面来认识:

(一)反对经学家的"分章离句"式的解读,主张"读《诗》当涵咏全文,得其通章大意"④

清代考据之风盛行,以戴震为代表的考据学派重视小学文字在经学阐释中的价值,提出"由字以通其词,由词以通其道"⑤的阐

---

① (清)方玉润:《诗经原始》,北京:中华书局,1986年,第119页。
② (清)方玉润:《诗经原始》,北京:中华书局,1986年,第62页。
③ (清)方玉润:《诗经原始》,北京:中华书局,1986年,第3页。
④ (清)方玉润:《诗经原始》,北京:中华书局,1986年,第2页。
⑤ (清)戴震:《戴东原集》卷九《与是仲明论学书》,四部丛刊正编本。

释方法。此种主张与朱熹《诗集传》提倡的"章句以纲之,训诂以纪之"的阐释方式也有某种相似,其步骤从字义、词义、句义的解释进而发展为对全篇文义的阐释。这样的阐释方式对于理解《诗经》文意固然重要,但是重视的是对《诗》的细部解读而不是对诗意的整体性把握。所以《诗经原始》对此提出了尖锐批评:"大凡诸儒说《诗》,总不肯全篇合读,求其大旨所在,而碎释之,乌能得其要领?"①《诗经原始》论《诗》的目的是"务探诗人意旨",如何实现这一目的,像经学家那样"分章离句,不相联属"②地解释经文显然不行,只能通过"涵咏全文"对《诗》作整体的把握才能做到。比如,对《周南》十一篇意旨的解释,《诗经原始》反对《毛序》《集传》的牵合后妃文王之说,其原因就在于它们没有认识到《周南》作为"里巷歌谣"的"风"诗性质,不能将各篇意旨联系起来作整体的把握。《诗经原始》主张"涵咏全文,得其通章大意",还有一个目的,就是强调《诗》的解读与其他经书的不同。《诗》为性情之书,词旨隐约,像经学家那样只靠训诂讲学方式予以疏解显然是达不到目的的,对《诗》的理解必须通过"涵咏",充分调动读者的情感与想象才能完成,才能做到"读者之心思与作者之心思自能融会贯通",真正进入《诗》的境界。③所以《诗经原始》强调"善读《诗》者反复涵咏而自得于心"④,"善读《诗》者触处旁通,悠游涵咏,以求其言外意焉"⑤。最典型的例证是前文曾经列举的对《周南·芣苢》的解释。《诗》中那种"自鸣天机,一片好音,尤足令人低回无限"的优美境界

---

① (清)方玉润:《诗经原始》,北京:中华书局,1986年,第545页。
② (清)方玉润:《诗经原始》,北京:中华书局,1986年,第2页。
③ (清)方玉润:《诗经原始》,北京:中华书局,1986年,第2页。
④ (清)方玉润:《诗经原始》,北京:中华书局,1986年,第69页。
⑤ (清)方玉润:《诗经原始》,北京:中华书局,1986年,第135页。

正是通过解释者对《诗》意的反复涵咏而体会到的。

（二）主张读《诗》者"先览全篇局势，次观笔阵开阖变化，后乃细求字句研炼之法，因而精探古人作诗大旨"①

《诗经原始》中的"涵咏"实际上包含两层意思："意旨"的涵咏和篇法、字法的涵咏。前者属于内容方面，后者属于形式方面。《诗经原始》认为"未有篇法不明确而能得其要领者"②，故而将篇法放在极其重要的位置。《诗经》在篇法上有一个显著的特点即重章叠句的运用，《诗经原始》对许多诗篇的分析都注意到这一特点。比如，《汉广》眉评："《汉广》三章叠咏，一字不易，所谓'一唱三叹有遗音者矣'"③；《秦风·蒹葭》眉评："三章只一意，特换韵耳。其实首章已成绝唱。古人作诗多一意化为三叠，所谓一唱三叹，佳者多有余音"④，等等。《诗经原始》重视"篇法"，体现了从《诗》的整体意义关联阐释《诗》的思路。对《小雅·四月》一诗的分析，《毛序》《朱传》诸家解释是"或主遭乱，或主行政，或主构祸，或主思祭"，方玉润认为这些解释"皆未尝即全诗一诵之也"，即忽视《诗》的章法的整体联系，所以造成"割裂诗体，杂凑成言，前后文义，竟不能通"的错误。方玉润解《诗》重视"篇法"，同时也重视"字法"。"字法"是从《诗》的细部入手，重视的是文本的细读，它同样能对理解《诗》的意蕴起到关键性的作用。⑤ 这样的例子很多。比如，对《周南·桃夭》主旨的解释，《毛序》《集传》等附会为"美后妃"之说，《诗经原始》抓住诗中"之子"这一关键字句予以反驳："且呼后

---

① （清）方玉润：《诗经原始》，北京：中华书局，1986年，第2页。
② （清）方玉润：《诗经原始》，北京：中华书局，1986年，第2页。
③ （清）方玉润：《诗经原始》，北京：中华书局，1986年，第87页。
④ （清）方玉润：《诗经原始》，北京：中华书局，1986年，第4页。
⑤ （清）方玉润：《诗经原始》，北京：中华书局，1986年，第2页。

妃为'之子',恐诗人轻薄亦不至猥亵如此之甚耳!"①"之子"这个词是一个比较平民化的称呼,即"这个女子"的意思,"之子"一词可以用于"德色双美"的姑娘身上,但用以一国之母、身份高贵的后妃身上显然不妥。对《小雅·斯干》三、四、五章的分析,认为此三章皆筑室事,按"先垣""次堂""次室"的顺序写,层次井然。同时又将"垣""堂""室"诸字与写君王状态的"攸芋""攸跻""攸宁"诸字对应起来,"垣则曰'攸芋',堂则曰'攸跻',室则曰'攸宁'"②,不仅写出了宫室建筑之美,而且写出了公族昌盛之气象。这样的分析,也是抓住关键字句展开,探得古人作诗之用心。

(三)反对专以"时"区分正变

反对专以"时"区分正变,重视从"诗体"自身特征看待《诗》的正变。"正变"又称"风雅正变",是《诗经》学史上的一个重要概念,自《毛诗序》和郑玄《诗谱》提出"正变"之说,将"正变"与时代紧密联系起来,它就一直是《诗经》学史关注的问题。从明代开始,"正变"之说开始与诗之音律、词气、体式联系起来,清代诗论家叶燮更是提出"正变"不仅"系乎时"而且"系乎诗"的观点,将"正变"之说提升到诗歌本体建构的高度。方玉润的"正变"之说,如云"盖正变以体异,不以国异,以声异,不以史异"③,"大小雅正变之分,固因体异,而体之所以异,亦往往由时世升降之故"④,虽没有否定"正变"与"时世"的关系,却主要是从"诗体"角度看待"正变"。他还提出"《小雅》固可兼风,《大雅》亦未尝不可兼风,读者试即《洞

---

① (清)方玉润:《诗经原始》,北京:中华书局,1986年,第82页。
② (清)方玉润:《诗经原始》,北京:中华书局,1986年,第383页。
③ (清)方玉润:《诗经原始》,北京:中华书局,1986年,第69页。
④ (清)方玉润:《诗经原始》,北京:中华书局,1986年,第60页。

酌》《卷阿》诸诗细咏之,其体自见"①的观点,将"正变"之说与文本细读和诗意揣摩紧密结合起来。他认为只有做到"善读《诗》者反复涵咏自有得于心"②,才能对诗之正变关系做出正确的理解。《周南》,历代《诗经》学者都看成是正风之诗,方玉润则通过具体阅读发现"《汉广》气体差阔而肆,《汝坟》兴中有怨,与前后诸诗小异"的特点,认为"谓为正风之变也亦宜"③。《豳风·七月》一诗,从郑笺孔疏开始,就有"豳风""豳雅""豳颂"兼用之说,主要是从政教内容不同因此导致乐调不同的角度说的。《诗经原始》则进了一步,认为此诗最突出的特点是"兼风雅颂三体而物无或遗,但非截然判而为三之谓,乃浑然合而成一之谓也"④。这一结论是通过文本细读而得出的。《诗经原始》不仅发现了这首诗明确包含了"风者,讽也""雅者,正也""颂,则曰美盛德之形容"三体具有的内容⑤,而且还从诗之体式、语气、辞意等方面对这首兼风雅颂三体之用的诗所达到的艺术成就进行了仔细地分析:"雅、颂可兼风体,风是独不可兼雅、颂乎?知乎此,可以读雅、颂变体,亦可以读风诗变体矣。然后可以读一诗而兼三体之变风矣。独是此体在《三百篇》中,不可多观。非惟雅、颂所无,即风体亦绝无而仅有者也。故以一诗而别为一册者,未为过也。今玩其辞,有朴拙处,有疏落处,有风华处,有典核处,有萧散处,有精致处,有凄婉处,有山野处,有真诚处,有华贵处,有悠扬处,有庄重处,无体不备,有美必臻。晋、唐后,陶、谢、王、孟、韦、柳田家诸诗,从未见臻此境界。"⑥这样的解

---

① (清)方玉润:《诗经原始》,北京:中华书局,1986年,第48页。
② (清)方玉润:《诗经原始》,北京:中华书局,1986年,第69页。
③ (清)方玉润:《诗经原始》,北京:中华书局,1986年,第92页。
④ (清)方玉润:《诗经原始》,北京:中华书局,1986年,第306页。
⑤ (清)方玉润:《诗经原始》,北京:中华书局,1986年,第306页。
⑥ (清)方玉润:《诗经原始》,北京:中华书局,1986年,第306—307页。

读,显然超越了一般的"诗之正变"的时世和诗体之争,回归到诗之本体,为人们用"正变"的方法品评诗歌树立了一个典范。

(四)区分"诗辞"与"文辞"的不同,重视《诗》的言外之意的语言特征

前文说,《诗经原始》区分解《诗》与观《诗》学《诗》引《诗》的不同,认为后者"多言外意",而不像解《诗》那样"务探诗人意旨",这主要是针对《诗经》解释史上断章取义的用诗传统而说的,并不是否定《诗》具有"言外之意"。"诗辞与文辞迥异,文辞多明白显易,故即辞可以得志。诗辞多隐约微婉,不肯明言,或寄托以写意,或甚言而惊人,皆非其志之所在"①,"诗人立言多寄托微婉,故足以感人于无形"②,"诗人造句结体与文家迥异,不可以辞而害意"③,"诗人之词,多在可解不可解之间,不必以辞害意也"④,这些话说明,《诗经原始》非常重视《诗》的言外之意的艺术特征,将它作为"诗辞"与"文辞"的基本区别所在。为了把握《诗》的言外之意,《诗经原始》对《诗经》艺术手法进行了探讨,"虚想"是涉及较多的手法之一。《齐风·鸡鸣》"全诗纯用虚写,极回环摩荡之致,古今绝作也"⑤,《召南·草虫》"此善言情作也,皆虚想,非真实觏。……使读者自得其意于言外。则情以愈曲而愈深,词以益隐而益显"⑥,《鄘风·桑中》"是诗中人亦非真有其人,真有其事,特赋诗人虚想"⑦,《陈风·月出》"虽为男女词,而一种幽思牢愁之

---

① (清)方玉润:《诗经原始》,北京:中华书局,1986年,第44页。
② (清)方玉润:《诗经原始》,北京:中华书局,1986年,第63页。
③ (清)方玉润:《诗经原始》,北京:中华书局,1986年,第469页。
④ (清)方玉润:《诗经原始》,北京:中华书局,1986年,第229页。
⑤ (清)方玉润:《诗经原始》,北京:中华书局,1986年,第229页。
⑥ (清)方玉润:《诗经原始》,北京:中华书局,1986年,第99页。
⑦ (清)方玉润:《诗经原始》,北京:中华书局,1986年,第161页。

意,固结莫解,情念虽深,心非淫荡。且从男意虚想,活现一月下美人"①,这些解读都突出了《诗经原始》运用"虚想"手法的特点,即"虚想"比起写实、直陈的手法来说,更能调动人们的想象,使诗篇显得意味深长。"侧面烘托"和"对面用笔"也是《诗经原始》常常探讨的手法。比如,《小雅·大田》题解:"此篇省数,本欲形容稼穑之多,若从正面着笔,不过千仓万箱等语,有何意味?且与上篇犯复,尤难出色。诗只从遗穗说起,而正穗之多自见……事极琐碎,情极简淡,诗偏尽情曲绘,刻摹无遗,娓娓不倦。无非为多稼穑一语设色生光,所谓愈淡愈奇,愈闲愈妙,善于烘托法耳"②;《魏风·陟岵》解题:"人子行役,登高念亲,人情之常。若从正面直写己之所以念亲,纵千言万语,岂能道得意尽?诗妙从对面设想,思亲所以念己之心,与临行勖己之言,则笔以曲而愈达,情以婉而愈长"③,这些解题可谓深得《诗经》修辞手法之用心,切中"诗辞"不同于"文辞"的语言特点,带给读者很好的艺术享受。

(五)提出"托辞"的诗学概念,重视《诗》的讽喻教化功能

"托辞"是《诗经原始》经常言及的重要诗学概念。照字面意义理解,"托辞"即"假托之辞"。《诗经》中多男女情爱之诗,常被方玉润看成是假托之辞,目的是指向"君臣朋友"之义的深层内涵。学术界对方玉润"托男女之情以写君臣朋友义"的托辞说法多是持否定态度的,认为它反映了方玉润的经学和道德教化的立场,其目的是将《诗》看成是实现经学之"微言大义"和政治伦理教化的手段。近些年有学者注意到《诗经原始》中的"托辞"概念的诗学价值,认为它体现在两方面:一是使得《诗》能够超越"史"的羁绊而成

---

① (清)方玉润:《诗经原始》,北京:中华书局,1986年,第289页。
② (清)方玉润:《诗经原始》,北京:中华书局,1986年,第439页。
③ (清)方玉润:《诗经原始》,北京:中华书局,1986年,第246页。

为艺术一门类的"诗",一是"托辞"说提供了一个解读中国古典诗学面临的"言在此而意在彼"之美学精神的重要维度。① "托辞"说的提出,无疑与方玉润对"不可泥诗以求事,尤不可执事以言诗"②,即"诗"不同于"史"(事)的本体特征的认识密切相关。同时,"托辞"说所遵循的亦是汉儒以来美刺比兴言《诗》的诗学传统,与经学阐释中的"微言大义"的表达方式有着密切关联,重视的是《诗》的"文见于此,而起义在彼"(杜预语)的讽喻教化功能。与传统诗学不同的是,方玉润的"托辞"说主要是从文本分析出发的,反对的是脱离文本的"俗儒说《诗》,多求确解"的牵强附会,讲求的是读者对《诗》的涵咏和用心,所以更具有诗学和美学的意义。为说明这一点,我们先看一个例证,即《诗经原始》对《邶风·谷风》的主旨分析:

> 此诗通篇皆弃妇辞,自无异议。然"凡民有丧,匍匐救之",非急公乡义、胞与为怀之士,未可与言,而岂一妇人所能言哉?又"昔育恐育鞠,及尔颠覆",亦非有扶危济倾、患难相恤之人,未能自任,而岂一弃妇所能任哉?是语虽巾帼,而志则丈夫。故知其为托词耳。③

《邶风·谷风》这首诗,《毛诗序》解释为"刺夫妇失道"之诗,朱熹《诗集传》解释为"弃妇之诗",《诗经》阐释史上其他解释也大致如此。《诗经原始》对此并不否定,称"此诗通篇皆弃妇辞,自无

---

① 孙兴义:《"托辞":方玉润的诗学修辞论》,《文山学院学报》2011年第2期。
② (清)方玉润:《诗经原始》,北京:中华书局,1986年,第151页。
③ (清)方玉润:《诗经原始》,北京:中华书局,1986年,第136页。

异议",同时却把此诗的主旨解释为"逐臣自伤也"。如何将二者统一起来,关键就在于要懂得《诗》的"托辞"手法的运用。从《诗》的字面义来说,此《诗》的确如《集传》所说是以一个弃妇的口吻叙述其悲怨之情,可是深层意义并非如此。若作为"弃妇之辞",如何理解诗中的"凡民有丧,匍匐救之""昔育恐育鞠,及尔颠覆"等话语?显然这些话语不是出自弃妇之口,而是急公乡义、胞与为怀之士之言,体现了扶危济倾、患难相恤之人的责任担当。"是语虽巾帼,而志则丈夫。故知其为托词耳",表面上写夫妇之辞,实际上寓君臣之义。"夫妇词,为人伦始基"①,由男女夫妇之情走向君臣大义,正是中国古人之所以重视《诗》,以《诗》为手段实施"风天下而厚人伦"教化目的的缘故所在,也是方玉润提出"托辞"说的深层用意所在。"诗本讽喻,非同质言"(皮锡瑞语),从汉儒开始,人们就有意识地忽视《诗》的字面义而将其引向道德、比喻、寓意化的层面,《诗经原始》亦是如此。重要的是它不像汉儒那样舍弃文本作无限的引申,主要遵循的还是文本自身的逻辑,其所谓"托辞"的用心常常是通过文本关键字句的解读得出来的,并对过度追求"深义"的道德化、寓意化的解释保持着警惕。《诗经原始》对诗旨的解释注明"未详"的诗篇有十三篇,说明它宁肯阙疑,也不穿凿附会。对于有些诗篇的解释,则是根本否定了其中的"确解"和"深意",只是将其作为抒发诗人情感的作品来读。比如它对《唐风·绸缪》的解释,即强调"此贺新婚诗耳","无甚深义,以描摹男女初遇,神情逼真,自是绝作,不可废也。若必篇篇有为而作。恐自然天籁反难所已"②。对《邶风·击鼓》的解释也是如此,反对《毛序》《郑笺》附会卫国史实,阐释为隐公四年卫州吁伐郑而卫人生怨的说法,因为这

---

① (清)方玉润:《诗经原始》,北京:中华书局,1986年,第44页。
② (清)方玉润:《诗经原始》,北京:中华书局,1986年,第257页。

样,《诗》中那种"边防戍远,永断归期,言念家室,能不创怀"①的情感意味根本无法解读出来。"夫佳诗不必尽皆征实,自鸣天籁,一片好音,尤足令人低回无限。若实而按之,兴会索然矣"②,《诗》应有"兴会",有"性情",有"风致",应该"自然天籁",而不是去做政治和历史的附会,寻求什么"深义"和"确解",这是方玉润为《诗》确立的重要标准。可是单有这些还不够,因为单有这些,若忽视了《诗》所包含的君臣大义和人伦内涵,则可能使《诗》沦落为"风云月露以炫藻采而骋才思"之作③,也可能像朱熹那样,由于不明白"诗多寄托男女,不尽描写之事"的道理,将《郑风》篇篇指为淫诗④,从而降低了《诗》的品位。所以还必须有"托辞"之说,有"托男女之情写朋友君臣义"的政治人伦关怀,以追求《诗》的言外之意和提升《诗》的思想品位。方玉润的"托辞"说实际上反映了其在"诗意"与"经义"之间的矛盾纠结,反映了方玉润在不违经学教义的前提下对激活《诗经》阐释的文学活力所做出的努力。

  《诗经原始》所提出的这些原则和方法,不仅丰富了《诗经》批评实践,而且也推动了中国诗学解释学的发展。如果联系《诗经》阐释的诗学进程来审视,便不难明白其意义所在。对《诗经》本文之意的重视,早在先秦孟子提出"以意逆志"和"知人论世"命题就成为《诗经》阐释的一个传统。孟子这些命题是针对春秋"赋诗断章"观念提出来的,它提倡"不以文害辞,不以辞害志,以意逆志,是为得之"的解《诗》方法,所反对的是脱离特定的语境对诗句作片面孤立的解释,反对的是以诗的表面意义理解来代替对作者心智和

---

① (清)方玉润:《诗经原始》,北京:中华书局,1986年,第129页。
② (清)方玉润:《诗经原始》,北京:中华书局,1986年,第85页。
③ (清)方玉润:《诗经原始》,北京:中华书局,1986年,第8页。
④ (清)方玉润:《诗经原始》,北京:中华书局,1986年,第55页。

作品深意的体察,用宋人姚勉的话来说,也就是反对以"私意"对作品作主观附会的阐释,包含着重视作者用心和作品原意的意图,亦可以看成是一种以文本为基础的阐释理论。尔后,汉代班固在批判今文三家诗的"取春秋,采杂说"的基础上提出《诗》本义的问题;宋代欧阳修撰写《诗本义》,认为《诗》有诗人之意、太师之职、圣人之志、经师之业多层含义,其中诗人之意、圣人之志为"本义",太师之职、经师之业为"末义",均表现了对《诗经》本文意图的重视。但是,上述理论命题的提出,都还是针对《诗经》阐释中出现的某种现象而言,如方玉润批评孟子"以意逆志"命题"此特为断章取义言之,非谓全诗大旨可以臆断"①,即指出其针对的是春秋时期的"赋诗断章"的《诗经》解读现象而非从《诗经》本文意旨出发。班固和欧阳修的"本义"论也有相似特点,虽能针对《诗经》史上的某种现象强调《诗经》本文阐释的重要性,但并非真正从《诗经》本文的内容与肌理出发建立起成熟的本文解释原则与方法。这一情况到了明清时期有了很大的改变。明代的《诗》论家比前人更清楚经学文本与诗歌文本的不同并重视从"诗"的解读实践出发看待《诗》的价值。杨慎说"《三百篇》为后世诗人之祖"(《升庵诗话》),胡应麟言"《诗》三百五篇,有一字不文者乎?有一字无法者乎?……皆文义蔚然,为万世法"(《诗薮》),陈继揆言"以经读《诗》,不如以'诗'读《诗》之感人尤捷"(《读风臆补》)等,即反映出这一阐释趋向。不过,明代《诗》论家由于受阳明心学的影响,《诗经》评点中的"借杯浇臆"的主观阐释倾向亦非常突出,难以指向作者立言之旨意和作品本义。这一倾向甚至在一定程度上影响到清代的大诗论家王夫之和金圣叹,其评《诗》的目的常常在于"心契"与"自得"而不是追

---

① (清)方玉润:《诗经原始·凡例》,《诗经原始》,北京:中华书局,1986年,第1页。

寻作品的本义。《诗经原始》则不然,它对《诗经》文本的重视和解读受到清代"通经明道"和客观求实的学术风气的影响,却又始终将《诗》作为"诗"来阅读和理解。它以"务探诗人之意旨"原则为指导,坚持从文本出发,重视文本细读,重视从《诗》的整体关系中去把握《诗》意,同时又充分意识到《诗》之存在的文学品质和《诗》之解释活动的特殊性,重视读者涵咏体验在《诗》之解读活动的重要性,重视《诗》的"虚想"艺术手法和"意在言外"的艺术特征。它虽不否定《诗经》道德化、寓意化的阐释功能,却始终以"诗"为本位,在不违经学大义的前提下充分激活《诗》作为文学作品的思想和艺术活力。这一切,若放在中国古代《诗》学解释传统中,相对于长期以来占据主导地位的以"自得""私意""己意"参与作品的释义、轻视作品本文的客观释义的理论相说,无疑体现出新的特征、包含着新的内涵。正因为此,《诗经原始》不仅作为《诗经》学史的名著,也作为中国古代重视文本解读的代表性著作,在中国诗学史上显示出其应有的价值和作用。

为《诗》一辩
——古史辨派与中国《诗经》学的现代转型

湘潭大学文学与新闻学院 郭明浩

古史辨派诞生于五四新文化运动的历史洪流中,以"解放人的思想"(胡适)为旨归,高举来自西洋的"科学"大旗,并自诩为"科学的史学者",自觉运用"科学观念"与"科学的方法"(顾颉刚),秉持胡适所谓"宁可疑而过,不可信而过"的原则审查古史、古书。业已摆脱"过去的幽灵"的古史辨学者,以重估一切价值之勇气,全面质疑、大胆挑战传统学术体系与文化秩序,成为推动中国学术现代转型的重要力量。经学长期被视为传统文化根干与核心,在汉代以降的中国传统学术体系中拥有至高无上的地位与无可置疑的权威性。如欲推翻传统文化秩序,经学无疑是最为关键的一环,钱玄同直言"打倒伪经,实为推倒偶像之生力军"[①],顾颉刚更是声称,"要把宗教性的封建经典——'经'整理好了,送进封建博物院,剥除它的尊严,然后旧思想不能再在新时代里延续下去"[②]。简言之,辨疑经籍是古史辨运动的核心议题与首要任务。

《诗经》居"五经之首,文学之源",支撑其经学地位的是各类经说,故历代关于《诗经》的经学解释遂成疑古派的重要靶标,所谓"前人所作的经解真是昏乱割裂到了万分,在现在时候决不能再让

---

① 杨天石主编:《钱玄同日记》(整理本),北京:北京大学出版社,2014年,第488页。
② 顾颉刚:《我是怎样编写〈古史辨〉的?》,顾颉刚编著《古史辨》(一),上海:上海古籍出版社,1982年,第28页。

这班经学上的偶像占据着地位和权威"①,胡适更是直言,要彻底清算"两千年的《诗经》烂账"。基于此,胡适、顾颉刚、钱玄同、郑振铎、俞平伯、陈槃、王伯祥、张履珍、何定生、刘大白等发起或参与了"《诗经》大讨论",尤其是顾颉刚所编《古史辨》第三册下编集中反映了本次"讨论"的过程与各方观点的争锋。总体来看,古史辨派试图彻底解构"二千年来积下来的附会的见解"(胡适),即摧毁绵延千年的《诗经》经学阐释体系,重审历代《诗经》学之功过,并以现代文学观念重释《诗经》,成为推动中国《诗经》学现代转型的中坚力量。

一、《诗经》经学属性的祛魅

古史辨派学者一方面承认《诗经》所承载的重要价值及在世界文学史上的地位,如顾颉刚称《诗经》"可以算作是中国所有的书籍中最有价值的"②,胡适更是从世界文学视野推崇其文学价值,但顾、胡对《诗经》的推崇实则是站在经学的对立面立言,故他们又直斥旧时代经解之谬妄,不遗余力破坏《诗经》作为"圣道王化的偶像"之地位。胡适、顾颉刚、钱玄同等人远绍郑樵、王柏、姚际恒、崔述等人的辨疑思想,又受思想革新潮流与西方科学观念的熏染,立志要把《诗经》从传统经解的禁锢中解放出来。

众所周知,自汉代立五经博士起,《诗经》便位居五经之列,虽后世释《诗》者或各有所宗,甚至歧见迭出,尤其是《诗序》、毛传、郑

---

① 顾颉刚:《自序》,顾颉刚编著:《古史辨》(一),上海:上海古籍出版社,1982年,第50页。

② 顾颉刚编著:《古史辨》(三),上海:上海古籍出版社,1982年,第309页。

笺、孔疏与朱《传》之分殊（汉宋之争）人所共知。但从根本上讲，这应被视为经学内部不同派别或阐释路径的歧义，《诗经》的经学地位从未被真正质疑，甚至可以说殊途同归，因为古人解《诗》的旨归在捍卫其经的地位，并为构建或维护道统服务。但与前代释《诗》者迥乎不同，已卸下传统包袱的古史辨派则试图拨开传统经解的卫道迷雾，全面清算孔子以来的《诗经》阐释体系：坚称孔子与《诗经》编撰无关，认为孟子未真正做到"论世""逆志"，其"乱断《诗》"为诗学"流毒"，且开汉人附会、割裂的先河，《毛诗序》必须首先"扫除"，通儒郑玄被讥"头脑冬烘"。

即便是具有疑《序》反《序》倾向的朱熹、王柏、姚际恒、崔述等，在古史辨人看来，他们或出于卫道目的，或囿于家派之限，无法做到放绝圣经、彻底废《序》，对其是非功过亦有明确判定。如俞平伯称颂朱熹"于《诗经》不愧为廓清扫除之功臣"，但又见出其有先入之见，疑古并不彻底，终系"古人之傀儡"；陈槃对姚际恒、方玉润、龚自珍冠以"'中庸'主义者"之名；顾颉刚认识到王柏放绝淫诗、黜《小序》的进步意义，但由于王柏依然相信淫诗乃"圣人之经"，故其放绝之举实际上是为了更好地维护《诗》的圣经地位，这是因为，"他的主张建筑于他的信仰上，他的信仰是儒者共同的信仰"①。王柏作为古史辨派树立的疑经典范，其释《诗》尚且旨在维护圣道权威，其他儒者、经师更是以"卫道士"身份谨守经说。简言之，在古史辨学者眼里，前代经师因为"有信仰而无思考"，更准确地说是信仰遮蔽、钳制了思考，所以，其释《诗》行为的本质是为传统文化秩序塑像、辩护，是道统的监护人与捍卫者。

但借五四东风、高举思想解放大旗的古史辨派，与前代辨疑者

---

① 顾颉刚：《重刻诗疑序》，顾颉刚编著：《古史辨》（三），上海：上海古籍出版社，1982年，第409页。

完全不同,其身份由传统的"卫道者"变成了现代的"掘墓人",其辨疑旨归亦从维护道统的合法性转向冲击其权威性。"解除了道统束缚"的古史辨学者为祛除《诗经》的神圣性、经典性,即顾颉刚所谓破坏"圣经地位""剥除它的尊严",古史辨派必然走上"离经叛道""非圣无法"之道。顾颉刚、钱玄同均曾明确表达过推翻前代《诗》说的强烈意图与坚定意志:

在《诗经》上用力了半年多,灼然知道从前人所作的经解真是昏乱割裂到了万分,在现在时候决不能再让这般经学上的偶像占据着地位和权威,因此,我立志要澄清谬妄的经说。①

我极望先生将此书好好地整理它一番。救《诗》于汉宋腐儒之手,剥下它乔装的圣贤面具,归还它原来的文学真相,是很重要的工作。②

顾、钱二人自称出于揭示《诗经》"真相"的目的,均将前代经说视为揭示《诗经》真相的遮蔽物、障碍物,故欲终结其权威性、祛除其"圣贤面具"而后快。

经之所以成为被人尊奉不二的典籍,其根本原因在于被视为圣人之道的承载物。因此,如能证明前人所信奉、膜拜的经籍并非出自圣人之手,其权威性、神圣性自然无所依附。古人尊奉的五经或六经之所以具有权威性与神圣地位,与古人坚信其乃圣人(主要

---

① 顾颉刚:《自序》,顾颉刚编著:《古史辨》(一),上海:上海古籍出版社,1982年,第50页。
② 钱玄同:《论〈诗〉说及群经辨伪书》,顾颉刚编著:《古史辨》(一),上海:上海古籍出版社,1982年,第50页。

是孔子)著作或经其编次删定有关,尤其是司马迁《史记》之《孔子世家》及《太史公自序》诸篇载有夫子于六经有创作或编撰之功,遂成为后世谨守、尊奉之依据,以致清末皮锡瑞在《经学历史》中依然坚称"经学开辟时代,断自孔子删定《六经》为始。孔子以前,不得有经"①。廖平、康有为也有"六经,孔子一人之书"(《知圣篇》)、"六经皆孔子所作"(《孔子改制考》)之说,甚至时至今日依然有人坚信孔子赞《易》、序《书》、删《诗》、正《乐》。可见,此一观念影响之深远。

虽然已有前代学者怀疑孔子并未创作或编次六经,如章学诚《校雠通义》有言"六艺非孔氏之书",龚自珍《六经正名》一文甚有"孔子之未生,天下有六经久矣"②之说。但真正对此进行全面怀疑、彻底审查的,当系民初的辨伪风潮,古史辨派不但从根本上否认"经"存在的真实性与可能性,如钱玄同在《论〈诗经〉真相书》一文中断言"'圣经'这样东西,压根儿就是没有的"③,还将质疑孔子与六经之关系作为其推倒群经偶像运动的首要之事。如果说冯友兰《孔子在中国历史中之地位》一文认为,孔子之地位与苏格拉底在西方文明中的地位相埒,且力证"孔子果然未曾制作或删正六经"④,主要从学术角度进行讨论的话。那么,钱玄同多次声称"孔丘无删述或制作'六经之事'"其真正目的则在废"孔教",即所谓"我以为不把'六经'与'孔丘'分家,则'孔教'总不容易打倒

---

① 皮锡瑞著,周予同注释:《经学历史》,北京:中华书局,1959年,第19页。
② 龚自珍:《龚自珍全集》,上海:上海人民出版社,1975年,第36页。
③ 钱玄同:《论〈诗经〉真相书》,顾颉刚编著:《古史辨》(一),上海:上海古籍出版社,1982年,第47页。
④ 冯友兰:《孔子在中国历史中之地位》,顾颉刚编著:《古史辨》(一),上海:上海古籍出版社,1982年,第196页。

的"①,其用意昭昭然。如钱氏所言非虚,中国古人信奉千年的价值体系与精神支柱也由此土崩瓦解,而这正是古史辨派重审古史、古书、古事的最终目的与最高理想。

由此观之,如欲摧毁"《诗经》文、武、周公的圣经地位",古史辨派亦必先斩断《诗经》与圣人之间的联系,其核心便是质疑"孔子删诗"说。"孔子删诗"说出自《史记》,至今仍有笃信者,但纵览《诗经》学史可以发现,自唐宋以来便疑者不断。孔颖达《毛诗正义》对太史公此言已有质疑,即"马迁言古诗三千余篇,未可信也"②,朱熹更是指出"孔子不曾删去,往往只是刊定而已"③。唐宋时期影响最大的两位经学家之质疑并未动摇《诗经》的权威性,其缘由在于,囿于历史文化语境与思想信仰,他们无法真正质疑《诗》作为经的身份。相反,我们甚至可以说,孔、朱的辨疑是为经"验明正身",其出发点依然在宗经。但古史辨派自信已然"解除了道统的束缚",与传统疑《诗》者的立场、旨归完全不同,他们试图在没有任何文化偶像崇拜的情况下揭开《诗经》的经学面纱。正是基于对"愚古""泥古""奴古"的拒斥,胡适、顾颉刚、钱玄同、冯友兰、张寿林、陈槃、张西堂等均否定"孔子删诗说"。胡适认为原本《诗经》三千首,孔子删去十之九并不可信;顾颉刚否认孔子删《诗》,并将《诗经》与孔子的关联视为《诗》之"厄运";钱玄同宣称孔子所见《诗经》只有三百篇,与今本相类,并无删述之事;张寿林坚持孔子之时《诗》仅存三百篇,非经其删定;陈槃亦称"删《诗》定《诗》"为"庸人

---

① 钱玄同:《答顾颉刚先生书》,顾颉刚编著:《古史辨》(一),上海:上海古籍出版社,1982年,第75页。

② (清)阮元校刻:《十三经注疏》(清嘉庆刊本),北京:中华书局,2009年,第556页。

③ (宋)黎德靖编,王星贤点校:《朱子语类》,北京:中华书局,1986年,第542页。

自扰的鬼话";张西堂也认为《史记》所谓夫子"去其重"之说并不可信。此外,顾颉刚还坚信今本《诗经》的结集必在孔子之后,从文本凝定的源头上否定了孔子删诗的可能性。

古史辨派推翻"孔子删诗"说显然并非单纯为了澄清《诗》的归宿问题,而是试图从根本上挑战《诗经》作为经的合法性与可能性,因为一旦坐实《诗经》与圣人无关,其"大经大法"的地位及其所支撑的精神大厦自系无根之谈。众所周知,经学的衰亡从来不是一个简单的学术问题,而是宣告一种意识形态与精神传统的消弭,同时也为以现代学术形态重释经籍提供了可能。因此,《诗经》经学地位的丧失绝非仅为学术属性的废弛,古史辨驳孔子删诗便应视为当时废孔学风潮的组成部分,而废孔学之目的是为了根除传统价值体系,钱玄同在《中国今后之文字问题》一文中有所谓"欲祛除三纲五伦之奴隶道德,当然以废孔学为唯一之办法"①,言之甚明。总而言之,古史辨对《诗经》经学属性的祛魅,实则意味着以现代学术眼光开展超越传统经学的阐释提供了可能,即是说为《诗经》的现代转型奠定了坚实基础。

二、废《序》言《诗》

《毛诗序》不仅是汉唐《诗经》学的标志性文本,也是传统经学话语的典范形态,如欲剥除《诗经》的神圣性与权威性,《毛诗序》无疑是被重点质疑、集中攻击的对象。与此同时,《毛诗序》被四库馆臣称为"说经之家第一争诟之端",历史上也曾上演过旷日持久的

---

① 钱玄同:《钱玄同文集》(第一卷),北京:中国人民大学出版社,1999年,第164页。

"尊废之争",尤其是自中唐以来,质疑之声此起彼伏,仅宋代便有如欧阳修、刘敞、王安石、司马光、晁说之、苏辙、张载、郑樵、王质、朱熹、杨简、王柏、章如愚、李樗、程大昌、辅广、邱铸、董迪、曹粹中、戴溪、陈埴、钱文子、王应麟等加入疑《序》大军,如章如愚抨击"《诗序》之坏《诗》,无异于三传之坏《春秋》。然三传之坏《春秋》而《春秋》存,《诗序》之坏《诗》而《诗》亡"①。清末伴随国运衰颓、思想崩裂,具有革新意识的思想家如魏源、梁启超等对《诗序》的抨击更是变本加厉,梁启超甚至认为,"欲治《诗经》者非先将《毛诗序》拉杂摧烧之,其蔀障不知所极矣"②。但总体而言,传统社会蔓延千余年的质疑与争讦并未真正动摇《诗序》在《诗经》阐释话语体系中的独尊地位。

真正对《毛诗序》进行全面清算、彻底质疑的,当系民初的反《诗序》运动,而古史辨派正是这一运动的核心力量。郑振铎指斥《诗序》为《诗经》之祸,且其害甚于伪《古文尚书》,是遮蔽《诗经》真面目"一堆最沉重、最难扫除,而又必须最先扫除的瓦砾"③;顾颉刚批评《诗序》"指鹿为马,掩耳盗铃之状至为滑稽",且对"两千年来,儒者乃日诵而不悟"极为不满④;俞平伯亦谓《诗序》乃"千古未有之谬论"。此外,胡适、钱玄同、陈槃、王伯祥、张履珍等均有抨击《诗序》以美刺言《诗》、附会《诗》义之论。在此前提下,古史辨派既全方位批驳、鞭挞《毛诗序》,又试图重审历代尊《序》、废《序》

---

① 章如愚编撰:《山堂考索》,北京:中华书局,1992年,第1305页。
② 梁启超:《饮冰室专集之七十二:要籍解题及其读法》,上海:中华书局,1936年,第64页。
③ 郑振铎:《读〈毛诗序〉》,顾颉刚编著:《古史辨》(三),上海:上海古籍出版社,1982年,第385页。
④ 顾颉刚:《〈毛诗序〉之背景与旨趣》,顾颉刚编著:《古史辨》(三),上海:上海古籍出版社,1982年,第385页。

之论。

古史辨派主要从以下方面抨击《毛诗序》：

首先，坚称《毛诗序》乃东汉卫宏敷衍而成，非如前人所言出自孔子、子夏、毛公等圣贤之手，意在否定其神圣性。与否认"孔子删诗"说相类，古史辨学者多否定《诗序》出自圣人之手，而是东汉经生所为，这并非单纯的知识考古问题，其目的在消解其可信度与权威性。如郑振铎在《读〈毛诗序〉》一文中指出：

> 是知指《诗序》为子夏作者，实亦无据之谈，与诗人所自作及孔子或国史所作之说同样的靠不住。最可靠者还是第二说。因为《后汉书·儒林传》里，明明白白地说："卫宏从谢曼卿受学，作《毛诗序》，善得风雅之旨，至今传于世。"范蔚宗离卫敬仲未远，所说想不至无据。①

郑振铎认为，古人所言孔子、子夏或国史作《序》之说均缺乏可靠依据，转而坚信《后汉书》所言卫宏序《诗》之说，其理由乃范晔距卫宏时代较近，其说应有可靠证据。顾颉刚更是从毛公不注《序》、《汉书·艺文志》不载《毛诗序》等证明西汉之时并无《毛诗序》，而郑玄笺《序》进一步证明《序》之作者必在毛郑之间，且与郑振铎所言相同，顾氏也以范晔《后汉书》所记为准的。

其次，认为《毛诗序》乃"杂采经传"，蹈袭《左传》《史记》，并非圣人遗训。与前述作者问题相应，如果《毛诗序》非前代圣贤所为，而是抄掇、杂采他书而成，那么，被尊奉千年的神圣宝典自然变得一文不值，甚至可以成为被声讨的文化赝品。除推溯"六义"来自

---

① 郑振铎：《读〈毛诗序〉》，顾颉刚编著：《古史辨》（三），上海：上海古籍出版社，1982年，第399页。

《周礼·春官·大师》"六诗"之外，古史辨派还重点考察了《毛诗序》蹈袭《左传》《史记》之"证据"，胡适《谈谈〈诗经〉》、郑振铎《读〈毛诗序〉》、顾颉刚《〈毛诗序〉之背景与旨趣》诸文于此皆有详细阐明。如顾颉刚指出：

> 当东汉之时，《左传》已行矣，故《硕人》《载驰》《清人》《新台》诸篇之义悉取于《左传》。《史记》亦已行矣，故《秦》《陈》《曹》诸国风诗得以《史记》记载之世系立说。①

顾颉刚断定《毛诗序》产生于东汉时期，其时《左传》《史记》为世所共见之典籍，凡《毛诗序》与《左传》《史记》所言相合者，皆袭取自《左传》《史记》，言下之意并非具有神圣光环的圣贤之言。

再次，重释"六义"。关于"六义"所指，古往今来争讼不断，有所谓六义皆体、六义皆用、三体三用等，且时至今日依然未有定论。其原因与《诗大序》作者并未对之进行清晰界说有关，只是从政治义理角度讨论了"风雅颂"，即"是以一国之事系一人之本，谓之风。言天下之事，形四方之风，谓之雅。雅者，正也，言王政之所由废兴也。政有小大，故有《小雅》焉，有《大雅》焉。《颂》者，美盛德之形容，以其成功告于神明者也"②。在顾颉刚看来，《毛诗序》作者从义理角度释"六义"是一种误读，转而舍意求声论"风雅颂"：

> 知古代歌《风》《雅》《颂》皆以琴，歌《雅》以雅琴，歌

---

① 顾颉刚：《〈毛诗序〉之背景与旨趣》，顾颉刚编著：《古史辨》（三），上海：上海古籍出版社，1982年，第403页。
② （清）阮元校刻：《十三经注疏》（清嘉庆刊本），北京：中华书局，2009年，第586页。

《颂》以颂琴。《国风》之琴虽未著专名,由颂琴、雅琴之名推之,知歌《风》者必不用颂琴、雅琴,而土风南北东西有异,或十五国风即为十五种琴,未可知也。……歌一种诗用一种琴,可见《风》、《雅》、《颂》之别实即乐器之别,绝不关涉义理。以《风》为咏国君之诗,《雅》为咏帝王之诗,《颂》为告神明之诗。夫不睹其器,不闻其音,而惟就字面加以籀绎,立义虽多,固无一非隔靴搔痒矣。①

以演奏不同类别《诗》所用乐器作为风雅颂得名的由来,虽并非顾颉刚的首创,陈善《扪虱新话》、章太炎《大疋小疋说》均将雅颂与演奏之琴联系,但顾氏的本意显然不止于考证真相,重在认定风雅颂"绝不关涉义理",即试图切断其与国君、帝王、神明之联系。刘大白《六义》一文虽承续前人三体三用说,但不乏创见,尤其是关于六义次第之缘由,刘大白以为系按发音排列,其中,赋乃铺陈,比为譬喻,兴乃诗人借所见所闻起头而与《诗》旨之关系或有或无,刘大白关于六义排列次序之缘由前所未见,颇有新意,其关于赋比兴的阐释时至今日依然为学界所宗。朱自清《关于兴诗的意见》一文则指明,兴乃比的一类,"起兴"与后文没有意义关系却有音韵联系,比、兴原归之于赋。何定生《关于诗的起兴》也认为,《诗》之兴句中的禽虫草木与诗之义并无联系,只是"趁声"。无论是顾颉刚以乐器论风雅颂,还是刘大白、朱自清、何定生关于赋、比、兴的讨论已完全脱离传统的政治伦理阐释路径,而是以艺术标准为其立论基点。

最后,驳斥《毛诗序》解《诗》之谬妄,尤其是对以美刺释《诗》颇为不满。郑振铎指出,"《毛诗序》最大的坏处,就在于他的附会

---

① 顾颉刚:《〈风〉、〈雅〉、〈颂〉之别》,《顾颉刚全集》(31),北京:中华书局,2011年,第179—180页。

诗意,穿凿不通"①,并重点论及《诗序》所谓美刺并无标准,如他认为《小雅·楚茨》与《大雅·凫鹥》均为祭祀之诗,但因前者居《小雅》后者列《大雅》,故被强制赋予刺、美之别,《周南·关雎》《陈风·月出》《陈风·泽陂》均为情诗,但《关雎》为美,他者为刺,另如《草虫》《采葛》《风雨》《晨风》《菁菁者莪》《裳裳者华》《都人士》《隰桑》诗义相近,但因各自所在位置之别,《诗序》所贴的美刺标签亦各有不同。顾颉刚进一步将《诗序》的解《诗》方法归纳、总结为"政治盛衰""道德优劣""时代早晚""篇第先后",即时代较早的清明之世其诗必述欢愉之乐,时代较晚的衰颓之世其诗必言愁苦之情,简言之,枉顾诗意、曲说附会。陈槃在《周召二南与文王之化》一文中勘定"二南"与文王、后妃无关,即"从诗的文艺的观点上看,从诗的'本事'上看,从西周与江汉民族的历史关系上看,都是《二南》自《二南》,和什么'文王之德''后妃之化'等等,绝对不发生关系"②,且《二南》中的《汉广》《行露》《羔羊》《摽梅》《小星》《野有死麕》更是与"亲被文王之化"相反的作品。此外,郑振铎还论及以美刺释《诗》对后世文学阐释的负面效应,即"美刺之义,自《诗序》始作俑后,文学作品里便多上了这个墨痕"③,其所举之例乃鲖阳居士对苏轼《卜算子·缺月挂疏桐》的政治化解读。

在此基础上,古史辨学者重新厘定、审查前代尊《序》、反《序》之说。对卫《序》、尊《序》之人极尽嘲讽、挖苦,如钱玄同径称毛公为"毛学究"、郑玄为"郑呆子"、李慈铭为"郑玄府上的丫头";顾颉

---

① 郑振铎:《读〈毛诗序〉》,顾颉刚编著:《古史辨》(三),上海:上海古籍出版社,1982年,第388页。
② 陈槃:《周召二南与文王之化》,顾颉刚编著:《古史辨》(一),上海:上海古籍出版社,1982年,第46—47页。
③ 郑振铎:《读〈毛诗序〉》,顾颉刚编著:《古史辨》(三),上海:上海古籍出版社,1982年,第387页。

刚讽刺陈启源《毛诗稽古编》论《豳风·破斧》敢于质疑朱熹却不敢怀疑《诗序》,《毛传》是"一支膝刚从朱子面前站了起来,一支膝又向毛氏面前跪了下去"①;俞平伯更是视卫宏、郑玄为"天下之妄庸人"、毛公"冬烘愚拙",尤其对郑玄信《序》极为不满:

> 原来《小序》通体谬妄,无异痴人说梦,斯不足异。所可异者,郑玄之距卫宏不及二百年,身为一代大师,而头脑冬烘,竟俨然三家村蒙塾教师,信《伪序》而易四家旧说;然竟被后人奉为群经宗师,历千年不改。郑玄之固谬,而崇拜之者不将成为谬种乎?②

俞平伯不但攻击郑玄未能识别《毛诗序》之伪谬本质,且信奉不二为其作笺,枉称一代经学大师,后人盲从郑玄以讹传讹,也应受到斥责。

与之相反,古史辨派对历史上疑《序》、反《序》、废《序》之人则大加称颂,尤其是赞赏郑樵、朱熹、王柏、姚际恒、崔述、牟庭、方玉润、龚橙、罗典、康有为等反对或超越《诗序》之举。但与此同时,他们对古人反《序》的局限性亦有相当深刻的认知,如俞平伯称"朱熹为攻击《小序》的祖师",但讥其"实往往做《小序》的奴才"③,其原因乃是其"有疑古之识,无疑古之胆,故往往亏一篑之功"④。简言

---

① 顾颉刚:《读〈诗〉随笔》,顾颉刚编著:《古史辨》(三),上海:上海古籍出版社,1982年,第373页。
② 俞平伯:《葺芷缭衡室读诗札记》,顾颉刚编著:《古史辨》(三),上海:上海古籍出版社,1982年,第467—468页。
③ 俞平伯:《葺芷缭衡室读诗札记》,顾颉刚编著:《古史辨》(三),上海:上海古籍出版社,1982年,第468页。
④ 俞平伯:《葺芷缭衡室读诗札记》,顾颉刚编著:《古史辨》(三),上海:上海古籍出版社,1982年,第475页。

之,朱子意识到《毛诗序》中存在不合理的解释,但出于卫道旨归无法从根本上对此进行批驳。顾颉刚更是认识到,即便是引导其走上辨疑道路的崔述,辨伪也仅是手段,其旨归依然是维护"圣道":

> 可是我们对于崔述,见了他的伟大,同时也见到他的缺陷。他信仰经书和孔孟的气味都嫌太重,糅杂了许多先入为主的成见。这也难怪他,他生长在理学的家庭里,他的著书的目的在于驱除妨碍圣道的东西,辨伪也只是他的手段。①

在顾颉刚看来,崔述的家庭环境,对儒家经书、圣贤的信仰,决定其所谓辨疑只是为了更好地维护圣道,这与古史辨派具有"文化弑父"特征的辨伪行为有本质区别。何定生在《关于〈诗经通论〉》一文中,肯定姚际恒《诗经通论》疑《序》驳《传》之理论勇气,尤其是对姚际恒"严刻的不轻易相信"传统的精神相当认可,并冠之以"《诗》的革命派"之盛名,但又认定其并不比朱熹高明,尤其体现在未能祛除《诗序》遗毒,与顾颉刚以《关雎》为例论姚际恒"仍落入《诗序》圈套,亦见其独立思考之不彻底"②之论断完全一致。

《毛诗序》作为《诗经》经学阐释的标志,虽代有疑者依然延续千年不倒,但经由古史辨派等民初反《序》力量的全面质疑、大胆批驳,其独尊地位已彻底丧失,且《毛诗序》的崩塌意味着《毛诗序》及其代表的学术体系、价值观念成为反现代性的古董甚至赝品,由此,古史辨的反《序》本身也是建构现代《诗经》学的关键一环。同时,既然

---

① 顾颉刚:《自序》,顾颉刚编著:《古史辨》(一),上海:上海古籍出版社,1982年,第46页。
② 顾颉刚:《〈左传〉说〈卷耳〉》,《顾颉刚全集》(23),北京:中华书局,2010年,第186页。

《诗序》及其依附的传统意识形态不可信,那么,随之而起的反《序》言《诗》也自然而然代表着具有革新精神与现代意味的阐释路径。

三、《诗经》文学性的复魅

胎孕于帝制已然覆灭于五四思想解放浪潮中的古史辨派,"敢于打倒'经'和'传、记'中的一切偶像"①,对历史流传物中的古史、古书、古事、古人、古制均"疑"字当头。钱玄同在《左氏春秋考证书后》中提出,"咱们现在对于古书,应该多用怀疑的态度去研究它们,断不可无条件地信任它们,认它们为真古书、真事实、真典礼、真制度。与其过而信之也,宁过而疑之,这才是实事求是的治学精神"②,其论无疑系为胡适"宁可疑而过,不可信而过"摇旗呐喊。但揭开古人伪造的面纱与被遮蔽的真相,显然不是古史辨派的最终目的,至少不是唯一目的,破坏之后的建设始终是其无法置之不顾的,顾颉刚曾言,"我们所以有破坏,正因求建设。破坏与建设,只是一事的两面,不是根本的歧异"③,换言之,"破坏"并非目的,"建设"才是旨归,或者说,"破坏"是为"建设"铺平道路。

但总体来看,其破坏的"成果"显而易见,建设的成就多付之阙如,且破坏与建设一体两面的自我定位也并不能真正令人信服,更像是自我回护,故无论在当时还是今日,古史辨派给我们留下的主

---

① 钱玄同:《我是怎样编写古史辨的?》,顾颉刚编著:《古史辨》(一),上海:上海古籍出版社,1982年,第12页。

② 钱玄同:《左氏春秋考证书后》,顾颉刚编著:《古史辨》(五),上海:上海古籍出版社,1982年,第9—10页。

③ 顾颉刚:《顾序》,罗根泽编著:《古史辨》(四),上海:上海古籍出版社,1982年,第19页。

要印象依然是"破坏"有余、"建设"不足。鲁迅早已指出,《古史辨》"将古史'辨'成没有",虽未必尽合事实,但确实代表相当一部分人对古史辨辨伪成果的认知。事实上,顾颉刚等虽有强烈的建设意图,但也自知难以实现:

> 我知道我所发表的主张大部分是没有证实的臆测,所以只要后发现的证据足以变更我的臆测时,我便肯把先前的主张加以修改或推翻的,决不勉强回护。①
> 我们在这些工作里证明了一件事,就是:我们要打破旧说甚易而要建立新的解释则太难。这因为该破坏的有坚强的错误的证据存在,而建设的则一个小问题往往牵涉无数大问题上。②

顾颉刚从主客两个方面论述了建设之难:主观方面看,他认识到其辨疑主张多系"臆测",这意味着其研究的基础与科学性本身存疑,这与高喊的求真口号、高举科学大旗背道而驰;客观方面看,打破既有古史有充足的"证据",但建设则牵涉到诸多问题,尤其是当古史辨派将前人的记载多视为伪作却又缺乏实物证据之时,其巧妇难为无米之炊的窘境是不难想见的。古史辨派认识到建设真古史面临的诸多困境,但依然有创构之努力,其中,从现代文学角度解释《诗经》便是典例,且即便在一个世纪之后的今天来看,依然可以视为其建设的突出成就。

---

① 顾颉刚:《自序》,顾颉刚编著:《古史辨》(一),上海:上海古籍出版社,1982年,第83页。
② 顾颉刚:《自序》,顾颉刚编著:《古史辨》(五),上海:上海古籍出版社,1982年,第2页。

众所周知,在传统《诗经》学阐释体系中,虽然经学阐释始终是主流,但从文学角度释《诗》作为一股潜流长期存在,六朝文学理论家已有逐步脱离汉代经学藩篱从文学角度论《诗经》者,朱熹以"诗"解《诗》更是凸显了《诗经》的文学性,明清评点派、诗话派等将《诗经》的文学阐释在传统时代推向顶峰。但运用现代文学观念全面讨论《诗经》,古史辨派无疑系引领风气之先者,洪湛侯于此早有言及:

> 二三十年代以"古史辨派"学者为中心展开的"诗经大讨论",时间持续甚久,发表文章比较有影响的就有数十篇,"诗经大讨论"对于《诗经》从经学研究到文学研究的转变,对于当代《诗经》研究的深入开展和进一步普及,都曾起过较大的推动作用。①

在否定《诗经》的经学身份、批驳《诗序》的谬妄之后,古史辨派致力于以现代文学视角重新勘定《诗经》的文学属性。1924年,胡适在武昌大学的演讲中,明确指出《诗经》是"世界最古老的有价值的文学的一部"②,《国风》以"男女感情"为主,不可与历史强行勾连。钱玄同进一步认为,《诗经》作为最古老的总集,不应以"圣经"相推崇,而是与诸如《文选》《花间集》《太平乐府》等文学选集的性质完全一致。顾颉刚也视之为"一部文学书",提出"应该用文学的眼光去批评它,用文学书的惯例去注释它,才是正办"③,他进一步

---

① 洪湛侯:《诗经学史》,北京:中华书局,2002年,第623页。
② 胡适:《谈谈诗经》,顾颉刚编著:《古史辨》(三),上海:上海古籍出版社,1982年,第576页。
③ 顾颉刚:《〈诗经〉在春秋战国间的地位》,顾颉刚编著:《古史辨》(三),上海:上海古籍出版社,1982年,第309页。

将《诗经》中的诗作划分为"祝神敬祖""燕乐嘉宾""男女言情""流离疾苦"四类,并认定《邶风·谷风》《小雅·谷风》均为"小老婆怨命之歌"、《关雎》"只是一首情诗,男的一方面害着单相思,睡不着觉,想用音乐去和他的对象表示好意"①。郑振铎判定《小雅》中的《大田》和《甫田之什》并无刺意,乃农民祀神之歌。俞平伯释《邶风·谷风》也径直以文学赏析之言出之,如"其事平淡,而言之者一往情深,遂能感人深切。通篇全作弃妇自述之口吻,反复申明,如怨如慕,如泣如诉,不特悱恻,而且沉痛"②,俞氏从主题思想与艺术特色角度切入,完全摆脱了经学话语的禁锢。与传统阐释话语体系及朱熹《诗》说相较而论,无疑具有明显的现代意味。

伴随对《诗经》"圣经"地位的解构与诗歌总集身份的重构,古史辨派更进一步从民间立场阐释《诗经》,这种反经典与去精英化立场,与五四时期提倡平民文学的时代浪潮显然是高度一致的,尤其是胡适本身就是倡导平民文学的旗手。其中,歌谣说是古史辨派释《诗》的主要观点,也是其以现代文学观念言《诗》最为突出的成就。胡适认定《诗经》"确实是一部古代歌谣的总集"③,《关雎》《野有死麕》均系初民婚恋习俗的再现,前者是男子"友以琴瑟,乐以钟鼓"引诱异性,后者体现了"求婚献野兽"的社会风俗。张履珍主张释《诗》必须摆脱"文王之德""后妃之德"的经学桎梏,将《诗经》视为民间文学,国风则是"民间的恋歌"。俞平伯坚称国风本质上系"诸国民谣",如《周南·卷耳》应作"民间恋歌"。顾颉刚不但

---

① 顾颉刚:《程大昌〈诗论序〉》,《顾颉刚全集》(12),北京:中华书局,2010年,第371页。

② 俞平伯:《葺芷缭衡室读诗札记》,顾颉刚编著:《古史辨》(三),上海:上海古籍出版社,1982年,第484页。

③ 胡适:《谈谈诗经》,顾颉刚编著:《古史辨》(三),上海:上海古籍出版社,1982年,第577页。

从整体上认定"国风的大部分是采取平民的歌谣"①,还具体阐明了不同诗作的民间歌谣属性,如视《唐风》之《杕杜》和《有杕之杜》为"乞人之歌"、《邶风·谷风》与《小雅·谷风》乃"弃妇之歌"、《小雅·白驹》与《周颂·有客》系"留客之歌"、《郑风》之《野有蔓草》与《褰裳》乃"平民的歌谣"中的情诗。陈槃将"二南"视作"民间文艺",并分为恋歌类("劳人思妇怨女旷夫遣情之作")的"社会文学"与劳工之歌类的"应用文学"。俞平伯也坚持"国风本系诸国民谣,不但不得当作经典读,且亦不得当为高等的诗歌读,直当作好的歌谣读可耳"②,如《周南·卷耳》与"后妃""文王"无关,应作"民间恋歌"看待。王伯祥认为《齐风·鸡鸣》与后世《读曲歌》《乌夜啼》近似。钱玄同也认为《二南》系民间文艺,只是经由乐师搜集加工。由"恒久之至道,不刊之鸿教"变为劳人思妇的平民歌谣,不仅体现了古史辨派对《诗经》民间文艺属性的界定,更意味着其对精英立场的拒斥与对平民立场的捍卫。

为了证明《诗经》民间歌谣说的合理性,胡适、顾颉刚、陈槃还以当时依然存世的民俗民歌予以佐证,即采用文化人类学、民俗学的方法。众所周知,闻一多是现代《诗经》学史上以文化人类学、民俗学研究《诗经》影响最大、成就最高的学者,但在此之前,古史辨学者于此已有预演,陈槃、顾颉刚、胡适均有尝试。陈槃极为钦佩郑樵超越《诗序》言《诗》,认为《周南·芣苢》与后世"采菱之诗""采藕之诗"相类的看法,他还以广州女《采茶歌》与之作比,阐明其文艺价值。顾颉刚认为,《野有死麕》与其《吴歌甲集》第六十八首

---

① 顾颉刚:《〈诗经〉在春秋战国间的地位》,顾颉刚编著:《古史辨》(三),上海:上海古籍出版社,1982年,第320页。
② 俞平伯:《葺芷缭衡室读诗札记》,顾颉刚编著:《古史辨》(三),上海:上海古籍出版社,1982年,第468页。

("结识私情结识隔条滨")主题相似,《褰裳》与《吴歌甲集》第九十首("自从一别到今朝")"意境"也极为相同。胡适进一步认为,《关雎》乃"友以琴瑟,乐以钟鼓"习俗的反映,且这类风俗在西班牙、意大利及中国苗民中依然尚有留存,《野有死麕》系求婚男子猎取野兽献给女子习俗,类似习俗在亚洲、美洲部分民族依然保留,胡适甚至将之与南欧及中国南方遗存的男子携乐器奏于女性窗下相比。

余 论

以今日眼光视之,古史辨派《诗经》学自有其不足,尤其是其动机本身带有浓厚的意识形态色彩,绝非如其宣扬的科学求真。如顾颉刚认为,其辨疑古史"固是一个大破坏,但非有此破坏,我们的民族不能得到一条生路"[1],同时,通过严谨细致的讨论古史、古书进而影响时代风气,最终使"这个可怜的中国,虽日在狂风怒涛的打击之中,自然渐渐地显现光明而有获救的希望了"[2]。可见,古史辨派的辨疑行为,从一开始便与救亡图存的时代主题有直接关联。同时,他们始终以胡适所谓"宁可疑而过,不可信而过"为信条,在很大程度上冲破了延续千年的学术迷雾,在当时的历史语境下,无疑是顺应历史潮流的体现,具有明显的思想解放意义,其辨伪成果也具有不可忽视的学术价值。但其辨疑常不顾历史复杂性与文化语境,对一切古史、古书都持怀疑态度,且如顾颉刚所言"大部分是没有证实

---

[1] 顾颉刚:《顾序》,罗根泽编著:《古史辨》(四),上海:上海古籍出版社,1982年,第13页。
[2] 顾颉刚:《自序》,顾颉刚编著:《古史辨》(三),上海:上海古籍出版社,1982年,第6页。

的臆测"①,尤其将古书的真伪等同于古事的真伪、以今人视野裁决古人等,导致王汎森所言"倒洗澡水时也把婴儿倒掉了"②。此外,古史辨派的论证方法及证据有效性也有存疑之处,他们深知《诗经》本事难以知晓,便以中外留存的民风民俗反推《诗经》时代之状况,无疑忽视了时代与地域的悬隔,其结论自然也难以完全令人信服。

但毫无疑问,以古史辨为主的辨疑运动在当时便被恒慕义(Arthur W. Hummel)誉为"现代中国的'文艺复兴'的生机"③,其推翻《诗经》经学阐释传统并以现代文学视角重释,即弃经入文,对中国《诗经》学的现代转型有巨大推动作用。主要体现在:古史辨力证孔子并无删《诗》之举,虽未成定谳,但今日论《诗》者对删定之说多不再谨守;对《毛诗序》杂采前著、深文周纳、妄生美刺诸弊的抨击虽然有过激之言,但今日言《诗》者多不信《序》,与其辨疑多有关联;古史辨派对《诗经》的新解直接影响后世解《诗》者,如顾颉刚释《卫风·硕人》或为赞美庄姜"美而盛",其说为程俊英、蒋见元《诗经译注》("赞美卫庄公夫人庄姜")及高亨《诗经今注》("赞美庄姜'美丽华贵'")所承;更为重要的是,其意义建构方式与话语言说方式深刻影响了中国《诗经》学的演进,比如国风民歌论与民俗学、文化人类学研究方法,在今日《诗经》学话语体系中依然占有重要地位。总而言之,古史辨派《诗经》学的辨疑成果、学术观念与思维方法虽然至今未必皆成共识,但其影响依稀可见。

---

① 顾颉刚:《自序》,顾颉刚编著:《古史辨》(一),上海:上海古籍出版社,1982年,第83页。

② 王汎森:《古史辨运动的兴起:一个思想史的分析》,台北:允晨文化实业股份有限公司,1987年,第297页。

③ [美]恒慕义著,王师韫译:《中国史学家研究中国古史的成绩》,顾颉刚编著:《古史辨》(二),上海:上海古籍出版社,1982年,第447页。

专题研究

关于《诗序》研究的新思考

山东大学文史哲研究院　王承略

20 年前,我对《毛诗序》做过专题研究,写了系列论文,陆续发表了 5 篇:《从传序的关系论诗序的写作年代》(《第四届诗经国际学术研讨会论文集》,学苑出版社 2000 年版)、《诗序的主体部分写定于毛传之前的文献依据》(《诗经研究丛刊.第一辑》,学苑出版社 2001 年版)、《论诗序主体部分的完成不能早于战国中期》(《第五届诗经国际学术研讨会论文集》,学苑出版社 2002 年版)、《论诗序的主体部分可能始撰于孟子学派》(《诗经研究丛刊.第三辑》,学苑出版社 2002 年版)、《毛诗兴义与序义比较研究》(《儒家典籍与思想研究.第二辑》,北京大学出版社 2010 年版),主要结论是:《诗序》主体部分,产生于《毛传》之前;《诗序》主体部分,成于战国中后期孟子学派之手;子夏作《序》、卫宏作《序》之说,皆不能成立,卫宏所作乃《毛诗序义》。

20 年过去了,我对于《诗序》的思考不曾间断。特别是《孔子诗论》的出土,没有美刺说,与现存《诗序》迥异,一定程度上支持了以前所得出的研究结论。其间指导博士生考察《诗序》中常常提到的"陈古刺今",希望通过发现《诗序》作者所谓"今"的时代,进一步考察《诗序》的成书年代。

2019 年吕冠南博士后入站,他是《韩诗》研究的专家,有很多研究成果。他对《诗序》产生了浓厚的研究兴趣,我们经常讨论,决定一起把《诗序》的研究深挖下去。于是确定了研究计划,陆续推出研究成果。

一

我们首先完成的是《笙诗考论》。今本《毛诗·小雅》中收有六篇有义无辞的诗作,由于它们在表演之时,以笙为演奏工具,故被称为"笙诗"。自宋代以来,学界提出笙诗没有本辞的说法,并进一步指出《毛诗序》记载的六则笙诗小序皆汉儒就诗题附会而成。此说深远地影响了后世学者对笙诗相关问题的判断。我们结合相关文献资料,就关涉笙诗的两个核心问题——《毛诗序》所载笙诗小序是否可靠、笙诗是否存在本辞——进行考察论证,推定《笙诗序》的内容确然可据,笙诗具备本辞。

考订笙诗的意义并不仅限于笙诗本身,还体现在为我们重新考察《毛诗序》的成书时代提供了新的线索。《毛诗序》的相关问题素称"说经之家第一争讼之端"[1],统合古今异说,不下20种,而将笙诗引入这项研究的例子却十分鲜见[2]。在《笙诗序》的可靠性得到激活之后,《毛诗序》的一部序与二部序便有了相对明确的分界线。因为从《笙诗序》的具体内容来看,它显然写成于两个时期:介绍诗旨的一部序成于胡承珙所谓"及见诗辞者"之手,此时笙诗本

---

[1] (清)永瑢等:《四库全书总目》卷十五,北京:中华书局,1965年,上册,第119页。

[2] 陋见所及,以笙诗为线索,讨论《毛诗序》的成书年代者,仅有赵茂林《由"笙诗"看〈毛诗序〉完成时间》(《南京师范大学文学院学报》2011年第3期)。但该文认为"《毛诗》学者入'笙诗'于《毛诗》,且就'笙诗'篇题而推其义而成其序,再缀以'有其义而亡其辞'来掩盖其加入的痕迹",这一结论与本文的看法截然不同。

辞尚未亡佚;二部序"有其义而亡其辞"则写成于笙诗本辞亡佚之后,此时仅有一部序记载的诗义尚见流传。这样一来,笙诗本辞的亡佚时间就成为分割《毛诗序》一部序与二部序成书时段的可靠工具。通观《毛诗序》,再找不到像《笙诗序》这样能够提供明确的两个成书时段信息的条目,《笙诗序》的特殊价值,在此得到了充分的呈现。

那么,笙诗本辞是何时亡佚的呢?郑玄曾两次谈到这一问题,但答案并不相同。郑注《乡饮酒礼》云:"《南陔》《白华》《华黍》,《小雅》篇也。今亡,其义未闻。昔周之兴也,周公制礼作乐,采时世之诗以为乐歌,所以通情相风切也,其有此篇明矣。后世衰微,幽、厉尤甚,礼乐之书稍稍废弃,孔子曰:'吾自卫反鲁,然后乐正。《雅》《颂》各得其所。'谓当时在者而复重杂乱者也,恶能存其亡者乎?"①是以笙诗亡于孔子编《诗》之前。郑笺《毛诗传》云:"孔子论《诗》,'《雅》《颂》各得其所'时俱在耳,遭战国及秦之世而亡之。"②又以笙诗亡于"战国至秦"之间,即孔子编《诗》之后。何以会出现这种差别呢?贾公彦释之最明晰:"郑君注《礼》之时,未见《毛传》,以为此篇孔子前亡。注《诗》之时,既见《毛传》,以为孔子后失。必知战国及秦之世者,以子夏作序具序三篇之义,明其诗见在,毛公之时亡其辞,故知当战国及秦之世也。"③郑玄注《礼》在先,笺《诗》在后,故后者代表了郑玄对这一问题的最终解释,应较

---

① (唐)贾公彦:《仪礼注疏》卷九,第2128页。按郑注《礼》时,未见《毛传》,而已言"《南陔》《白华》《华黍》,《小雅》篇也",据此可知笙诗居于《小雅》之中是早已存在的说法。《六月序》所载古本《小雅》篇次已有笙诗之名,此尤为笙诗渊源久远之明证。因此笙诗不可能是《毛诗》后学增入的。

② (唐)孔颖达:《毛诗正义》卷九之四,第893页。

③ (唐)贾公彦:《仪礼注疏》卷九,第2128页。

前者更为可靠①。但"战国至秦"跨度极大,显然失之于宽。不过书阙有间,单纯寄望于通过文献资料来进行更精准细微的年代分析,目前似属奢望。因此,欲确定更加细致的时间断限,还应借助其他学科的分析方法,例如从文学批评的视野出发,可以发现在战国前期的《孟子》和战国中期的《孔子诗论》这两部说《诗》比例颇重的著作中虽已有了美刺之意,但尚未形成"美刺"这一专业的批评术语,直至《毛诗序》一部序,"美刺"才正式作为批评术语用于诗旨的解读,这显然是对战国中期以前说诗传统的理论升华,因此《毛诗序》一部序当形成于战国中期以后。假使这一推论是合理的,那么《毛诗序》一部序产生的上限便可以暂定为"美刺"说正式形成的战国中后期,同时结合上文的论述,笙诗的亡佚时间可视为《毛诗序》一部序产生的下限。至于《毛诗序》二部序,目前学界普遍认同其写定于《毛传》完成之前②。这样一来,上述时段便可用下页的图轴来呈现:

---

① 但接受此说的话,将会面临一条史料的挑战,即《史记·孔子世家》有"三百五篇,孔子皆弦歌之"之语(北京:中华书局,1982年,第1936页),这似乎可以证明孔子所见《诗经》已经是305篇,若6首笙诗亡佚于孔子之后,孔子所见《诗经》应有311篇,似不应写成"三百五篇"。但吴承仕以"汉儒以见在者为据,故多言'三百五篇'"化解了这一处矛盾(陆德明撰,吴承仕疏证:《经典释文序录疏证》,北京:中华书局,2008年,第71页)。由于汉儒所见《诗经》皆为305篇,故以"三百五篇"代指《诗经》,因此按吴承仕的解释,《孔子世家》这条资料可以理解为"《诗》,孔子皆弦歌之",而不必拘囿于305与311之别。

② 详见王承略:《〈诗序〉的主体部分写定于〈毛传〉之前的文献依据》,《诗经研究丛刊·第一辑》,北京:学苑出版社,2001年,第86—93页;王洲明:《关于〈毛诗序〉的作期和作者的若干思考》,《文学遗产》2007年第2期,第7—8页。

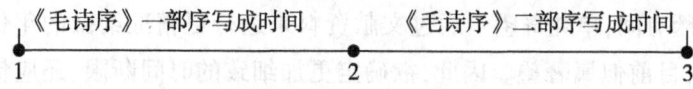

图1 《毛诗序》一部序、二部序写成时间

说明:1."美刺"术语的正式成立(战国中后期),2.笙诗的亡佚时间,3.《毛传》写成(汉初)。

从图轴可以看出,笙诗的亡佚时间应晚于战国中后期,而早于汉初,即战国末期至秦之间。这一节点,同时亦可视为《毛诗序》一部序与二部序成书时间的分割线。

通过上述考论可以发现:孤立地看,笙诗是《诗经》学史的枝节问题,而一旦将其与《毛诗序》的成书时代这一聚讼古今的《诗》学命题建立联系,则笙诗的重要性便不言自明了。可以说,在分解《毛诗序》一部序与二部序的成书时代的问题上,笙诗是一把相当锐利的钥匙。

二

接着我们完成了《〈诗序〉写作历程考论》一文,主要观点是:《诗序》并非一次性结撰的文本,它的写作经历了三个阶段,可以分为一部序、二部序、三部序。这三部序不仅在写作时间上有先后之别,在学术立场及写作体例方面也有较大差别。一部序采用主题式立场,将主题相同或相近的诗篇连为一组,集中概括其篇旨,其写作体例属于以组论诗;二部序采用历史式立场,力图按《诗经》的篇次顺序,体现每首诗在表现历史兴衰层面的意义,在这一立场下,每首诗都具备了单独的旨意,这是一部序高度概括的以组论诗体例所无法呈现的内容,这就决定了二部序对一部序的处理,不仅要将历史精神注入其中,还要将一部序的成组论述分割为单条论述,因此其写作体例属以篇论诗;三部序接续前两部序,沿用了二部序的以篇论诗的体例,但采用了《毛传》立场,在《毛传》释诗的基础上,对前两部序做了进一步的增补或匡正。《诗序》在这一过程中,实现了学术身份的转变:由学界公器转变为《毛诗》学派的一家之学,"诗序"之名也因此而变更为"毛诗序"。本文最主要的价值是确立了三部序的不同形态和相对时间段。

我们在研究域外汉籍的过程中,发现一条足以摧破卫宏作序说的强证:新罗学者萨守真《天地瑞祥志》卷十八"鸡"条曾引西汉《京房易》云:"《毛诗》曰:乱世不改其度。风雨凄凄,鸡鸣喈喈。风雨如晦,鸡鸣不已。"[①]所引"乱世不改其度",乃橐括《郑风·风雨》序"乱世则思君子不改其度焉"之文,此后始为《风雨》之经文。这一例证说明在卫宏之前的西汉时代,《诗序》已经产生,且已被《毛诗》散入篇首经文之前,故今本《诗序》并非东汉卫宏所作。卫宏所作,实乃《毛诗序义》,而不是《毛诗序》。

三

接着我们完成了《汉代〈诗序〉流传考论》,载《东岳论丛》2021年第5期。主要观点是:长期以来,《诗序》因其与《毛诗》学派的紧密联系,往往被视为《毛诗》学派的私有资源。通过勾稽文献资料,可以发现《诗序》在与《毛诗》学派建立关联之前,一直保持着独立文本的身份,并以单行本的形态传播于世,属于当时学界的共有资

---

① [新罗]萨守真:《天地瑞祥志》卷十八,影印中国国家图书馆藏京大人文所钞本复印本,高柯立选编:《稀见唐代天文史料三种》下册,北京:国家图书馆出版社,2011年,第386页。

源,终两汉之世,这种情况都没有太大改变。而在《毛诗》系统中,单行本《诗序》先以整卷形式被附于《毛诗》经文之后,后又经历了散编于每篇之首、续加增订等环节,才形成今天所见的面貌。今本《诗序》的形成,经历了复杂曲折的历程。

我们发现,汉初部分产生于《毛传》之前的著作已有暗用《诗序》之例,这说明在《毛传》写定之前①,已有被学界熟知的单行本《诗序》传世。如陆贾《新语·道基》、刘安《淮南子·泰族训》,以及司马相如、刘向、杜邺等人。如果没有单行本《诗序》的流传,便很难解释众多非《毛诗》学派的学者竟能较普遍地使用《诗序》这一学术现象。

同时我们在文章中,介绍了正在撰写的专文《〈毛诗序〉的三部划分及其成书年代考》的内容。大致而言,目前学界都认可今本《毛诗序》并非一次性结撰的文本,且普遍采用二分法,即以"也"字作结的概括诗旨的文字撰成在前,后人对这一类文字的申释撰成在后,学者对这两部分文字的称呼有较大的分歧②,为论述之便,称前者为一部序,称后者为二部序。但我们在研究过程中发现,传统的二分法已经无法反映《毛诗序》成书过程的复杂性,因为今本《毛诗序》的写作事实上经历了三个阶段,所以一部序之后的文字不宜皆定为二部序,还必须将三部序考虑在内。这样一来,今本《毛诗序》的结构便可以析分为以下四类。

1. 仅有一部序

---

① 《毛传》的写定约当汉景帝中期,具体考证可参看王承略:《〈毛诗〉的时代、性质及其传授渊源考略》,《第三届诗经国际学术研讨会论文集》,香港:天马图书有限公司,1998年,第95页。

② 对这两部分文字的称谓,前人有"大序、小序、前序、后序、古序、续序、首序、下序等八种",见傅刚:《〈毛诗序〉作者略说》,《北京大学学报》2016年第2期,第91页。

这类情况说明二部序和三部序的作者都未就一部序进行申释。如《草虫序》:"《草虫》,大夫妻能以礼自防也。"①一部序已将诗旨解释得很清楚,故二部序与三部序不再费辞增补。

2. 一部序 + 二部序

这类情况呈现的是二部序对一部序进行了申释,同时三部序未就一部序和二部序进行申释。如《采蘩序》:"《采蘩》,夫人不失职也。夫人可以奉祭祀,则不失职矣。"②一部序仅指出《采蘩》主旨为"夫人不失职",二部序则补充说明了"不失职"的语境是"奉祭祀",《毛传》据此释首句为"公侯夫人执蘩菜以助祭",释"公侯之事"的"之事"为"祭事"。

3. 一部序 + 三部序

这类情况呈现的是二部序未对一部序进行申释,但三部序对一部序进行了申释。例如《山有枢序》:"《山有枢》,刺晋昭公也。不能修道以正其国,有财不能用,有钟鼓不能以自乐,有朝廷不能洒扫,政荒民散,将以危亡,四邻谋取其国家而不知,国人作诗以刺之也。"③一部序仅指出此诗为刺晋昭公之作,但未涉及具体原因。《毛传》释首句之兴义为"国君有财货而不能用,如山隰不能自用其财"。三部序以《毛传》为据,将传文"有财货而不能用"精简为"有财不能用",在保留此义的同时,又进一步增入"有钟鼓不能以自乐,有朝廷不能洒扫,政荒民散,将以危亡,四邻谋取其国家而不知"等信息,遂使本诗"刺晋昭公"的内容更加充实。

4. 一部序 + 二部序 + 三部序

这类情况呈现的是二部序对一部序进行了申释,三部序又对

---

① (唐)孔颖达:《毛诗正义》卷一之四,第601页。
② (唐)孔颖达:《毛诗正义》卷一之三,第596—597页。
③ (唐)孔颖达:《毛诗正义》卷六之一,第767页。

二部序进行了申释。例如《江有汜序》:"《江有汜》,美媵也。勤而无怨,嫡能悔过也。文王之时,江沱之间,有嫡不以其媵备数,媵遇劳而无怨,嫡亦自悔也。"①"《江有汜》,美媵也"乃一部序,仅言此诗为"美媵"之作;"勤而无怨,嫡能悔过也"为二部序,既申释"美媵"的原因在于媵之"勤而无怨",同时又增入"嫡能悔过"的要素,《毛传》以"嫡能自悔也"注"其后也悔",即承二部序而来;"文王之时,江沱之间,有嫡不以其媵备数,媵遇劳而无怨,嫡亦自悔也"为三部序,在二部序提到的媵"勤而无怨"的基础上,又增加了"文王之时,江沱之间,有嫡不以其媵备数"的背景,为二部序新增的"嫡能悔过"的主题提供了更加合理的原因。

就写作时间而论,前两部序撰成于《毛传》写定之前,因为借助《诗序》与《毛传》的比勘,可以清楚地发现《毛传》有依《序》作《传》的特点②;第三部序则撰成于《毛传》写定之后,属于《毛诗》学者以《毛传》的相关解释为据,对一部序和二部序进行的申释,呈现出依《传》作《序》的特点。所以,判定一部序之后的文字究竟是二部序还是三部序的主要依据,便是它们与《毛传》的逻辑关系,若二者是依《序》作《传》的关系,则序文为二部序;若二者是依《传》作《序》的关系,则序文为三部序。至于三部序的成书时间,可以确定在《郑笺》完成之前,因为郑玄注释《毛诗序》时,已存在解释第三部序的文字,即赵绍祖所谓"至于《郑笺》乃尽据序为言"③,这是三部序写定于《郑笺》之前的强证。由此可见,《毛传》将单行本《诗序》散

---

① (唐)孔颖达:《毛诗正义》卷一之五,第614—615页。
② 详见王承略:《〈诗序〉的主体部分写定于〈毛传〉之前的文献依据》,第86—93页;王洲明:《关于〈毛诗序〉的作期和作者的若干思考》,《文学遗产》2007年第2期,第7—8页。
③ (清)赵绍祖撰,赵英明、王懋明点校:《读书偶记》卷二"《序》作于《毛传》后"条,北京:中华书局,1997年,第17—18页。

入各篇之后、《郑笺》写定之前,《毛诗》后学还在结合《毛传》的相关说法,对散编的《诗序》进行了补苴工作。这样一来,散编本《诗序》与单行本的区别便清晰地呈现出来了:单行本《诗序》仅有前两部序的内容,当然也不排除最初只有一部序的情况,也就是说,《诗序》也有前后不同的写作阶段;而散编本在前两部序之外,还包含了第三部序的内容。与前两部序(单行本《诗序》)乃学界共有资源不同,第三部序是《毛诗》学派特有的《诗》解,能够真正代表《毛诗》学派在诗旨解读方面的特色。

接下来,我们即将完成《〈诗序〉的三部划分及其成书年代考》一文。该文的主旨是,孔子殁后,伴随着礼崩乐坏,《诗》之乐谱与古诗解一并亡佚,至孟子之时,解《诗》已无依傍,故孟子创辟"以意逆志"及"知人论世"两条途径来探求《诗》义,其后学在此基础上写成了今本《诗序》的第一部序,对于能够结合史料记载而确定的诗旨(如二雅),多采用"知人论世"的阐释方法,这一方法揭示的是《诗》之"大意";对于无相关解释性史料传世的诗作(如《国风》的部分篇目),则多采用"以意逆志"的阐释方法,这一方法揭示的是《诗》之"大义"。无论是"大意"还是"大义",其显著的特点都体现在以"美刺"释《诗》,而"美刺"是深受《春秋》"褒贬"传统影响而形成的(朱自清《诗言志辨》对此已有揭示),这是《诗序》形成于《春秋》之后的证据。一部序写成之后,孟子后学在继续研究《诗经》的过程中,对一部序进行了订补,其具体的写成时代是在六首"笙诗"亡佚之后、毛公为《诗》作传之前。因为"笙诗"的二部序提到"有其义而亡其辞","有其义"指笙诗的一部序流传下来了,而"亡其辞"则指二部序时笙诗本辞已经亡佚了,所以"笙诗"的亡佚是二部序写作时间的上限。毛公据《序》而为《诗》作传,故《毛传》产生于二部序之后,所以《毛传》的写成时代是二部序写作时间的下限。

前两部序产生之后,《诗序》便以独立文本的形态流传于此后学术界,并被《毛诗》学派收录。在此后的一段时间内,《毛诗》后学对前两部序进行更深入的研究,结合《毛传》,对前两部序进行了增订,形成了第三部序。

然后完成《古诗解的产生与消亡——前〈毛诗序〉时代的诗旨文献探微》。该文的主旨是,孔子作为礼崩乐坏之前的最后一代知识人,仍能熟练掌握礼乐时代陆续开创的具有共识功能的古诗解。礼乐时代的古诗解,为此时各诸侯国之间的交流奠定了共同的知识基础,可以视为《诗序》之前的规定诗旨的知识结构(这一知识结构最终是否落实为文本形态,还不敢确定)。孔子授《诗》的过程中,会将这类古诗解一并传授于弟子,故《论语》中记载了多条师徒论《诗》存在默契的文字,实际上都是基于对古诗解的共同理解,故孔子及其弟子都是熟悉古诗解的,所以在古诗解这一权威解诗系统存世之时,并无另撰一部诗解文字的必要。

最后我们还要对所有讨论的问题不断展开和深化,形成一个自洽的严密的论证体系,最终结集为《诗序新论》一书。

《韩诗外传》生成论略

中国计量大学人文与外培学院　房瑞丽

徐复观先生在《两汉思想史》第三卷谈到《韩诗外传》是"中国思想表达的另一方式"时,论道:"由先秦以及西汉,思想家表达自己的思想,概略言之,有两种方式。一种方式,或者可以说是属于《论语》《老子》的系统。把自己的思想,主要用自己的语言表达出来,赋予概念性的说明。这是最常见的诸子百家所用的方式。另一种方式,或者可以说是属于《春秋》系统。把自己的思想,主要用古人的言行表达出来;通过古人的言行,作自己思想得以成立的根据。这是诸子百家用作表达的一种特殊方式。"[1]并把前一种方式称为"载之空言""哲学家的语言",把后一种方式称为"见之于行事""史学家的语言"。"载之空言,是把自己的思想,诉之于概念性抽象性的语言。""见之于行事,是把自己的思想,通过具体的前言往行的重现,使读者由此种重现以反省其意义与是非得失。"而《韩诗外传》就是这一种"见之于行事"的特殊的表达方式,用诗与史、诗与事的结合,表达了自己的思想。《韩诗外传》与先秦《诗》学有着深厚的渊源关系,笔者已有专文论述[2]。那么,《韩诗外传》为什么会在汉初这一特殊的历史时期产生呢?在解答这一问题之前,有必要全面了解作者韩婴其人。

---

[1]　徐复观:《中国思想史》(第三卷),上海:华东师范大学出版社,1996年,第1页。

[2]　参见拙文:《〈韩诗外传〉与先秦〈诗〉学渊源关系论略》,《北方论丛》2012年第1期。

韩婴，是西汉前期燕涿郡人，被尊称为韩生，在西汉文、景、武三帝时为官，文帝时任博士，景帝时为常山王太傅，即宪王刘舜的老师，又称他韩太傅。有关他的信息，多来自《史记》和《汉书》的《儒林传》。《汉书·儒林传》融汇《史记》记载，云：

> 韩婴，燕人也。孝文时为博士，景帝时至常山太傅。婴推诗人之意，而作《内外传》数万言，其语颇与齐、鲁间殊，然归一也。淮南贲生受之。燕、赵间言《诗》者由韩生。韩生亦以《易》授人，推《易》意而为之传。燕、赵间好《诗》，故其《易》微，唯韩氏自传之。武帝时，婴尝与董仲舒论于上前，其人精悍，处事分明，仲舒不能难也。后其孙商为博士。①

在武帝时，他曾与董仲舒在皇帝面前争论，因为"其人精悍，处事分明"，所以善于论说的一代大儒董仲舒也辩说不过他。他所著的《诗》说多发独特之见，被称为《韩诗》，与鲁人申培的《鲁诗》，齐人辕固的《齐诗》，并称为三家《诗》。其中经文有二十八卷，《韩内传》四卷，《韩外传》六卷。另外韩门的其他《诗》学著作还有《韩故》三十六卷，《韩说》四十一卷。他以讲学授徒为己任，门生很多，遍布朝野。自《韩诗》传授以来，燕赵间言《诗》者，皆由韩婴出，在东汉达到了《韩诗》传授的鼎盛时期。他的孙子韩商，继承家学，任博士。韩婴还对《易经》很有研究，做过很多注释，著有《韩氏易传》，但未能流传于世。

韩婴"推诗人之意"而著的《韩诗内传》，在两宋时期就已亡佚，

---

① （东汉）班固：《汉书》，北京：中华书局，1962年，第3613页。

现已无法考知其详细内容和具体体例,而他所著的《韩诗外传》则是现存唯一比较完整的三家《诗》传本,但也并非汉代原貌,在流传过程中内容和篇章结构都有一定变化。据《汉书·艺文志》载,《韩诗外传》原本只有六卷,而现在看到的版本和《隋书·经籍志》《新唐书·艺文志》所载的本子都是十卷。

另臧庸《拜经日记》卷五"子夏《易传》"云:"婴为幼孩,故名婴,字子夏,夏,大也。"①当为一家之言。王充《论衡·骨相篇》云:"韩太傅为诸生时,借相工五十钱,与之俱入璧雍之中,相璧雍弟子谁当贵者。相工指倪宽曰:'彼生当贵,秩至三公。'韩生谢遣相工,通刺倪宽,结胶漆之交,尽筋力之敬,徙舍从宽,深自附纳之。宽尝甚病,韩生养视如仆状,恩深逾于骨肉。后名闻于天下。倪宽位至御史大夫,州郡丞旨召请,擢用举在本朝,遂至太傅。"②倪宽为孔安国弟子,而孔安国武帝时为博士,韩婴则在景帝时已为太傅,故倪宽与韩婴时代有差距,此韩太傅当非韩婴,不知谁人。

介绍完作者韩婴,下面分析他为什么会在汉初撰述成《韩诗外传》,即《韩诗外传》在汉初的产生与当时的时代背景、环境因素、学术氛围及韩婴个人的学术选择有什么关系呢?下面试就这些问题展开讨论。

一、汉初的博士制度与《韩诗外传》的发生

秦始皇采用法家专制导致秦王朝迅速灭亡,韩婴生活的西汉初年,统治者吸取教训,采用休养生息的黄老之术,社会得以发展。

---

① (清)臧庸:《拜经日记》(卷五),清嘉庆二十四年武进臧氏拜经堂刻本。
② (东汉)王充:《论衡》(卷三),长沙:岳麓书社,1991年,第40页。

传统的儒家思想,融合新时代的诸多因素,在统治者的提倡重视下,开始成为社会的主导思想。《史记·儒林列传》云:"汉兴,然后诸儒始得修其经艺,讲习大射乡饮之礼。叔孙通作汉礼仪,因为太常,诸生弟子共定者,咸为选首,于是喟然叹兴于学。然尚有干戈,平定四海,亦未暇遑庠序之事也。孝惠、吕后时,公卿皆武力有功之臣。孝文时颇征用,然孝文帝本好刑名之言。及至孝景,不任儒者,而窦太后又好黄老之术,故诸博士具官待问,未有进者。"①虽然,汉初的诸博士在现实政治中,"具官待问,未有进者",但广设博士却是汉代思想上、文化上及官制上的一件大事。

先秦时期的一些儒家典籍受到统治者的青睐,被封为"经"典。一批儒生博士得立于朝廷,这批博士儒生们就要以传授儒家经典中的思想为己任。马宗霍《中国经学史》云:"汉之博士,质兼官师之职,综政教之权,与周之以司徒掌邦教,秦之以吏为师,其制略同。(《论衡》曰:'夫五经亦汉家之所立,儒生善政大义,皆出其中,案此言甚得立博士之意。')"②《汉书·百官公卿表》云:"奉常,秦官,掌宗庙礼仪,景帝中六年,更名太常",属官有"博士"。又云:"博士,秦官,掌通古今,秩比六百石。"③可见,汉初的博士属于太常,是由秦博士发展而来的,是由善政大义的儒生中选拔出来的。讨论韩婴著述《韩诗外传》,必然要与他的博士官身份联系在一起。《史记·儒林列传》记载:"韩生,燕人也,孝文时为博士,景帝时常山王太傅,韩生推诗之意而为《内外传》数万言,其语颇与齐鲁间殊,然其归一也。"④韩婴,可以说是汉代最早立为博士之一的。

---

① (西汉)司马迁:《史记》,北京:中华书局,1974年,第3117页。
② 马宗霍:《中国经学史》,上海:上海书店出版社,1984年,第51页。
③ (东汉)班固:《汉书》,北京:中华书局,1962年,第726页。
④ (西汉)司马迁:《史记》,北京:中华书局,1974年,第3124页。

博士制度的设立与儒家博学的传统和战国时期的"士"的身份演变成"博学、文化的知识分子"有很大关系。由于韩婴接受先秦儒家传统思想的熏染,受先秦《诗》学观念的影响颇深,"掌通古今",故选择借助于《诗》义的发挥来"通古今"。张金吾《两汉五经博士考》:"博士选有三科,高第为尚书,次为刺史,其不通政事以久次补诸侯太傅。"①由此可以推测韩婴之所以以博士的身份当选常山太傅,应该是"其不通政事以久",无关国家当前政事。既要完成博士官的职责,又不通政事久矣,故只有选择著述来完成其所承担的儒家的使命。

并且韩婴"质兼官师之职",为常山王舜太傅。《汉书·景十三王传》载,"舜,帝少子,骄淫,数犯禁,上常宽之",刘舜死后,"后妻不和,嫡孽诬争,陷于不义以灭国"。刘舜,景帝中元五年立为常山王,武帝元鼎三年卒。充任太傅,教导骄王的韩婴的处境可想而知,"《韩诗外传》多说臣子事上之礼,阐说人的品行修养之道,或许正是韩婴辅导常山王刘舜的教科书"②。《外传》中的许多思想,都与韩婴的儒家博士职责和太傅身份教导有关。如韩婴强调学,卷八引述孔子与子贡的回答,说君子之为学,应该"学而不已,阖棺乃止",又引鲁哀公与冉有的回答,确定"士必学问,然后成君子",这些都是强调人不能不学,学亦无止境。卷二"玉不琢,不成器,人不学,不成行"。学什么呢?引《诗·大雅·假乐》"不愆不忘,率由旧章",即学于师,学于圣王。所以重师,"无师,安知礼之是耶?……情安礼,知若师,则是君子之道"。知礼,以礼来节制人的情欲,使人安于礼的规范。卷二"凡治气养心之术,莫经由礼,莫优得师"。礼是节制人嗜欲的,人不可能自觉遵守,需仰赖师。如龚鹏程先生

---

① (清)张金吾:《两汉五经博士考》(卷一),清道光十五年刻本。
② 王琳,邢培顺:《西汉文章论稿》,济南:齐鲁书社,2006年,第90页。

分析说:"韩婴作《韩诗内传》和《外传》,传就是传述的意思。所谓传述,乃是依圣人旧章,申述其旨趣,发扬其义理。由形式上说,固然接近春秋时期士大夫之'赋诗断章',然其所以如此传述,以及传述之形态,实与春秋盟会时'赋诗断章,唯取所用'迥异;与孔子论诗时所谓'兴于诗'也有根本的差别。兴于诗,是指读诗者,诵诗者因诗而有所兴发,有所启悟。韩婴之传述诗句,则非欲借此兴发,乃是以之作为教训的证言,视为格言法语,供人效习。"①可见,韩婴在《韩诗外传》中所传达的思想,与他的博士官身份和太傅身份有很密切的关系。

二、汉初的时代思想背景与《韩诗外传》性格的形成

徐公持先生探讨汉初的学术背景时,论述道:"自秦始皇开始,中国建立了皇权体制。秦虽短祚,而汉承秦制,嗣后这种体制一直延续了两千余年。这种体制是一种'以一人治天下'或'一人以主天下'的高度集权的世袭强力专制体制,在这种体制下的文化生态,当然是以对文化的强力规制和约束为基本特点的。无论是秦始皇的好法术,汉初盛行的黄老之术,还是武帝以后的罢黜百家、独尊儒术,虽然统治者的治国理念有差异,文化风气也不断嬗变,都不能改变其一以贯之的本质做法:即思想文化被以皇权为核心的官僚体制所规制。正是在这一基本点上,秦汉文化和文学的生态和体质,都发生了此前完全不同的根本改变,春秋战国封建时期的那种思想文化基本上得以自由发展的百家争鸣局面宣告结束,皇权体制

---

① 龚鹏程:《汉代文学与思想学术研讨会论文集》,台北:台北文史出版社,1991年,第46页。

下的文化和文学发展独特局面开始展现。这种局面的特征是:与皇权体制相匹配的思想文化,因受到体制的认可扶持而得以独大,形成体现皇权意志和利益的主流意识形态及主流文化。"①在寻找与皇权体制相匹配的思想文化时,发展儒家的经学,建立经典与当代政治及社会人生之间的意义联系,成了儒家后学们的唯一选择。

春秋战国时期,百花齐放,百家争鸣,各家各派的思想学说竟自形成了自己独特的特色。但是,在历经长期的演变之后,随着秦汉大一统集权政治的建立,"蠭出并作,各引一端,崇其所善,以此驰说,取合诸侯"的诸子百家思想,丧失了客观发展的环境。在皇权体制的约束下,秦末汉初的学术思想,呈现出了混合的特点。我们看到的秦末汉初的著作,大多呈现出此特点。如《吕氏春秋》是最典型的集合式混合。清人汪中分析其内容,认为乃混合《学记》阴阳之学、六艺遗文、道家、兵家、农家、墨家之学而成②。陆贾的《新语》,继承了先秦儒家的思想,同时融合了道、法等家学说主张,对儒家学说进行了改造。刘安及其门客所撰《淮南子》,以道家思想为主,糅合儒、法、阴阳等家。吸收诸子百家学说,一般认为是杂家著述。在这种混合性格的支配下,为与皇权意志相匹配,韩婴的《韩诗外传》就试图以儒家思想为主导,混合道、法、阴阳等诸家学说,加强思想在现实上的功用性和通俗性,尤其是想加强对统治集团的说服力。如韩婴把儒家的礼治思想与道家的无为思想结合起来,儒道兼修。以道入儒。如卷一之二十三章:"传曰:水浊则鱼喁,令苛则民乱,城削则崩,岸削则陂。故吴起削刑而车裂,商鞅峻法而支解。治国者譬若乎张琴然,大弦急,则小弦绝矣。故急辔御

---

① 徐公持:《"礼乐争辉"与"辞藻竞骛"——关于秦汉文学发展的制度性考察》,《文学遗产》2011年第1期。
② 参见(清)汪中:《述学·补遗·吕氏春秋序》,四部丛刊本。

者、非千里之御也。有声之声,不过百里,无声之声,延及四海。故禄过其功者削,名过其实者损,情行合名,祸福不虚至矣。诗云:'何其处也?必有与也。何其久也?必有以也。'故惟其无为,能长生久视,而无累于物矣。"关于《韩诗外传》融合法家、阴阳家、兵家等诸家的思想,学者多有论述,例频如也,兹不赘举。刘毓庆先生、郭万金先生称"《韩诗》是具有混合性格的《诗》学流派"①。移之论证先生《韩诗外传》的思想亦通,此种混合性格与汉初特定的思想背景是紧密相连的。

三、燕赵大地的环境氛围与《韩诗外传》的生成

史志中记载韩婴燕人,乾隆《任丘县志·人物志》把韩婴列为"儒林"第一位,记载"邑城南有韩太傅祠"。今河北任丘,西汉时幽州之涿郡,战国时期的燕国。燕国,往往与赵国并称燕赵大地。其历史悠久,人杰地灵,有悠久的《诗》教传统。据《史记·燕召公世家》记载,燕国是召公奭的封地,"召公之治西方,甚得兆民和。召公巡行乡邑,有棠树,决狱政事其下,自侯伯至庶人各得其所,无失职者。召公卒,而民人思召公之政,怀棠树不敢伐,歌咏之,作《甘棠》之诗"②。召公的德教泽被于燕。在西周初年,就形成了良好的传《诗》氛围。

兹举一出土文献,位于燕赵之间的小国——中山国的"中山三器"的出土为例,从中可见战国时期《诗经》的燕赵之地的传播。"中山三器"即1978年在河北平山中山王墓葬中发掘出的"中山王鼎""中山王壶""妾䀇壶"。"'中山王鼎'和'中山王壶'都作于中

---

① 刘毓庆,郭万金:《从文学到经学——先秦两汉诗经学史论》,上海:华东师范大学出版社,2009年,第242页。
② (西汉)司马迁:《史记》,北京:中华书局,1974年,第1550页。

山王厝十四年,是同时的作品,'䚄鎓壶'则是死后他的儿子为纪念他而作的。故䚄鎓壶的年代稍晚。鼎壶的铭文把趁燕国内乱夺取燕国土地作为胜利而大肆渲染,燕国内乱在公元前314年,故鼎壶的作器时间应在公元前314年以后。赵灭中山在公元前301年,故䚄鎓壶的年代应在公元前301年以前。"①由此可知,"三器"反映了战国中期中山国的历史,其铭文优美流畅所体现的文学价值,也是那个时期文学风貌的反映。三器中涉及《诗》的句子共有"克川心(顺)克卑(比)"(《诗·皇矣》"克顺克比")、"於(呜)虖(呼)攸(悠)(哉)"(《诗·访落》"於乎悠哉")、"大啟邦(宇)"(《诗·閟宫》"大启尔宇")、"隹(惟)邦之口"(《诗·崧高》"维申及甫,惟周之翰")、"其回(会)女(如)林"(《诗·大明》"其会如林")、"四马土(牡)汸汸(彭彭)"(《诗·烝民》"四牡彭彭")六处。铭文中的《诗》文与今传本相比较,异文的存在也是很明显的。简短的铭文中,如此频繁地引用《诗经》中的诗句,说明《诗》学的传播在当时已经是一种非常普遍的现象。铭文作者对《诗》的引用是纯熟的,在他的眼中,不存在单篇之《诗》,而所有《诗》都是其表达思想的一种语言罗列。这种用诗的方式与《外传》以解诗的方式表达思想其内在精神也是一致的。

为什么中山国的《诗》学会如此发展呢?这不能不谈到子夏的弟子李克曾经到中山国为相,继承子夏《诗》学精神的李克把《诗经》传播到了中山。自然也有可能再由中山传入燕国。在《韩诗外传》中对子夏《诗》学的推许,恐怕与此有密切的关系。如卷二第二十九章、卷三第十五章、卷五第一章,这些都似乎暗示着《韩诗》与子夏传授的关系。而对于魏文侯的大臣、子夏弟子李克更是盛赞不已。如卷三"魏文侯欲置相召李克"章,卷八:"魏文侯问李克人

---

① 于豪亮:《中山三器铭文考释》,《考古学报》1979年第2期。

有恶乎"章,卷十"魏文侯问李克吴之所以亡"章,对李克分析问题、把握事物、明辨是非的能力及处世思想,都做了充分肯定,表现出了对李克的崇敬。这些似乎也透露了《韩诗》与李克的关系。

《畿辅通志》卷七十一载:"召公德教被于全燕者,复数百年,故其间川岳神气之所蕴,蒸圣贤流风之所感发,杰出之材每应时而生,自春秋以前贤哲令德表著《春秋内外传》,及籍于孔氏之门者尚矣。战国秦汉间洙泗之绪不绝如线,而荀卿为能守正。及汉之兴,董生续焉,一时传经老师有若毛苌、韩婴、贯公、二戴,并出于燕赵。"①因此可以说,在韩婴以前,燕国就有良好的文化传承,有习诵《诗三百》的文化氛围,从地理环境上、社会历史积淀来说,《韩诗外传》在燕地出现具有良好的环境基础。燕赵多美女,善歌舞。《古诗十九首》曰:"燕赵多佳人,美者颜如玉。被服罗裳衣,当户理清曲。"李白《幽歌诗》曰:"赵女长歌入彩云,燕姬醉舞娇红烛。"这种能歌善舞的慧根,来自先秦时代就有的歌舞习俗,与入于乐的《诗经》的传播也是连在一起的。

四、韩婴《内》《外传》著述体例的选择

《汉书·儒林传》记载:"韩婴,燕人也。孝文时为博士,景帝时至常山太傅。婴推诗人之意,而作《内》《外传》数万言,其语颇与齐、鲁间殊,然归一也。"②我们应该看到,司马迁和班固在这里明言韩婴是"推诗人之意",而所作的《内》《外传》,即《内传》和《外传》均是韩婴的解《诗》或传《诗》之作,而所谓"内、外"的区别应该是

---

① (清)李卫修:《(雍正)畿辅通志》,文渊阁四库全书本。
② (东汉)班固:《汉书》,北京:中华书局,1962年,第3613页。

传述的体例不同或所选择的解说角度方向的不同。如清代学者汪之昌云:"《史记·儒林传》:'韩生推《诗》之意,而为《内》《外传》数万言,其语颇与齐、鲁殊,然其归一也。'史公以《内》《外传》并举,同一推《诗》意而作,且谓与齐、鲁两家语虽异而归则一,是《外传》之旁征博引,莫非发明《诗》义之精微。韩氏说《诗》诸书存者诚止此十卷,而韩氏家法,正可求之此十卷已。"①当然这就与明清一些学者在理解《韩诗外传》时存在偏差,如《四库全书总目》中直接谓之其"无关诗义",这是由治《诗》者对《毛诗》的推崇及对《外传》的误解各方面的原因造成的。

从现存《韩诗内传》的遗说来看,《内传》说《诗》侧重在文字训解和名物诠释,如"萋萋,盛也""刈,取也""濩,瀹也""顷筐,欹筐也""荓,零落也""迨,愿也""直曰车前,瞿曰苯苢""沉者曰苹,浮者曰藻""一溢一否曰渚"②等。而《外传》很少有这种直接的训诂。

另外《内传》也注重以礼说诗,先来看《内传》的几则遗说。《白虎通义·爵》:"《韩诗内传》曰:诸侯世子,三年丧毕,上受爵于天子。"《白虎通义·王者不臣》:"《韩诗内传》曰:师臣者帝,交友受臣者王,臣臣者霸,爵臣者亡不行。"《文选·东都赋》注引《韩诗内传》:"王者舞六代之乐,舞四夷之乐,大德广之所及。"《周礼·媒氏疏》引《韩诗内传》:"古者霜降逆女,冰泮杀止。"可见,《内传》多在阐述古代礼制,直接点明古礼的具体内涵,并且多是与国家制度建设有关的国之大礼。而与《外传》的以礼说《诗》又有明显的不同,《外传》以礼说诗多注重在世俗的礼仪上,并以具体形象的事例

---

① (清)汪之昌:《吴刻韩诗外传跋》,《青学斋集(卷五)》,1931年新阳汪氏青学斋刊本。

② 《韩诗内传》引文来源均依据清陈乔枞《韩诗遗说考》,《续修四库全书》影印《左海续集》本,下同。

来阐释礼俗的具体实践意义。这种分别著述可能与韩婴太傅的身份有关,他既有学术追求,要传授《诗》学,发展《诗》义,又要达到教授弟子的目的,故《内》《外》兼著,分别说礼。

从韩婴的身份看,也决定了《外传》的著述特点。"燕赵间言《诗》者由韩生。"韩婴门徒甚多,他治《诗》之目的在于传《诗》,为了更好地传《诗》,他关注的焦点当然是如何发挥《诗》义,如何理解《诗三百》,如何把《诗三百》和当时社会政治结合起来了。因而汇入自己学说观念的《韩诗内外传》就产生了。由于《内传》已经亡佚,《外传》所保留的韩婴《诗》说就更加弥足珍贵了。因而《外传》同《毛传》一样,是我们了解汉初《诗》家治《诗》的门径,明清学者排斥《外传》为《诗》学著作,认为它"无关诗义",因而不受重视或竟被排除在《诗》学著作之外,实在可惜。

从上述所论我们可以推测,《韩诗内传》是韩婴依当时通行的解《诗》体例,紧密结合《诗经》文本,对诗篇的具体诗句、字词进行疏解,从文本内容出发阐释诗义。《韩诗外传》是韩婴受先秦《荀子》《吕氏春秋》等引诗著述的影响,紧密结合汉初的时代风貌和韩婴本身太傅的身份,运用具体形象的故事性语言,以阐明诗篇的微言大义。可以说,《内》《外传》均是在传《诗》,而因具体的著述目的不同,故所选取的角度和所选取的著述体例不同。这两种著述方式的选择与韩婴特殊的身份、明确的著述目的和汉初士人对著述方式的选择诸方面原因决定的。

可见,《韩诗外传》之所以产生于汉初,与当时的思想背景、社会地理环境和韩婴本人的身份和学术追求共同作用的结果,充分认识到这一点,才能全面深入地考察《韩诗外传》这部著作,才能了解这部流传两千多年的民族文化精粹。

"诗"证义考

洛阳理工学院人文与社会科学学院 赵棚鸽

诗言志、诗缘情、诗者持也甚至诗与谣、歌、乐的关系等问题，皆因"诗"之本义不明而出现诸多争端。如果诗的本义能够解释清楚，许多问题就可迎刃而解。那么"诗"的本义究竟是什么？我们拟从字型结构做一探讨，并就教于方家。

一

《说文》云："𧥳，志也。从言寺声。𢘽，古文'诗'省。"[①] "𧥳"后被隶定为"詩"字。"𢘽"被隶定为"訨"字。这一变化直接导致出现两种认知误区，一是认为"诗"字右上角构件"土"为"屮"，二是认为"訨"字出现更早。这两种观点都是存在问题的。

屮字甲骨文中常见，《合集》编号前150片中该字共出现45次，略举数例如下：

00006(3) 甲戌卜，㱿，贞翌乙亥屮于祖乙。用。五月。

00006(25) 乙丑卜，㱿，贞屮报于保。

---

* 本文系国家社科基金规划项目《唐代注疏中的〈诗经〉学研究》(17BZW090)阶段性成果；河南省哲学社会科学年度规划项目《晚清民国诗经学价值的瓦解与重建研究》(2022BWX016)阶段性成果。

① （清）段玉裁：《说文解字注》，上海：上海古籍出版社，1988年，第90页。

00006(27)戊寅卜,允,贞王弗疾屮旨。

00014 正(1)丙戌卜,㱿,贞令众乘,其受屮〔年〕。一二三四五

00014 反(1)王占曰:"吉,受〔屮〕年。"

00017 辛亥卜,□,贞众□往□,屮㳄。三

00018(1)戊寅卜,争,贞,今春众屮工。十一月。一

00025(8)甲申卜,贞翌乙酉屮于祖乙牢屮一牛屮豰。二①

屮字常见,但写法多变,识别有很大困难,吴其昌云:"今综合万余片甲骨,悉索其屮字,骈胪而通观之,始知'屮'之一字其赋形有五,而其含义有六。"③然而胡厚宣认为:"其实亦仅'有''又'及'祭'之三义而已。"④黄锡全也认为"其实只有三种"⑤,并详列甲骨文中'屮'字写法,颇具有代表性,今移录如图1。

图1 甲骨文中"屮"字字型一览②

---

① 胡厚宣主编:《甲骨文全集释文》第1册,北京:中国社会科学出版社,2009年,第1—11页。

② 《甲骨文"屮"字试探》,《古文字研究》第6辑,北京:中华书局,1981年,第196页。

③ 吴其昌:《殷墟书契解诂》,太原:三晋出版社,2009年,第5页。该文首刊于武汉大学《文哲季刊》第3卷第2号。

④ 胡厚宣:《甲骨学商史论丛初集·卜辞下乙说》,石家庄:河北教育出版社,2002年,第283页。

⑤ 黄锡全:《甲骨文"屮"字试探》,《古文字研究》第6辑,北京:中华书局,1981年,第196页。

可以看出，屮字的竖笔或出头或藏头，其中"凵"或直笔或弧笔，此与"牛"字的写法大致相同，甲骨文中牛字写法有 ▯（合集351）、▯（合集32013）、▯（合集32599）、▯（合集10117）等多种，其上部与屮字有较大相似性，基于此，黄锡全认为："'屮'字的基本形体就是人们熟知的牛头象形字。"①这一见解应是合乎事实的，"牛"字的最初形态可能就是用牛头表示，后来随着数量的增多和使用范围的扩大，下端出头的"牛"字被发明，而原本代指牛的"屮"字本义逐渐消失，其引申义"又"却得以广泛使用，随着"又"字流传开来，"屮"字便很少使用。黄锡全云："'屮'字大都出现在武丁时期即第一期卜辞中。这个字在武丁以后即已逐渐消失，而先后以其同音字'又'所代替。至西周金文中才出现了从手持肉的'有'字。"②从这里可以看出，"牛"是社会财富的象征。事实上，屮字在西周早期也还有见，雍伯簋"王令雍伯嗇于屮为宫"中的"屮"作 ▯（集成05.2531），与甲骨文写法相同，只是含义已经变成了地名。

"屮"为牛头，表示"牛"的意思。牛在商代既是重要的生产工具，也是重要的大型祭品，《管子·轻重戊篇》云："殷人之王立帛牢、服牛马，以为民利，而天下化之。"③意即商代君主建立了用帛和牛祭祀的制度，并驯服牛马拉车耕地，为民服务，而天下因此安定平和。胡厚宣云："屮者，早期卜辞中最普遍之祭名。……惟屮究为何字，终不可知。但其字除'有''又'二义之外，在早期卜辞中，

---

① 黄锡全：《甲骨文"屮"字试探》，《古文字研究》第6辑，北京：中华书局，1981年，第197页。

② 黄锡全：《甲骨文"屮"字试探》，《古文字研究》第6辑，北京：中华书局，1981年，第196页。

③ （唐）房玄龄注：《管子》卷第二十四《轻重戊第八十四》，四部丛刊初编本，上海书店，1989年，第13页B面。

为一极普遍之祭名,则毫无可疑。"①因此"出"字理解为祭品或祭祀自在情理之中。

"诗"字右上角构件隶定后也作"出"字,而"出"有祭祀之义,因此有一种观点便认为,诗起源于祭祀。叶舒宪说:"(诗)最初并非泛指有韵之文体,而是专指祭政合一时代主祭者所歌所诵之'言'。"②认为诗即祭辞。周远斌顺其流而扬其波,说:"'出'既然指祭祀,会意字'訕'之义即出之祭祀中的'言',上古祭祀一般为歌舞或乐歌祭祀,那么,出之祭祀中的'言'即歌,'訕'('诗')之本义即祭歌。"③俞琼颖也认为:"小篆'诗'字就是人手托着牛头进献祭祀并向神灵祷告的过程。"④这些都是将"诗"字右上角构件"出"视作祭祀得出的结论。

叶舒宪的观点受到吴小如的批评,其云:"有人研究《诗经》,认为这是一部'寺人之诗',即受过宫刑的宦者们的作品。其论证之一,是认为'诗'字是从'寺'字滋生的。其实,'诗'字的声符是'出',即之乎者也的'之',与'寺'并无直接关系。"⑤从根本上指出的叶氏认字的错误。康正果也说:"为了把尚未证实的宗教阉割模式套到中国历史的头上,通过对'诗'这一个字的训诂,叶书即推断说,中国上古时期曾存在过由寺人主祭,或者说由净身祭司集团掌

---

① 胡厚宣:《甲骨学商史论丛初集·卜辞下乙说》,石家庄:河北教育出版社,2002年,第283页。

② 叶舒宪:《诗经的文化阐释——中国诗歌的发生研究》,武汉:湖北人民出版社,1994年,第158页。

③ 周远斌:《"诗"字本义为祭歌考》,《山东师范大学学报》(人文社会科学版)2007年第5期,第149页。

④ 俞琼颖:《"诗"字渊源初探》,邓章应主编:《学行堂语言文字论丛》第四辑,成都:四川大学出版社,2014年,第149页。

⑤ 吴小如:《"似是而非"是治学大忌》,《文史知识》2000年第4期,第59页。

握文化大权的制度。"①对叶氏"寺人"观点愤愤不平。这些批评充分反映了从作为牛头的"㞢"字解读"诗"与祭祀有关的观点是错误的,是背离中国传统文化的。

那么这种说法究竟错在哪里呢？目前所能见到先秦文字中最早的"诗"字,一是郭店简《语丛一》第 38 支简"诗所以会古今之志也者",其原文作"䚶"②。二是上博简四《曹沫之阵》第 20 支简"诗于有之曰",其原文作"䚶"③。这两个字右上角的构件一作"㞢"一作"㞢",均清晰可见,与甲骨文中"㞢"等字绝不相类,其被隶定为"㞢",有过于简化的嫌疑。但此构件与甲骨文中的"之"字相似：

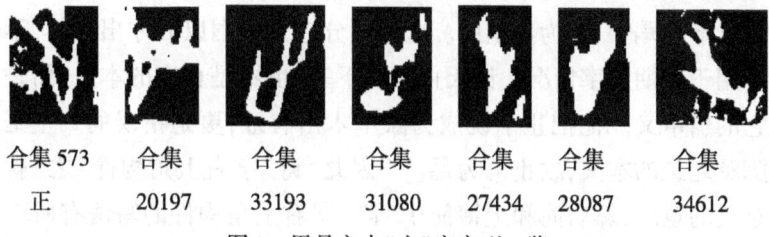

| 合集 573 正 | 合集 20197 | 合集 33193 | 合集 31080 | 合集 27434 | 合集 28087 | 合集 34612 |

图 2　甲骨文中"之"字字型一览

可以看出,二者写法之间有许多相似之处。事实上,"诗"之右上角构件为"之"的观点早已有之。《说文》云："寺,从寸㞢声。"段注："祥吏切,一部。"④意即"寺"字上部构件"土"读作"之",义亦当同之。《说文》"䚶,古文诗省"段注云："左从古文'言',右从

---

① 康正果：《抉心自食可知其味？》,《读书》2000 年第 12 期,第 132 页。
② 张光裕主编：《郭店楚简研究》第一卷文字编,台北：台湾艺文印书馆,2006 年,第 616 页。
③ 李守奎等编著：《上海博物馆藏战国楚竹书·(一至五)文字编》,北京：作家出版社,2007 年,第 115 页。
④ (清)段玉裁：《说文解字注》,上海古籍出版社,1988 年,第 121 页。

'之',省'寸'。"①林义光也说:"(寺)从'又'从'之'。"②那么,"之"为何义呢?《说文》云:"之,出也,象艸过中,枝茎益大,有所之,一者地也。"③知"之"有草木生长意。《说文》又云:"止,下基也,象艸木出有址,故以止为足。"④又云:"足,人之足也,在下,从止口。"⑤知"之"与"至"近,皆有"足"之含义。从上文所列甲骨文字可见,"之"就是"足"的意思,合集28087、34612中的"之"字基本就是脚的样子。脚有左右之分,故甲骨文中"之"的方向有的向左、有的向右,但基本上都是三个脚趾。张亚初说:"止即趾字初文,象脚趾形。在甲骨文和西周铭文中,大脚趾有的向右(象右脚趾),有的向左(象左脚趾),左右无别。许慎以右脚趾形为止,以左脚趾形为躃字,读为他刮反。这种区分应是战国以后才出现的,不适用于早期文字情况。许氏止字训下基,也不是止字的本义,而是它的引申义。他把止字说成为象草木出有址,更是错误的。止是脚趾之趾的本义,故止可为足。"⑥因此"诗"字右上角构件"之"就是足的意思,郭店简和上博简中"诗"字右上角构件的写法有所不同,但脚趾的朝向均向左,疑均为右脚。

"之"与"屮"二字有别,前辈时贤也早已识之。胡厚宣云:"(屮者)孙诒让释'之',谓凡云'之'者其谊当为适,盖卜适其庙而祭之也。罗振玉、王国维说并同。叶玉森则谓之用为献。今案卜辞

---

① (清)段玉裁:《说文解字注》,上海古籍出版社,1988年,第90页。
② 林义光:《文源》,上海:上海古籍出版社,2017年,第192页。
③ (清)段玉裁:《说文解字注》,上海古籍出版社,1988年,第272页。
④ (清)段玉裁:《说文解字注》,上海古籍出版社,1988年,第67页。
⑤ (清)段玉裁:《说文解字注》,上海古籍出版社,1988年,第81页。
⑥ 张亚初:《商周古文字源流疏证》,北京:中华书局,2014年,第557—558页。

'之'字与屮形迥别,诸说皆非也。"①明确指出"之"与"屮"并不相同,孙、罗、王等人均错。陈世骧也说:"屮在甲骨文中有如下几种写法:屮、屮、屮。不过不能将之与屮混淆,后者也见于甲骨文。胡光炜提醒我们,尽管屮肖似屮,却相当于'有'或'又',音、义均不同于后者。"②其意甲骨文中"之"的写法和意义与"屮"均不相同。黄锡全亦云:"就形义而论,释'屮'为'之',形义俱乖。'屮'与'之'卜辞书写不同。'之'字与'屮'字迥然有别。释'屮'为'之',形体不符,其义训就无从论及了。"③也明确反对将二字混淆。

综上,有充分的理由相信,"诗"字右上角构件"土"为"之",代指足,非为含有祭祀含义的牛头"屮"字。

《说文》"𧥛,古文诗省"直接导致出现一种现象,即认为"訨"才是"诗"的本字,陈世骧对这一观点概述颇为全面,他说:"清朝世子,研究《说文》的,王筠可算目光极锐利,所以他指出全文后节'訨'字解作'古文诗省'是不对的,他的意思是'訨'正是古文,'当云从屮声,安能豫知小篆而省之乎?'这是说《说文》以为'诗'从言寺,都是照小篆后起的字形妄测,古文是訨,根本是从屮得声。至若戴果恒论'诗',引用《说文》,便完全是这个意见,抛去'寺声'云云根本不谈,只说'说文言部载訨为古文诗字,训为志也……诗与志二字并从屮得声'。近人杨树达先生则调协融贯诸说,以为'志字从心,屮声,寺字亦从屮声。屮、志、寺、古音盖无二……其以屮为志,

---

① 胡厚宣:《甲骨学商史论丛初集·卜辞下乙说》,石家庄:河北教育出版社,2002年,第283页。
② 陈世骧:《中国文学的抒情传统:陈世骧古典文学论集》,北京:生活·读书·新知三联书店,2015年,第31—32页附录b。
③ 黄锡全:《甲骨文"屮"字试探》,《古文字研究》第6辑,北京:中华书局,1981年,第195页。

或以寺为志,音近假借耳。'这是以为'诗'和'志'对于'诗'字的关系,都是从山得声的共同关系,说诗'志也',或说'寺声',归根结底,也等于证明王筠的看法不错:訨是古文,'从山声'。"①文中所引观点错误的根本原因在于著者未曾见到战国以前"诗"字,遂臆测"訨"才是古文,而"诗"是后起字。但当郭店简"㞢"字和上博简"㞢"字发现之后,就可以明白,"诗"才是本字,而"訨"为后起字,许慎云"古文诗省"是正确的。

二

"诗"字右下角构件《说文》作"㝢",隶定为"寸",林义光释"寺"云:"从'寸'无'法度'意。古作㞢(邾公牼钟)、㞢(沈伯寺敦),从'又'从'之',本义为持。㞢象手形,手之所之为持也,之亦声。"②高田忠周也说:"㞢是最古持字,凡手部字古文多从又,又、手同意也。"③因此,"诗"字右下角构件为"手",争议不大。

甲骨文中无"手"字,但其"丑"作㞢和㞢,也像手指及臂肘,"手"字应由其变形而来。目前最早的"手"字见于西周中、晚期的金文,中期的无賹簋作㞢(集成4225)、又作㞢(集成4226)、卯簋盖作㞢(集成4327)、兮壶盖作㞢(集成9728)、录伯𫐄簋盖作㞢(集成4302)、师伯归夆簋作㞢(集成4331)。晚期的柞钟铭作㞢(集成134)、噩侯鼎作㞢(集成2810)、伊

---

① 陈世骧:《中国文学的抒情传统:陈世骧古典文学论集》,北京:生活·读书·新知三联书店,2015年,第90页。
② 林义光:《文源》,上海古籍出版社,2017年,第192页。
③ 高田忠周:《古籀篇》五十七,转引自周法高主编:《金文诂林》卷三下,香港:香港中文大学出版社,1975年,第1855页。

簋作、扬簋作、师嫠簋作、师嫠簋又作、不嬰簋盖作。① 与中期的写法大致相同。

手有左右之分，金文中的构形即有的向左，有的向右。鲁实先云："于手之一文，彝铭与篆文同体，皆象臂肘及五指之形。构形独异者，乃以手为丑之转注字，凡转注之字，率增形声，以为注释，故于手独增二指象形，所以示别于纪日之丑也。……若手则为自臂至指之通名，与拳义固异，此观于手之象形，可以塙知。"②铭文独立的"手"字皆有五指，但郭店简"![]"字和上博简"![]"字中左下角构件均只有三指，《说文》释"又"云："手之列多，略不过三。"③作为构件的"手"字与完整的"手"相比，有所缩略。手有左右之分，郭店简"![]"字和上博简"![]"字中的"手"部指尖均朝左，当为右手。

"诗"字左边的部首为"言"，尽管不同文字写法略有差异，但其为"言"字则无异义，兹不赘述。

至此，"诗"字的结构已经分析清楚，其左边为言，右边上为足、下为手。但疑问也随之而生，如果将"诗"字看作一个完整的身体结构，足在上手在下肯定是不合常理的。那么什么条件下才会出现这种情况呢？我们认为，这应是一种舞蹈动作，舞蹈过程中脚抬得较高，部分动作甚至要高出手臂的位置，同时伴以吟诵。

既然是舞蹈，为什么不用"舞"或"蹈"字的某个构件表示，而偏偏却要新造一个字？这个问题看一下甲骨、金文的写法就能解决。

---

① 中国社会科学院考古研究所编：《殷周金文集成》，北京：中华书局，2007年。

② 鲁实先著，王永诚注：《文字析义注上》，台北：台湾商务印书馆，2014年，第416页。

③ （清）段玉裁：《说文解字注》，上海古籍出版社，1988年，第114页。

甲骨文中"舞"字作☒（一期粹七四四）、☒（一期乙二一八一）、☒（一期前七.三五.二）、☒（一期京四五二）、☒（一期甲二三四五）、☒（二期人三〇八五）、☒（一期乙五三九四）、☒（一期甲二八五八），人的手中皆有下垂之物，似是拿着道具舞蹈。西周金文中，匽侯铜泡作☒（集成11860）、☒（集成11861），与甲骨文差距不大，手中亦有物。就字形结构来看，"诗"字手中是没有道具的，因此其舞蹈动作与"舞"并不相同。

"蹈"字甲骨、金文无，《说文》作☒，并释云："践也。从足舀声。"①意即用脚顿地，这与将脚高高抬起、边跳边诵的"诗"是完全不一样的。

"诗"中的舞蹈又从何而来呢？周公制礼作乐时在商代的基础上发展出大舞和小舞等多种舞蹈类型，大舞又称"六代舞"，包括《云门》《大章》《大韶》《大夏》《大濩》和《大武》，共计六个，这些舞蹈都场面宏大、参与者众多，象征着国家的庄严与权威。大舞之外还有小舞，也有六个：《帗舞》《羽舞》《皇舞》《旄舞》《干舞》和《人舞》，这六个舞蹈中，前五个也都需要道具，或鸟羽，或牛尾，或盾牌，不一而足。唯最后一个舞蹈"人舞"似不需要道具，《周礼·乐师》"有人舞"郑司农注云："人舞者，手舞。"但郑玄云："人舞无所执，以手袖为威仪。"孙诒让认为这就是《韩非子·五蠹篇》"长袖善舞"②。知人舞在事实上是以手袖为道具的。因此"诗"中的舞蹈与小舞似也没有渊源关系。

孙景琛指出："周代宫廷中除'六代舞''小舞'外，还有'散乐'，是民间的歌舞；'四裔乐'，四方少数民族的舞蹈。这两类舞蹈

---

① （清）段玉裁：《说文解字注》，上海古籍出版社，1988年，第82页。
② （清）孙诒让：《周礼正义》卷四十四《春官·乐师》，北京：中华书局，2013年，第1799页。

也用于祭祀,但主要是用于燕享宾客。"①"诗"中的舞蹈是否即为散乐之一种,尚待进一步考察。

总体而言,"诗"应是西周时期在朝廷雅乐之外于士大夫阶层兴起的一种新的文体类型。

三

就字形结构来看,"诗"只有舞蹈和吟诵,没有音乐。正因为如此,入乐就成了"诗"的终极目标和无上荣耀。《大雅·卷阿》云:"矢诗不多,维以遂歌。"②意即所陈之诗不多,还请国君令乐工配乐歌之。知诗本无乐,而作者渴望入乐。《论语·泰伯篇》云:"兴于诗,立于礼,成于乐。"③在个人修养的训练中,诗处于起始位置,乐是最高位置,如果能够入乐,则诗由起始而至最高,对于创作者来说,这必定是至为崇高的荣誉。《诗经》中"诗"字共出现三次,其中两次有具体作者,《小雅·巷伯》云:"寺人孟子,作为此诗。"④《大雅·崧高》云:"吉甫作诵,其诗孔硕。"⑤诗似与诗人是相伴而生的,《汉书·匈奴传》云:"至穆王之孙懿王时,王室遂衰,戎狄交

---

① 孙景琛:《中国舞蹈史·先秦部分》,北京:文化艺术出版社,1983年,第92页。

② (清)阮元校刻:《十三经注疏·毛诗正义》,北京:中华书局,1980年,第547页。

③ (清)阮元校刻:《十三经注疏·论语注疏》,北京:中华书局,1980年,第2487页。

④ (清)阮元校刻:《十三经注疏·毛诗正义》,北京:中华书局,1980年,第456页。

⑤ (清)阮元校刻:《十三经注疏·毛诗正义》,北京:中华书局,1980年,第567页。

侵,暴虐中国,中国被其苦,诗人始作,疾而歌之。"①是诗之产生当在懿王之时,诗人也同在此时出现。

大致可以看出,在广开言路的进谏制度带动下,西周中期自公卿至列士这一广泛的贵族阶层兴起了浓厚的创作热潮,他们的作品完成之后,会自己伴舞吟诵,然后才会献之于朝廷。这类作品因为之前很少出现,至西周中期大量涌现,但没有名字,于是就根据形体特征创造出"诗"字以代之。事实上,《国语·周语》"公卿至于列士献诗"②所言即此。

再来看"诗"字的省写问题。《说文》云:"𢼸,古文诗省。"此当是"诗"字创制出来之后,因为书写过于复杂,遂将右下角构件"手"字省去,仅以右上角之足代替舞蹈动作,但含义并没有发生变化。如果以前文所引王筠等观点视之,𢼸为最初的诗字,则左言右足,含义不能明,造字之初不当如此。

与此相似,"诗言志"的"志"字上部构件"士"也很有可能就是"寺"的省写。《说文》云:"志,意也,从心之声。"③意为上部亦"之"义,也就是"足"的意思。"志"字《诗经》《春秋》中无,《周易》《尚书》中多有,但最早出现时间有争议,不能全为凭据。④ "志"字

---

① (汉)班固:《汉书》卷九十四上《匈奴传第六十四上》,北京:中华书局,1962年,第3744页。
② (三国吴)韦昭注:《国语·周语上》,上海:上海古籍出版社,2015年,第6页。
③ (清)段玉裁:《说文解字注》,上海古籍出版社,1988年,第502页。
④ 如《尚书·盘庚》篇中多有"志"字,但一则其成篇于何时聚讼纷纭,有盘庚时代、小辛时代、殷商时代、殷周之际、西周初年和春秋时改定等六种说法,根据"志"与"诗"的关系,最后一种说法更合理些。二则篇中的某些"志"字最初可有并非今天的样子,如"予告汝于难,若射之有志",孙星衍云:"志,古作'识'。"

最早见于战国金文,中山王䰜方壶作 ![字符](集成9735.2B),上半部分与"诗"之右上构件写法基本一样。可能也与"诗"之省文一样,"志"字上部构件本为"寺",但由于书写复杂,遂也略去"手"而成"志"字。如此,则"志"与"诗"本义相同,均为与上足下手的舞蹈的动作相关联的文体,区别之处在于一为心中默识,一为伴随动作吟诵。《毛诗序》"在心为志,发言为诗"①所指当即此。

《诗含神雾》云:"诗者,持也。"②意思就是诗与持同,先秦文字中"持"字均作"寺",郳公牼钟、沇伯寺敦、郭店简《缁衣》等均为"持"义,方濬益云:"寺为古持字,石鼓文'弓兹以寺''秀弓寺射',皆以寺为持。"③至《说文》始作𢮖。寺字作为舞蹈动作的表征,足上手下,有失平衡,本不符合人体结构。根据西周金文、战国竹简中的"寺""诗"二字写法知,其下部构件"手"的指端均向左,似为右手。在舞蹈过程中,为保持身体平衡,还需要将左手举起,其高度应和足平行,身体方能保持平衡,这应是《说文》中"持"的本义。但由于"寺"字中已有手形,左侧再加一手形,结构有所重复,高田忠周云:"持字已从又,又从手,为复矣。"④故先秦日常书写中均省去左侧手形,仅作"寺"字,至《说文》方补全结构。因此,"诗者,持也"之说的含义就是诗最初是讲究身体平衡的。

---

① (清)阮元校刻:《十三经注疏·毛诗正义》,上海古籍出版社,1988年,第269页。
② (清)阮元校刻:《十三经注疏·毛诗正义》,上海古籍出版社,1988年,第262页。
③ 方濬益:《缀遗斋彝器款识考释》卷二,转引自周法高主编:《金文诂林》卷三下,香港:香港中文大学出版社,1975年,第1855页。
④ 高田忠周:《古籀篇》五十七,转引自周法高主编:《金文诂林》卷三下,香港:香港中文大学出版社,1975年,第1855页。

由于诗是西周献诗制度下在公卿至列士间兴起的一种新文体，其本身就与政治保持密切联系，尤其是被选入《诗经》的那些诗篇，更是与政治关系紧密。但诗的本义是指舞蹈中身体平衡，与美刺无关，只是由于政治的原因，遂有美刺之义。然从根本上来说，既然讲究平衡，则应有美有刺，不能仅偏向一端。马银琴说："'诗'为讽谏怨刺之辞。"①偶失偏颇。《诗经》中含有"诗"字的三首诗中，《大雅·卷阿》《小雅·巷伯》为刺诗，《大雅·崧高》为美诗，显然美刺兼具，并非皆为怨刺之辞。

但恰如前文所述，"诗为怨刺"的观点古已有之。《国语》韦昭注："献诗，各献讽谏之诗。"②杜预云："瞽，盲者，为诗以风刺。"③颜师古云："采诗，采取怨刺之诗。"④这些观点都是在未做文体辨析情况下对"诗"进行广义的概括。事实上，他们所指的是"谣"，而非"诗"。至于"谣"的问题，我们另文详论。

诗与诗人关系密切，换言之，诗乃公卿至于列士的个人作品，与"谣"的集体创作不同，每一首诗的背后都有一个具体诗人。随着这种观念的深入，"诗"产生之前可以确定作者的零星作品也都逐渐被冠以"诗"名，《尚书·金縢》云："公乃为诗以贻王，名之曰《鸱鸮》。"⑤《左传·昭公十二年》云："祭公谋父作《祈招》之诗以

---

① 马银琴：《两周诗史》，北京：社会科学文献出版社，2006年，第11页。
② （三国吴）韦昭注：《国语·周语上》，上海古籍出版社，2015年，第7页。
③ （清）阮元校刻：《十三经注疏·春秋左传正义》襄公十四年，第1958页。
④ （汉）班固：《汉书》卷二十四上《食货志第四上》，第1123页。
⑤ （清）阮元校刻：《十三经注疏·尚书正义》，北京：中华书局，1980年，第197页。

止王心。"①《潜夫论·遏利篇》云:"昔周厉王好专利,芮良夫谏而不入,退赋《桑柔》之诗以讽。"②甚至《豳风》因系周公所作,也被称之为"豳诗"③。从另一个角度来说,"诗"皆与朝政有关,故与周王朝政治无关的作品,纵有作者,亦不言诗,如《载驰》为许穆夫人所作,但《左传·闵公二年》仅云"许穆夫人赋《载驰》"④,不言其为诗。

"诗"之产生,至孔子时已逾四百年,西周王朝经历了鼎盛而至衰微,并最终灭亡。平王东迁以后,王室再无实权,言路宽窄畅阻已无关紧要,当初公卿列士热衷的献诗现象已不复存在。"诗"的含义在这一过程中被迫转变,扩大内涵,民间所采之谣,庙堂所诵之歌,皆归之于诗。孔子编订《诗经》,也取广义之诗,尽管《诗》中还有谣、歌、诵、赋等多种类型,但皆以"诗"为总名。

综上所述,"诗"乃西周中期贵族阶层出现的一种新型文体,既有舞蹈又有诵词,但不配乐,事实上就是《国语·周语》"公卿至于列士献诗"所言之"诗"。"诗"乃献诗制度的产物,政治性是其重要的内容,美刺由此而生。随着时间推移和社会变迁,"诗"的含义逐步扩大,至孔子删诗,所录虽多种文体并存,但都可以统辖于"诗",《诗三百》由此而生。

---

① (清)阮元校刻:《十三经注疏·春秋左传正义》昭公十二年,第2064页。

② (汉)王符著,(清)汪继培笺,彭铎校正:《潜夫论笺校正》,北京:中华书局,1985年,第27页。

③ 《周礼·春官》云:"龠章:掌土鼓、豳龠。中春,昼击土鼓、吹《豳》诗,以逆暑。"见(清)阮元校刻:《十三经注疏·周礼注疏》卷二十四,第801页。

④ (清)阮元校刻:《十三经注疏·春秋左传正义》闵公二年,北京:中华书局,1980年,第1788页。

民俗文化视野中对"郑风淫""郑卫之音"的再认识

山东大学文学院　徐瑛子

孔子对"郑声淫""放郑声"的评价极大影响着后世学者对"郑声"以及《诗经·国风》中"郑风""卫风""郑卫之音"等相关问题的接受。后代学者常解孔子"郑声淫"之"淫"为"淫秽""淫乱",将《郑风》《邶风》《鄘风》《卫风》相关作品定性为"淫诗"。在"郑风淫""郑卫之音"相关问题上,学界现有研究多集中于对孔子"郑声淫"的认识、朱熹"淫诗说"、郑卫诗歌地域风格、"烝""报"问题与婚制等方面,"郑风淫""郑卫之音"相关问题仍值得深入细致探究。①

---

①　在"郑风淫""郑卫之音"相关问题上,学界较有代表性的研究成果如钱钟书《管锥编·毛诗正义》中谈"诗"与"乐"之关系(钱钟书:《管锥编》,三联书店,2008年,第105—107页);陈子展《诗三百篇解题》论孔子所说"郑声淫"与《诗经》中《郑诗》淫的问题(陈子展:《诗三百篇解题》,上海:复旦大学出版社,2001年,第290页);罗根泽在《中国文学批评史》中论述诗与乐的关系以及朱熹相关文学批评(罗根泽:《中国文学批评史》,上海:上海古籍出版社,1984年);莫砺锋重新审视朱熹"淫诗"说,认为朱熹对这类诗的价值评价虽然不正确,但实际上是"千真万确的文本解读"(莫砺锋:《从经学走向文学:朱熹"淫诗"说的实质》,《文学评论》,2001年第2期);晁福林结合上博简《孔子诗论》,论证其中《郑风》之《褰裳》《将仲子》《扬之水》三诗的诗旨,认为这些诗篇并非所谓"淫诗"(晁福林:《上博简〈诗论〉研究》,北京:商务印书馆,2013年);廖群《先秦两汉文学考古研究》以出土文献为依据,探讨孔子对《国风》所谓"淫诗"的态度,认为孔子对这些诗篇颇有称道之意(廖群:《先秦两汉文学考古研究》,学习出版社,2017年,第195页);孙作云讨论《诗经》中的古代上巳节祓禊之风,认为《郑风·溱洧》《秦风·蒹葭》都反映了这一风俗(孙作云:《〈诗经〉研究》,郑州:河南大学出版社,2002年);童书业论《左传》之"烝"现象为古代家长制婚姻形态(童书业:《春秋左传研究》,上海:上海人民出版社,1980年);顾颉刚《由"烝"、"报"等婚姻方式看社会制度的变迁》认为"烝""报"为春秋时代被公认的一种家庭制度(中国社会科学院科研局编:《顾颉刚集》,北京:中国社会科学出版社,2001年)等。

"礼失而求诸野"①,从民俗文化视阈出发,借鉴民俗学、宗教学、文化人类学研究的理论与方法,回归当时特殊历史文化语境,对"郑风淫""郑卫之音"相关问题进行再认识,所谓"郑风淫""郑卫之音"实则与古代婚姻礼制、生殖崇拜、巫术宗教、民风民俗等有着密切联系。朱熹批评《郑风·溱洧》"郑俗淫乱",实际上《郑风·溱洧》与先民生殖崇拜的信仰与习俗相关,与《周礼》"令会男女,奔者不禁"的婚姻政策相符合,并非所谓"淫诗",诗中"秉蕑""赠之以勺药"均有相应的特殊含义;根据《公羊传》《谷梁传》《左传》相关记载、以《诗经》相关作品为中心进行考察,与卫国"淫风"密切相关的"烝""报"现象有其特殊政治、文化原因,是特定环境下介于"礼"与"非礼"之间的特殊现象。在先秦两汉时期特殊的语境和场景中,《郑风》《邶风》《鄘风》《卫风》相关作品具有深层丰富内涵,所谓"淫诗"事实上并非有悖于诗教的诲淫乱民之作。"对习俗和信仰的重新解释,能使我们获得探讨文学的新途径。"②"郑风淫""郑卫之音"相关问题的负面评价长期存在,理应重新审视与再评价,进行更全面深入的学理研究。

一、"郑风淫""郑卫之音"探源与辨析

(一)孔子"郑声淫""放郑声"

"《诗》三百,一言以蔽之,曰:'思无邪'"③,孔子在《论语·为

---

① (汉)班固撰,(唐)颜师古注:《汉书》,北京:中华书局,1962年,第1746页。
② [美]布洛克:《神话与文学——当代理论与实践》,周宪、罗务桓、戴耘编:《当代西方艺术文化学》,北京:北京大学出版社,1988年,第283页。
③ 杨树达:《论语疏证》,上海:上海古籍出版社,2013年,第36页。

政》篇评价《诗经》为无邪念、思想纯正。《论语·卫灵公》篇,孔子评价"郑声"为"放郑声,远佞人。郑声淫,佞人殆。"①《论语·阳货》篇孔子又称"郑声"为"恶紫之夺朱也,恶郑声之乱雅乐也,恶利口之覆邦家也"②。孔子"思无邪"与"郑声淫""放郑声"的相悖之语似乎将"郑声""郑风"放在了"思无邪"的对立面,这一评价开启了后世研究中对"郑风淫""郑卫之音"相关问题批评的传统。

然而,孔子所云"郑声淫""放郑声"的实际所指应当仔细探究解读。

首先,"凡音者,生人心者也。情动于中,故形于声。声成文,谓之音。是故治世之音安以乐,其政和。乱世之音怨以怒,其政乖。亡国之音哀以思,其民困。声音之道与政通矣。"③如《礼记·乐记》所言,先秦两汉时期"音""声""乐"三者各有不同,"声音之道"与政治相通。《论语》中孔子所云之"郑声淫""放郑声",孔子是从音乐角度出发,比较、评价"雅乐"与"郑声",并未对《诗经·郑风》诗歌文本进行评价。

其次,孔子所云"郑声淫"中"淫"的释义古今有所不同。关于"淫"的意思,《说文解字》释"淫"为:"侵淫随理也,从水声。一曰久雨为淫。"④《诗经·关雎》序中"不淫其色",孔颖达释"淫"为"过其度量谓之为淫"⑤。孔子所说郑声之"淫",并非后世所指"淫秽""淫乱"之意。结合《论语·八佾》中,孔子称《关雎》"乐而不

---

① 杨树达:《论语疏证》,上海:上海古籍出版社,2013年,第772页。
② 杨树达:《论语疏证》,上海:上海古籍出版社,2013年,第442页。
③ 王文锦译解:《礼记译解》,北京:中华书局,2001年,第525—526页。
④ (汉)许慎撰,(宋)徐铉校定:《说文解字》,北京:中华书局,2013年,第273页。
⑤ (唐)孔颖达:《毛诗注疏》,清嘉庆二十年本,第35页。

淫,哀而不伤"①,《关雎》在音乐方面哀乐均不过度,孔子所云"郑声淫"应是指"郑声"的音乐方面"过其度量谓之为淫"。

此外,《左传》记载季札观乐,季札评价"郑声"为"其细已甚,民弗堪也",季札对《豳》评价为"乐而不淫",对《颂》评价为"迁而不淫,复而不厌,哀而不愁,乐而不荒"。②从季札对《郑》《豳》《颂》等音乐的不同评价可推知:"郑声"呈现出与"乐而不淫""五声和,八风平"一类音乐不同的特征,"其细已甚,民弗堪也"即"郑声"音域超出了"宫商角徵羽"五声之规范,"郑声"的高音超过了五音中"羽"的限度,使用了"变宫""变徵"等音,成了高亢激越的"烦手淫声"。

"兴于《诗》,立于礼,成于乐。"③孔子推崇礼乐教化,重视"中和之美",在音乐方面,孔子推崇"尽善尽美"之乐,认为音乐的表达应该有所节制、有所含蓄。与孔子提倡的重视"中和之美"的"雅乐"相比,"郑声"更有魅力与娱乐性,轻歌曼舞更能使观者身心满足快适,可使人有"观之不倦"之感、容易沉溺其中,正因如此,与"雅乐"相对立的"淫乱郑声"对修身、治国不利。④

(二)从"郑声淫"到"郑卫之音""郑风淫"

在孔子从音乐角度提出"郑声淫""放郑声"之后,孟子、荀子等也对孔子之语进行了阐发。《孟子》称"恶郑声,恐其乱乐也"⑤。

---

① 杨树达:《论语疏证》,上海:上海古籍出版社,2013年,第61页。
② 杨伯峻:《春秋左传注》,北京:中华书局,2016年,第1283—1288页。
③ 杨树达:《论语疏证》,上海:上海古籍出版社,2013年,第191—192页。
④ 洪湛侯认为:"'郑声'是郑国的民间音乐,孔子出于崇古、尚古的立场而更加重视像《韶》《武》《关雎》这类的乐曲,即孔子提倡的是雅乐,而孔子提倡雅乐、贬低郑声,这是他的学术偏见。"参见洪湛侯:《诗经学史》,中华书局,2002年,第69页。
⑤ (清)焦循撰,沈文倬点校:《孟子正义》,北京:中华书局,1987年,第1031页。

《荀子·乐论》中较早将"郑""卫"二者并列、评价"郑卫之音"为"使人心淫"①,《礼记·乐记》直指"郑卫之音""桑间濮上之音"为乱世之音、亡国之音。

此外,班固、许慎等结合民风民俗论及"郑声淫""郑卫之音"相关问题。《汉书·地理志》载:"卫地有桑间濮上之阻,男女亦亟聚会,声色生焉,故俗称郑、卫之音。"②《白虎通义·礼乐》载:"郑国土地,民人山居谷浴,男女错杂,为郑声以相悦怿,故邪僻,声皆淫色之声也。"③许慎《五经异议》记郑国溱洧之会、谈及"郑声淫"与"郑诗":"郑国之为俗,有溱、洧之水,男女聚会,讴歌相感,故云郑声淫。""郑诗二十一首,说妇人十九矣,故郑声淫也。"④班固、许慎的评价基本沿袭着前代的负面评价,又从民风民俗方面提出了与前人有别的观点,将"邪僻淫色"的"郑声""郑卫之音"的成因归为郑卫之地的风俗。许慎更是将孔子偏重于音乐方面的"郑声淫""放郑声"之说导向到评判《诗经·郑风》诗歌文本为"淫"。"郑诗二十一首,说妇人十九矣,故郑声淫也",许慎混淆了"郑声""郑诗"两个不同的概念,曲解了孔子"郑声淫""放郑声"的观点,将《诗经·郑风》与"郑声"等同,称《郑风》诗歌之中主题"说妇人十九矣",故而"郑风淫"。

宋代疑《序》之风大盛,朱熹《诗集传》提出"郑风淫",并将《郑风》大部分作品定性为"淫诗",且称"郑声淫,有甚于卫"、《郑风》

---

① (清)王先谦:《荀子集解》,清光绪刻本,卷十四。
② (汉)班固撰,(唐)颜师古注:《汉书》,北京:中华书局,1962年,第1665页。
③ (汉)班固:《白虎通德论》,四部丛刊本,卷二。
④ (汉)许慎撰,(清)陈寿祺疏证:《五经异议》,上海:上海古籍出版社,2012年,第162—163页。

为"淫诗之最"①。朱熹关于"淫诗"的论断一方面破除了《毛诗序》"美刺"藩篱、认清了《国风》相关诗歌与男女情爱有关的实质,另一方面又从自身价值取向出发,对这些"情诗""情歌"做出了偏颇片面的负面评判。朱氏相关论断引发了古代学者对《诗经》相关作品的贬斥,后学甚至声称当删弃《诗经》相关"淫诗",以维护《诗经》"圣经"教化之义。

有关"郑声淫""郑卫之音"相关问题的负面评价长期存在,明确孔子"郑声淫""放郑声"的实际所指,梳理从"郑声淫"到"郑卫之音""郑风淫"的发展脉络,对相关问题进行探究与再评价,有助于我们重新认识、审视这些作品的丰富内涵。

二、以《郑风·溱洧》为中心再论郑国"淫风"

(一)《郑风·溱洧》与婚俗

《毛诗传笺》释《溱洧》为:"刺乱也。兵革不息,男女相弃,淫风大行,莫之能救焉。"②朱熹《诗序辨说》认为《溱洧》篇为"淫奔者自叙之辞。""郑俗淫乱,乃其风声气习流传已久,不为'兵革不息,男女相弃'而后然也。"③朱熹与《毛诗序》关于《溱洧》主题之间的矛盾值得探究:《毛诗序》的"刺"偏重于"刺乱"而非"刺淫",讽刺郑国统治者未能治理好国家,导致国家战乱频繁,因此郑国才出现

---

① (宋)朱熹撰,赵长征点校:《诗集传》,北京:中华书局,2017年,第88页。
② (汉)毛亨传,(汉)郑玄笺,(唐)陆德明音义,孔祥军点校:《毛诗传笺》,北京:中华书局,2018年,第124页。
③ (宋)朱熹撰,赵长征点校:《诗集传》,北京:中华书局,2017年,《诗序辨说》第32页。

"男女相弃,淫风大行"的乱象;朱熹则偏重于"刺淫","刺"的对象在于"淫奔"之男女,郑地淫乱、风声气习流传已久。

"嫁者有二道焉,有聘而嫁者,有奔而嫁者……先王制礼岂不欲六礼皆备而后归哉?礼不下庶人势也。故仲春奔者不禁,恐失时也;荒年杀礼多婚,欲繁育也。"①百姓节庆欢会游乐为源于生活、发于民间之"俗","令会男女""奔者不禁"为贵族统治者界定、约束、指引之"礼"。"每春月趁墟唱歌,男女各坐一边,其歌皆男女相悦之词……若两相悦,则歌毕辄携手就酒棚,并坐而饮,彼此各赠物以定情。"②《溱洧》与《周礼》"奔者不禁"的记载相符合,并非淫风乱象。

葛兰言(Marcel Granet,1884—1940)是较早关注这一问题的西方学者,在其著作《古代中国的节庆与歌谣》中,《溱洧》与郑国、陈国春天的节庆相关,青年男女在能汲取祖先力量的神圣之地——溱、洧之畔载歌载舞、采集香草、表达爱情,并向上天、祖先祈祷赐予雨水与后代,在找到心上人之后,青年男女野合并订立婚约。③

综上,《溱洧》并非"淫诗",诗中男女相会的风俗与《周礼》中繁育人民的政策相符合,不是所谓淫风乱象。远古社会生产力低下,先民在祈福纳吉、子孙繁息的观念驱使下,向上天、祖先祈祷赐予子嗣,《溱洧》中上巳节欢会场景正反映了先民生殖崇拜的古老信仰和习俗。

---

① (明)杨慎:《丹铅余录》,四库全书本,卷十三。
② (清)赵翼:《檐曝杂记》,北京:中华书局,1982年,第51页。
③ [法]葛兰言著,赵丙祥、张宏明译:《古代中国的节庆与歌谣》,桂林:广西师范大学出版社,2005年,第136—144页。

(二)《郑风·溱洧》中"兰"的文化意义

关于《溱洧》①的主题,《诗三家义集疏》引韩《诗》:"溱与洧,说人也。郑国之俗,三月上巳之日于两水上,招魂续魄,拂除不祥,故诗人愿与所说者俱往观也。"②郑《笺》云:"男女相弃,各无匹偶,感春气并出,托采芬香之草而为淫泆之行。"③

"秉兰"与上巳节风俗及郑《笺》所云"淫泆之行"密切关联。在春秋战国时期的郑国文化中,"兰"有着特殊的含义与作用。结合"燕姞梦兰"的记载,"兰"与郑穆公(子兰)生命发展各个阶段紧密相连,在郑国文化中,"兰"与人存在着某种交感关系,"兰"与生殖求子、图腾崇拜等有密切联系,并且在生殖崇拜方面,这种联系更偏于瑞兆、吉兆。

葛兰言结合《仪礼·士丧礼》关于"复"(招魂)的记载,谈及郑国上巳节以兰招魂续魄的习俗,郑国举行"招魂"和"续魄"仪式,召唤神魂("灵魂")复于形魄("肉魄""鬼魄""亡魄")。④据《礼记·郊特牲》载"周人尚臭,灌用鬯臭,郁合鬯;臭,阴达于渊泉。"⑤又,

---

① 《郑风·溱洧》原文及各家相关注解依王先谦《诗三家义集疏》:"溱与洧,方涣涣兮。士与女,方秉蕑兮。女曰观乎?士曰既且。且往观乎?洧之外,洵訏且乐。维士与女,伊其相谑,赠之以勺药。溱与洧,浏其清矣。士与女,殷其盈矣。女曰观乎?士曰既且。且往观乎?洧之外,洵訏且乐。维士与女,伊其相谑,赠之以勺药。"见(清)王先谦撰,吴格点校:《诗三家义集疏》,北京:中华书局,1987年,第371—373页。

② (清)王先谦撰,吴格点校:《诗三家义集疏》,北京:中华书局,1987年,第371—373页。

③ (汉)毛亨传,(汉)郑玄笺,(唐)陆德明音义,孔祥军点校:《毛诗传笺》,北京:中华书局,2018年,第124页。

④ [法]葛兰言著,赵丙祥、张宏明译:《古代中国的节庆与歌谣》,桂林:广西师范大学出版社,2005年,第137页。

⑤ 王文锦译解:《礼记译解》,北京:中华书局,2001年,第357页。

韩《诗》云《溱洧》秉兰:"招魂续魄,拂除不祥。"①"兰为王者香",周人崇尚芬芳之气,正因如此,"兰"可用来招魂,是交通神灵的巫草。

上巳节祓禊过程中,"兰"亦能祓除邪恶、驱除病气,郑《注》曰:"岁时祓除,如今三月上巳如水上之类。""衅浴,谓以香薰草药沐浴。"②《本草经》亦云兰草:"杀蛊毒,辟不祥,故挚齐以事大神也。"③《礼记·内则》记载了赠兰的习俗:"妇,或赐之饮食、衣服、布帛、佩帨、茝兰,则受而献诸姑舅。"④在《溱洧》春日男女欢会的场景中,"兰"更有传情求爱的作用。

(三)《郑风·溱洧》"赠之以勺药"与求爱风俗

《诗三家义集疏》引证诸家,释"赠之以勺药":

> 韩说曰:勺药,离草也。言将离别,赠此草也。
> 鲁说曰:勺药之和。
> 《传》:勺药,香草。
> 《笺》:士与女往观,因相戏谑,行夫妇之事。其别,则送女以勺药,结恩情也。
> 文颖曰:"勺药,五味之和也。"⑤

结合《溱洧》男女集会、传情求爱的诗歌语境,释"勺药"为"调和之名""五味之和""调食之物"之说未免有些不伦不类,郑《笺》

---

① (清)王先谦撰,吴格点校:《诗三家义集疏》,北京:中华书局,1987年,第371—373页。
② 徐正英、常佩雨译注:《周礼》,北京:中华书局,2014年,第548页。
③ (宋)唐慎微:《重修政和经史证类备用本草》,明万历本,卷七。
④ 王文锦译解:《礼记译解》,北京:中华书局,2001年,第373页。
⑤ (清)王先谦撰,吴格点校:《诗三家义集疏》,北京:中华书局,1987年,第372—373页。

"结恩情"之说较为合理。

综合看来,《郑风·溱洧》之"勺药"为某种品种的"芍药花"较为合理。结合上巳节的民俗传统,除"结恩情"的作用之外,《溱洧》"赠之以勺药"的深层内涵还可从民俗学、文化人类学的角度进一步分析。

闻一多提出"芍药"为男女聚会时的"媚药","芍药用根,媚药之类……芍药,媒妁之药。"①关于"媚药",陈梦家认为高唐神女瑶姬,相传为瑶草所化,有"服之媚于人"的巫术特点,是"野合时媚人之草"②。马林诺夫斯基(Malinowski Bronislaw Kaspar,1884—1942)讨论了巫术与爱情的关系,认为巫术可以赋予魅力,触发爱情。③

远古社会生产力低下,先民对动植物图腾崇拜、宗教崇拜的情感应运而生。《诗经》桑、梅、蔷薇、苤苢、花椒、莲花等繁殖力较强、多子的植物与生殖崇拜相关。原始先民崇拜这类植物,将其作为祈子的象征物,希望自身有类似的繁衍能力。"赠之以勺药"未必确实有"巫术""媚草"之类的强大作用,但《溱洧》中上巳节祓禊"赠之以勺药"的行为应与古代生殖崇拜、图腾崇拜、求爱风俗等相关。

三、"烝""报"现象考辨与卫国"淫风"

《毛诗序》认为卫国公室风气淫乱、民众上行下效,其中卫宣公

---

① 闻一多:《闻一多全集》,武汉:湖北人民出版社,1994年,第4卷,第74页。

② 陈梦家:《高禖郊庙祖社通考》,《清华学报》1936年第12卷第3期,第446页。

③ [英]马林诺夫斯基著,刘文远译:《野蛮人的性生活》,北京:团结出版社,1989年,第246页。

时尤为混乱,以至于"礼义消亡,淫风大行"。《邶风》《鄘风》《卫风》不少诗篇涉及卫宣公、卫宣公之子公子顽(卫昭伯)与卫宣姜等人,其中"公子顽烝于宣姜"之事所受谴责极其多。春秋战国是由原始蒙昧时代向文明时代转变的时期,考辨这一时期的"烝""报"现象,有助于了解当时婚姻制度、婚礼习俗、婚姻伦理,更好地解读《邶风》《鄘风》《卫风》中与之相关的"淫诗",更加客观地综合评价卫国"礼义消亡,淫风大行"的问题。

(一)"烝"与"烝""报"现象

"烝""报"现象多数是在贵族父亲去世后,其子与父亲的妻、妾结合,具体涉及国家有晋国、郑国、楚国、卫国等。如《左传·庄公二十八年》"晋献公烝于齐姜"①,《左传·僖公十五年》"晋侯烝于贾君"②,《左传·成公二年》"黑要烝夏姬",《左传·宣公三年》记"文公报陈妫"等。

《左传》以"礼"为评价标准,对违礼、失义、背信的历史人物和事件,在叙述过程中多有预示和评价。与《左传》"燕姞梦兰"多有瑞兆、吉兆的叙述过程相比,《左传》对这几例"烝""报"总体叙述较为客观,褒贬之意不明显,难以判断"烝""报"到底是淫乱私通之行还是合法婚姻形式。

《左传·成公二年》记载夏姬之事:

> 楚之讨陈夏氏也,庄王欲纳夏姬……子反欲取之,巫臣曰:"是不祥人也!"……子反乃止。王以予连尹襄老。襄老死于邲,不获其尸,其子黑要烝焉。巫臣使道焉,曰:

---

① 杨伯峻:《春秋左传注》,北京:中华书局,2016年,第260页。
② "贾君为惠公嫡长嫂,故亦用烝字。"见杨伯峻:《春秋左传注》,北京:中华书局,2016年,第384页。

"归！吾聘女。"……王遣夏姬归。……巫臣聘诸郑，郑伯许之。①

《左传·昭公二十八年》与《左传·成公二年》对夏姬"通"陈灵公君臣之事、巫臣娶夏姬之事均有负面评价，而对黑要"烝"夏姬之事没有明确评价。相关记载可从侧面说明在《左传》所属时期，"烝"与"通"二者不同，"烝"不一定是完全合乎礼法的婚姻形式，但在一定程度上有其社会认可度，并不完全等同于后代儒者谴责的淫乱私通之行。

《左传·桓公十六年》以及《左传·闵公二年》记载了卫国相关史事，分别为卫宣公烝夷姜、卫宣公娶宣姜及卫昭伯（公子顽）烝宣姜之事，《新台》《二子乘舟》《墙有茨》《君子偕老》《鹑之奔奔》等诗篇涉及相关史事。

《诗经》中对卫宣公的讽刺批评多针对"强娶儿媳"一事，关于"卫宣公烝于夷姜"少有明确涉及，《二子乘舟》涉及急子、公子寿之事，《毛诗序》对"烝"婚所生的急子还颇多感伤哀思之情。卫国另一件与"烝"相关的"公子顽烝于宣姜"之事，历代研究者则多有谴责。

（二）"公子顽烝于宣姜"再辨析

《鄘风·墙有茨》篇，毛《传》载："卫人刺其上也。公子顽通乎君母，国人疾之，而不可道也。"郑《笺》云："宣公卒，惠公幼，其庶兄顽，烝于惠公之母，生子五人：齐子、戴公、文公、宋桓夫人、许穆夫人。"②《鄘风·鹑之奔奔》篇，毛《传》载："刺卫宣姜也。卫人以为宣姜，鹑鹊之不若。"郑《笺》云："刺宣姜者，刺其与公子顽为淫

---

① 杨伯峻：《春秋左传注》，北京：中华书局，2016年，第878—879页。
② （汉）毛亨传，（汉）郑玄笺，（唐）陆德明音义，孔祥军点校：《毛诗传笺》，北京：中华书局，2018年，第66页。

乱,行不如禽鸟。"①不同于毛《传》"公子顽通乎君母"的记载,郑玄注解时,提及了"烝"的现象,并且在《墙有茨》和《鹑之奔奔》篇分别定义为"烝"与"通",似乎重视礼制的郑玄对此介于礼与非礼之间特殊现象的评价也颇为矛盾。

春秋战国时期,各诸侯国政治、军事关系错综复杂,各国常采取联姻的方式与邻国或大国结成同盟。齐国、卫国两国联姻,宣姜嫁到卫国,无论是嫁给卫宣公或者宣公之子,对于卫国而言,都是一种无形的政治资产;于齐国而言,宣姜联姻的对象及子嗣同样也是值得重视的政治资源,两国婚姻关系缔结远远比衡量婚姻对象重要。②

卫国内乱,卫惠公出奔母舅家齐国,卫惠公在齐国的军事支持下复位回到卫国。③ 在卫宣公去世、卫惠公年少的情况下,齐国强迫"公子顽烝于宣姜"。而且,除卫惠公之外,与来自齐国的宣姜有血缘关系的戴公、文公也相继为君,这些或许不能完全归于偶然。

综合看来,"公子顽烝于宣姜"是当时特定社会历史环境中,在政治裹挟下出现的特殊现象,或许更多出于齐卫两国同盟的政治考虑而非个人私德。此外,从卫国"烝"现象所生子女来看,"卫宣

---

① (汉)毛亨传,(汉)郑玄笺,(唐)陆德明音义,孔祥军点校:《毛诗传笺》,北京:中华书局,2018年,第70页。

② "对于骑士或男爵,像对于最有权势的王公一样,娶妻乃是一种政治的行为,乃是一种借新的联姻以增进自己势力底机会;起决定作用的是朝廷的利益,而绝不是个人的情感。"参见[德]恩格斯撰,张仲实译:《家庭、私有制和国家的起源》,北京:人民出版社,1954年,第74页。

③ "出奔者出奔之后,其母国和接受国对出奔者的态度和所采取的对策,决定了出奔者的命运……有时双方是一致的,这无疑会促进两国的邦交关系向好的方向发展;但有时却是根本违背的、相矛盾的,这势必造成双方的冲突,甚至会因此导致战争。"参见徐杰令:《春秋邦交研究》,北京:中国社会科学出版社,2004年,第176—185页。

公烝夷姜"所生之子急子为太子,"公子顽烝宣姜"生子女五人,"烝"现象所生子女地位并不低下。因此,在当时特殊时代环境下,"烝""报"不能等同于后世儒家批判的乱伦行为。

关于"公子顽烝于宣姜"的问题,古代学者多以谴责淫秽乱伦为主,近现代以来,学界对这一问题的态度更为多样复杂。有人认为"烝""报"婚姻与先秦两汉时期的宗庙祭祀之礼相关,"烝"名称源于"烝祭",又叫"收继婚""转房婚",要以烝祀的隆重仪式告祭祖先,求得心灵安慰。① 这一说法值得商榷,"三礼""春秋三传"等重要典籍中对"烝"祭多数记载为"享先王""冬事",并未直接将祭祀祖先之事与"烝婚"相联系,而且"烝""报"现象更与"收继婚""转房婚"不能等同。

要之,"烝""报"是特定环境下的特殊现象,"烝"不一定是完全合乎周礼范围内的婚姻形式,但当时在一定程度上有其社会认可度,并不等同于后代儒者谴责的淫乱私通之行,因此"烝""报"现象"只能算是例外,即所谓历史的奢侈品而已"②。评价作品不能脱离其特殊时代背景,卫宣公等国君"礼、义消亡",以致卫地民众"下之化上""淫风大行",《诗经》相关作品展现了礼崩乐坏之时的文化礼俗冲突,并非所谓诲淫乱民之作。

《诗经》作为经学知识资源,重视雅正中和、崇尚温柔敦厚的诗学观对《诗经》作品的评判传统和标准产生了根深蒂固的影响。在郑、邶、鄘、卫各国现实政治、历史渊源、民风民俗的影响下,产生了各自独特的音乐与诗篇,"乐"与"诗"彼此渗透,互相影响。历代

---

① 陈延嘉:《关于〈左传〉中的"烝""报"问题》,《社会科学战线》1994年第3期,第144—147页。
② [德]恩格斯撰,张仲实译:《家庭、私有制和国家的起源》,北京:人民出版社,1954年,第58页。

《诗经》研究者出于各自的诗学标准,对孔子"郑声淫"之说无意或有意地"误读""曲解",并以此来衡量郑、邶、鄘、卫相关诗篇,因此形成带有各自差异性的理解和评价。众多《诗经》研究著作中,学者多将孔子所言"郑声"直接等同于《诗经》中的《郑风》,并解孔子云"郑声淫"之"淫"为"淫秽""淫乱",将《郑风》《邶风》《鄘风》《卫风》相关作品定性为"淫诗",以偏概全地将其视为有悖于诗教的诲淫乱民之作。

从民俗文化视阈出发,立足《诗经》文本,回归当时特殊历史文化语境,借鉴民俗学、宗教学、文化人类学研究的理论与方法考察"郑风淫""郑卫之音"相关问题,"郑风淫""郑卫之音"与古代婚姻礼制、生殖崇拜、巫术宗教、民风民俗等有着密切联系,在先秦两汉时期特殊的语境和场景中,《郑风》《邶风》《鄘风》《卫风》相关作品具有深层丰富内涵,不能片面评价为"淫"。

"郑风淫""郑卫之音"相关问题的负面评价长期存在,对这些问题的简单化处理、片面化解读,易忽视《郑风》《邶风》《鄘风》《卫风》相关作品的深层政治、社会意义与文化内涵。应当对"郑风淫""郑卫之音"相关问题客观公正地进行衡量与再评价,对其进行更全面深入的学理研究,在跨学科的审视中,探析多元化语境下作品的深层含义及民族属性。

《诗经》无"楚风"与上古"省风"制度和周代地缘政治

湖北经济学院中国传统文化与哲学研究中心 曾浪

黄庭坚诗云:"我诗如曹郐,浅陋不成邦。公如大国楚,吞五湖三江。"①后人有以为黄氏盛赞苏轼诗作水平之高,如楚国地域辽阔,吞五湖三江。其实不然。黄庭坚的意思是曹、郐虽为小国,尚各有四篇诗入于《国风》,而《诗经》所记十五国风,却未见楚风。楚诗不入《诗经》犹如苏轼之诗不入律。② 不过后世颟顸之辈,仍有强解,如清彭而述《〈楚骚笺注〉序》认为《国风》没有楚风,是因为楚国幅员辽阔:"召南江汉之什,风雅迭见,独不以国专名,何欤?毋亦楚荆州分野居南天之半,又荧惑文明之位,祝融君之所秉令也"③,又言国风为"众人之谣",楚国唯有屈原一人"手纂为江汉之风"作《离骚》,所以"不载国风",率尔皮肤,未足为论。现代学者称《诗》无楚风者,或系之楚地音乐歌谣自成体系④;或言楚地多民

---

① (北宋)黄庭坚撰,(宋)任渊、史容、史季温注,刘尚荣点校:《黄庭坚诗集注》,北京:中华书局,2003年,第191页。

② (宋)史绳祖:《学斋占毕》卷二,宋刻百川学海本。

③ (明末清初)彭而述:《读史亭诗文集》卷二《〈楚骚笺注〉序》,清康熙四十七年彭始搏刻本。

④ 田野:《诗经中"楚风"阙如探因》,《商丘师范学院学报》2009年第1期。另,(明)许自昌《樗斋漫录(卷九)》已先言之:"余意楚在当时亦有诗可采,或亦如离骚之用土韵,不可施于管弦,故孔子不之采耳。"

歌,故未入风雅颂①,不无臆测之嫌。

一、《诗经》"二南"和"涂山之歌"无关"楚风"

前人言《诗》有"楚风"者,多系之《韩诗》,以周、召"二南"地在南阳、南郡(汉颍之间),视"二南"所在区域为楚地。② 明清学者如郭正域、郝敬、吴国伦、朱俨靡、陆圻等,均认为《诗经》"二南"已保存"楚风"③。如陆圻《楚庄王论》曰:"楚何以不进于风乎？曰周之风雅,楚为首焉。文王化行南服,而讴吟之盛无过于江沱汝汉,则皆《禹贡·荆州》之域,而先王之所采也。夫雅之未作也,风实先之,而有楚人为之倡。"④也有现代学者踵接其说,主张《诗》中"二南"包含"楚风(南夷之乐)"⑤、"楚声"⑥。此说非是。

《礼记·乐记》引孔子之言,论及周初"制乐象成"的时间进程:"夫乐者,象成者也……三成而南,四成而南国是疆。"⑦意为周灭商

---

① 孙丽娟:《〈诗经〉没有"楚风"论释疑——兼论〈诗经〉中没有民歌》,《山西师大学报》2007年第1期。

② 王应麟引艾轩林氏曰:"江汉在楚地,诗之萌牙,自楚人发之。故云江汉之域,诗一变为楚辞,屈原为之唱。(宋)王应麟撰,王京州、江合友点校:《诗地理考》卷一,北京:中华书局,2011年,第188页。

③ 如郭正域《观风录序》:"江汉之乔木,南国之甘棠,非楚耶?"(明)郭正域:《合并黄离草》卷十七,明万历刻本。又如郝敬:"江汉,楚地……《汉广》《汝坟》正当其,晓国风不列楚,即二南可以观矣。"〔(明)郝敬:《毛诗序说》卷一,明山草堂集内编本〕

④ (明末清初)陆圻:《威凤堂文集》不分卷《楚庄王论》,清康熙刻本。

⑤ 潜思荃:《〈诗〉有楚声论》,《江汉论坛》1980年第4期。

⑥ 杨匡民、李幼平:《今昔楚声探》,《文艺研究》1990年第4期。

⑦ (汉)郑玄注、(唐)孔颖达疏:《礼记正义》卷三十八,(清)阮元校刻《十三经注疏》,北京:中华书局,2009年,第3343页。

后才臣服南国,经营南土,并制作"南乐"。然考周、召二南之地,知与楚无涉。① 清人迮鹤寿已指出《诗序》以《汉广》《汝坟》《江有汜》等为文王之化,而周成王始封楚鬻熊于丹阳,则先有"二南",而后有楚子封丹阳之事,且楚国直到武王、文王后才扩张至汉水汝水流域。又,周、召二南在孔子前已由"国史自定其篇,属之大师,以为常乐"②,与楚诗无涉。扬之水据金文以"二南"之"南"均就雅言、方音而论③,"南"可谓南土之乐,亦与楚诗无关。唯近人章炳麟言"夏、楚、雅"三字同音而互称,认为雅、颂有楚音:"诗三百皆以楚言为中声,尚安取楚风矣。"④且不论章说然否,但"国风"无楚风则必属事实。

值得注意的是,清人为论证《诗》有"楚风",还提出了"存楚庄王而存楚章"的观点。此说以陆圻《楚庄王论》和魏源《诗古微》为代表。陆圻曰:"若夫王者之迹既熄于上而雅亡,霸者之迹又熄于下而风亡……诗盖亡于楚庄王之没,而灵公适与之值尔",且以《株林》"为楚庄录之"⑤。魏源也说孔子弦歌三百五篇,目的是"存五

---

① 周南之范围包括今陕西南部、东部及邻近的河南西部洛阳一带,而召公治所自陕以西,均与楚无涉。

② (汉)毛亨传,(汉)郑玄笺,(唐)孔颖达疏:《毛诗正义》诗谱序,阮元校刻《十三经注疏》,北京:中华书局,2009年,第555页。

③ 扬之水:《周之"南国"与"二南"》,《诗经名物新证》,北京:北京古籍出版社,1999年,第21—27页。

④ 章炳麟:"夏、楚者,同音而互称。楚从疋声,声本同夏。……二南广之以为雅。雅之义训为乌不反哺者,而古文为疋,疋者即人腓胫。乐府无所取其度,此以知雅则同夏而疋,与楚同声,其文皆假借。故二雅者,夏、楚之谓也……诗三百皆以楚言为中声,尚安取楚风矣。"章炳麟:《訄书》方言第二十四,清光绪三十年重订本。

⑤ 陆圻曰:"秦穆、楚庄并先后于鲁文宣之时,而《秦誓》以还,书无可述,楚庄既没,诗亦以亡。虽后此百年晋楚更狎而其力皆不足以劝惩天下,故使诗书废而微言绝焉。盖近古之无霸久矣。"陆圻:《威凤堂文集》不分卷,清康熙刻本。

伯"之史迹,以为《株林》等为楚庄王"陈其风于王朝"①,因此"圣人之不终夷楚章"②,是为了褒扬楚庄王。陆圻、魏源"存楚庄王而存楚章"之说其实无涉"楚风有无"问题,是解读《陈风》的一种取向而已。

还有学者称禹涂山之歌即楚诗(风),《楚辞》即楚风。③ 此说不无杂沓概念。④《吴越春秋·越王无余外传》记"涂山之歌"及《吕氏春秋·音初》所记禹见涂山之女之"南音",皆指禹治洪水,濬浍九州,至于南方,南夷献乐舞于禹。先秦时期,诗、乐、舞相配,所谓"诗言志,歌咏声,舞动容"。其中乐舞均兼采四夷之乐。

尽管四方之夷有献乐之传统。但中国(中原)取用四夷之乐与采其风诗,实际上有严格的区别。这是因为,尽管四夷羡慕中国(中原)文化,于献乐舞之余亦有献辞(或称为献诗),但与周大师采风陈诗之事绝不相侔。《荀子·王制》曰:"修宪命,审诗商,禁淫声,以时顺修,使夷俗邪音不敢乱雅,大师之事也。"⑤大师仅接纳四夷所献乐舞(偏于舞),而不采四夷之风,以"使夷俗邪音不敢乱雅"。《吕氏春秋·音初》言:"涂山氏之女乃令其妾待禹于涂山之阳,女乃作歌,歌曰:'候人兮猗'",仅表达涂山氏族对夏禹的倾慕之情及归附之念。涂山之"南音"与禹同属颛顼族属的楚有关,但与后世楚地、楚诗毫无干系,也不反映其地之政教得失,绝非风诗。

最后,虽说《诗经》曾影响楚文化,甚至影响楚人创作《楚

---

① (清)魏源:《诗古微》中编之四,清道光刻本。
② (清)魏源:《诗古微》中编之四,清道光刻本。
③ 刘晓南:《楚风与〈楚辞〉》,《云梦学刊》1993年第2期。
④ 张绎如:《"楚声"研究述评》,《音乐研究》2013年第6期。
⑤ (战国)荀况撰,王先谦集解,沈啸寰、王星贤点校:《荀子集解》卷五,北京:中华书局,1988年,第168页。

辞》①,但楚辞之名始自汉人,今本《楚辞》多有汉人模仿屈宋之作,不可据此言《楚辞》即"楚风"。

二、"删弃楚诗"说所据不实

汉代经师已注意到《诗》阙楚风的现象,归咎于楚僭越称王,不承天子之风,楚诗才遭到删弃:

> 问者曰:"《周南》《召南》之诗,为风之正经则然矣。自此之后,南国诸侯政之兴衰,何以无变风?"答曰:"陈诸国之诗者,将以知其缺失,省方设教为黜陟。时徐及吴、楚僭号称王,不承天子之风。今弃其诗,夷狄之也。"②

此说甚为牵强。因为楚君称王既非僭越,也未引起周天子震怒而"弃其诗"。据史,终西周及春秋时期,唯楚君熊渠命子为王、楚武王自立王、楚文王继立为王,主要对内称王。楚文王之子楚成王受天子之胙,为周天子镇服"南方夷越之乱"。周王室并未责楚君称王,也不能算僭越。春秋中晚期以降,诸侯力征兼并,更无论楚君是否僭越称王。楚兰陵令荀子曾在《正论》驳斥战国晚期的流俗之言:"天下为一,诸侯为臣,通达之属,莫不振动从服以化顺之,曷为楚、越独不受制也! ……彼楚越者,且时享、岁贡,终王之属

---

① 龙文玲:《论〈诗经·王风〉与楚文化的关系》,《广西师院学报》2000年第10期。
② (汉)毛亨传,(汉)郑玄笺,(唐)孔颖达疏:《毛诗正义》诗谱序,(清)阮元校刻《十三经注疏》,北京:中华书局,2009年,第560页。

也,必齐之日祭月祀之属,然后曰受制邪?是规磨之说也。"①鲜明地指出,楚国仍受天子之制,与诸夏之国同服同仪,不是蛮夷戎狄之类。故"楚僭号称王,不承天子之风"之说,纯属蹈空之论。

又唐孔颖达还提出南方因"小国政教狭陋"而遭"夷其诗"之说:

> 以列国政衰,变风皆作,南国诸侯,其数多矣,不得全不作诗……巡守陈诗者,观其国之风俗,故采取诗以为黜陟之渐……《春秋》文四年,楚人灭江。僖十二年灭黄。文五年,楚灭六并蓼。终为楚人所灭,是被其驱逼陷恶俗也。既驱陷彼俗,亦不可黜陟,又且小国,政教狭陋,故夷其诗,轻蔑之,而不得列于国风也。②

孔颖达认为春秋时期楚人所伐灭的江、黄等国,均属于"驱逼陷恶俗"的南国诸侯,因"政教狭陋,故夷其诗",进而推测南国诸侯无国风,是因其为小国。今人亦有持其说者,以为楚、吴国小,故无楚风、吴风。③ 此说非确。《诗》虽无"吴风",但吴、越实有诗人作诗④,且

---

① (战国)荀况撰,王先谦集解,沈啸寰、王星贤点校:《荀子集解》卷十二,北京:中华书局,1988年,第329页。
② (汉)毛亨传,(汉)郑玄笺,(唐)孔颖达疏:《毛诗正义》诗谱序,(清)阮元校刻《十三经注疏》,北京:中华书局,2009年,第560页。
③ 周建江:《何以〈诗〉无楚、吴风——三论"风"诗的"邦""国"限定》,《烟台大学学报》2002年第10期。
④ 《吴越春秋·勾践伐吴外传·勾践二十五年》记载:"秦桓公不如越王之命,勾践乃选吴、越将士西渡河以攻秦。军士苦之,会秦怖惧,逆自引咎,越乃还军。军人悦乐,遂作《河梁》之诗。"赵晔撰,周生春辑校汇考:《吴越春秋辑校汇考》卷二,北京:中华书局,2001年,第169—170页。虽然《吴越春秋》记载的《河梁》诗,文辞卑弱,体式亦不类先秦文字,显为汉人修饰者。但史载吴、越军人作《河梁》诗之事应属事实。

楚国、吴国亦非小国。沈长卿曰:"当时所目为夷者,盖属淮南、淮北。诸夷非吴、楚也。吴、楚系先王建侯,安得夷?"①至少在春秋时期,楚国、吴国已不可以"政教狭陋"视之,更不能武断判定因其被"轻蔑之,而不得列于国风"。吴国与姬周同姓,并无《国风》之诗,须至楚国以及中原诸夏观礼乐。楚国较吴国更靠近中原,因袭三代礼乐,先进于吴,但未见周大师陈楚国之风,说明楚、吴无"国风"也并非因其"国小"和"政教狭陋"。

最后,近年楚地出土文献,如郭店楚简、上海博物馆藏战国楚竹书、清华大学藏战国竹简、安徽大学藏战国竹简中保存或直接征引《诗经》内容,亦绝无所谓"楚风"者。曹道衡指出,上海博物馆藏战国楚竹书中的《孔子诗论》与《毛诗》最近。② 若楚国有"国史自定其篇"的正风,周大师不必"夷其诗";若楚国有诗人作刺之"变风",孔子亦不必删弃楚风。

总之,《诗经》阙"楚风"已无可疑,而欲讨论《诗》阙"楚风"缘由,须先明辨何谓"风",何谓"风诗"。

三、风乐、风诗与上古"省风"制度

文献记载表明,先民作乐多称"风气正,十二律至"③、"听凤之

---

① (南宋)沈长卿:《沈氏日旦》卷十二,明崇祯刻本。
② 曹道衡:《读战国楚竹书〈孔子诗论〉》,《北京大学学报》2002年第3期。
③ (汉)刘向编,向宗鲁校证:《说苑校证》卷十九,北京:中华书局,1987年,第500—501页。

鸣"①(甲骨卜辞记"四方风"时,"风"字写作"凤")②、"乐生于音,音生于律,律生于风"③、"夔之初作乐也,皆合六律而调五音,以通八风"④。先民在"听风"过程中,将"风"与时空节律相系,形成人与天文、物候(听凤鸟之声)、时令、声律的"共鸣",从而建立起统一的风律(八风、八节、八方、八律、八卦)⑤知识模型。故《礼记·乐记》曰:"八风从律而不奸"⑥;《白虎通德论·礼乐》云:"八风、六律者,天气也,助天地成万物者也,亦犹乐"⑦。将律吕音乐与八风相配,即"以音律省土风"⑧。"风"既有乐风之义,又系音乐之名,故可以指代诗。概言之,中国乐律与诗歌之起源,与"风"有关。

先秦学者穷究"天人之际",对"风"的考察,注重与政教之间的关系。"风俗"一词,散言可通,对言则有别。其中"俗"由君上政治偏好而形成,故称"随君上之情欲"。即董仲舒言在上位者"好恶喜怒变习俗",而所谓"风",则由各方水土养成之性情音声所体现,故称"系水土之风气"。

---

① (汉)刘向编,向宗鲁校证:《说苑校证》卷十九,北京:中华书局,1987年,第500—501页。

② 胡厚宣:《甲骨文四方风名考》,《责善半月刊》1941年第19期;丁声树,胡厚宣:《甲骨文四方风名考补证》,《责善半月刊》1942年第22期;李学勤:《商代的四风与四时》,《中州学刊》1985年第5期。

③ 何宁撰:《淮南子集释》卷九,北京:中华书局,1998年,第662页。

④ 何宁撰:《淮南子集释》卷二十,北京:中华书局,1998年,第1390页。

⑤ (魏晋)杜预注,(唐)孔颖达疏:《春秋左传正义》卷三,阮元校刻《十三经注疏》,北京:中华书局,2009年,第3750页。

⑥ (汉)郑玄注,(唐)孔颖达疏:《礼记正义》卷三十八,阮元校刻《十三经注疏》,北京:中华书局,2009年,第3329页。

⑦ (汉)班固撰集,陈立疏证,吴则虞点校:《白虎通疏证》卷二,北京:中华书局,1994年,第104页。

⑧ 饶宗颐:《四方风新义——时空定点与乐律的起源》,《中山大学学报》1986年第4期。

《诗纬·含神雾》记载诗风各国季节水土风俗律音声之间的联系,尤重视各地之"风土"与"风乐"(律音声)。根据各地之"风土"与"风乐",通过采陈"风诗",可以匡正各地"风俗"。《乐纬·动声仪》曰:"风气者,礼乐之使,万物之首也"①,先王据土风,省察土方风土、风乐,并在此基础上"知音""作乐",采陈"风诗",不仅可以观省"风俗",还可以"移风易俗"。"风化""风教"的概念也就应运而生。

验之《易卦》之象,大凡涉及巽(风)的卦象(☴),均强调人事之申命、教化、风化、诰命、讽议性情等。《巽》卦之象言在上位之君子"申命行事"。朱子曰:"丁宁反复说,便是'申命'。巽,风也。风之吹物,无处不入,无物不鼓动。诏令之入人,沦肌浃髓,亦如风之动物也"②,指君后之威命教令,似天下有风,风行草偃。

古文《尚书·大禹谟》曰:"帝曰:'俾予从欲以治,四方风动。'"③又古文《尚书·说命》云:"王曰:'呜呼!说,四海之内,咸仰朕德,时乃风。'"④都言君上从心所欲不逾矩以治政,四方之民顺应风教,若草之应风。古文《尚书·伊训》记载伊尹引商汤《官刑》,可以窥见商代"省风"制度。

相形之下,古文《尚书·伊训》所引商汤言"三风十愆",尤其值得注意,谓其有一于身,家必丧,国必亡。天子通过省察风俗,命臣

---

① (清)赵在翰辑,钟肇鹏、萧文郁点校:《乐纬》,《七纬附论语谶》卷二十,北京:中华书局,2012年,第332页。
② (宋)朱熹口述,(枕头)黎靖德辑,王星贤点校:《朱子语类》卷七十,北京:中华书局,1986年,第1861页。
③ (汉)孔安国传,(唐)孔颖达疏:《尚书正义》卷四,阮元校刻《十三经注疏》,北京:中华书局,2009年,第285页。
④ (汉)孔安国传,(唐)孔颖达疏:《尚书正义》卷十,阮元校刻《十三经注疏》,北京:中华书局,2009年,第372页。

下匡正巫风、淫风、乱风。① 其中,巫风有二。歌、舞本为巫事神致福之节目(歌舞以事神),恒舞、酣歌则不免荒淫废德,变成巫风。战国晚期楚怀王失乐之情,不听钟鼓②,以作"巫音",为"巫风"的代表。淫风有四。好货、好色、流连远游、田猎,本属常情。历代楚王举行祭祀与田猎,行礼治政之余,常常流连盘游于云梦禁苑。表明楚国也有此淫过风俗。乱风有四。侮圣人之言,自以为是而狂惑者;逆忠正之言,自饰其过而拒谏者;疏远耆年德高者;亲辟柔媚之顽童小人者。四者爱憎倒悬,智愚相失,为家国荒乱之风俗,此屈原《离骚》所极言者。说明巫风、淫风、乱风不仅中原有之,楚地亦有,且楚国历史上多有劝谏和摒弃巫风、淫风、乱风者。商汤省"三风十愆",规定"臣下不匡,其刑墨",已见文献所记献诗、采诗制度之雏形。《史记·殷本纪》曰:"帝武丁即位,思复兴殷,而未得其佐。三年不言,政事决定于冢宰,以观国风。"③可知商代已有"观国风"之制度。《史记·殷本纪》记纣王时"殷之大师、少师乃持其祭乐器奔周"④,说明商代确有大师陈诗之规制。此外,《礼记·王制》与《尚书大传》等亦有记载,这些都表明西周时期省风制度日臻完善。故楚兰陵令荀卿引《序官》云:"修宪命,审诗商,禁淫声,以时顺修,使夷俗邪音不敢乱雅,大师之事也。"⑤

---

① 巫风有二:"恒舞于宫""酣歌于室"。淫风有四:殉于"货"、殉于"色"、恒于"游"、恒于"畋";乱风有四:侮圣言、逆忠直、远耆德、比顽童。
② 相关讨论见刘玉堂,曾浪:《上博简〈君人者何必安哉〉发微》,《湖北社会科学》2016年第10期。
③ (汉)司马迁:《史记》卷三,北京:中华书局,1982年,第108页。
④ (汉)司马迁:《史记》卷三,北京:中华书局,1982年,第108页。
⑤ (战国)荀况撰,(清)王先谦集解,沈啸寰、王星贤点校:《荀子集解》卷五,北京:中华书局,1988年,第168页。

以上不惮烦引,旨在论述"风诗"源于"风乐"。先王由省察"风乐""风俗"而命臣下采陈"风诗"匡正"风俗"(随君上情欲),以保家国。郑玄释"风"曰:"上以风化下,下以风刺上,主文而谲谏,言之者无罪,闻之者足以戒,故曰风。"①风教说有其深刻的渊源,大师"以六德为之本,以六律为之音",终始贯彻上风教于下,下讽谏于上的诗教伦理,并非孔门弟子与周汉经师所能拟造。既知"风诗"之名,则可以讨论先秦时期"国风"之实。《诗经·国风》因周天子"省风"制度而诞生,而"国风"之取舍,又与周代地缘政治息息相关。

四、"国风"与周代地缘政治

2015年初,安徽大学入藏的战国楚竹简中,保存97枚《诗经》简,为部分"国风",并未发现《楚风》,《诗经》无"楚风",至少在东周已属事实。马银琴已指出周王室采集诸侯国风是周平王东迁后重修礼乐的成果,采集之国多为襄助东迁周王室者。② 实际上,《诗经》保存十五国风与周代地缘政治有密切关系。

先秦文献中,《尚书·舜典》较早记载天子巡守之史实,《白虎通德论·巡狩》引《尚书大传》曰:"见诸侯,问百年,太师陈诗,以观民命风俗。"③指出"陈诗""观民命风俗"为巡守制度中的重要内容,并非后儒所能拟造。征之《越绝书·外传记地传》:"禹……及

---

① (汉)毛亨传,(汉)郑玄笺,(唐)孔颖达疏:《毛诗正义》卷一,阮元校刻:《十三经注疏》,北京:中华书局,2009年,第566页。
② 马银琴:《〈诗经〉的形成、演变与影响》,中国社会科学网,http://lit.cssn.cn/wx/wx_yczs/201506/t20150610_2029667_2.shtml,2015年06月10日。
③ 天子巡守而命史官采陈诗谣,以观风俗的记载还见于《礼记·王制》。

其王也,巡狩大越,见耆老,纳诗书,审铨衡,平斗斛。"①记载夏禹巡狩大越,"纳诗书"。周公、召公代天子巡守行风"出黜陟",而后有《周南》《召南》等风诗之作。②汉代经师指出,《周南》《召南》始于"武王伐纣,定天下,巡狩述职,陈诸国之诗,以观民风俗。其六州(雍、梁、荆、豫、徐、扬)所作诗,其得圣人之化者,谓之《周南》;其得仁贤之化者,谓之《召南》"③。孔子以前,《周南》《召南》已"属之大师,以为常乐"。在十五国风中,最为制度。

西周晚期,周太史伯对郑桓公已明确勾勒出周王室之地缘政治格局:

> 当成周者,南有荆、蛮、申、吕、应、邓、陈、蔡、随、唐;北有卫、燕、狄、鲜虞、潞、洛、泉、徐、蒲;西有虞、虢、晋、隗、霍、杨、魏、芮;东有齐、鲁、曹、宋、滕、薛、邹、莒;是非王之支子母弟甥舅也,则皆蛮、荆、戎、狄之人也。非亲则顽,不可入也。④

太史伯从地缘政治的角度,列出的这份西周末期诸侯国名单中,成周的南方只有应、蔡、随、唐为姬姓国,在文化上也深受楚蛮(并非单指楚国)的影响。但位于淮河上游的陈国在周天子巡守

---

① 袁康编撰,李步嘉校释:《越绝书校释》卷八,武汉:武汉大学出版社,1992年,第195页。

② (汉)班固撰集,(清)陈立疏证,吴则虞点校:《白虎通疏证》卷六,北京:中华书局,1994年,第285页。

③ (汉)郑玄注,(唐)贾公彦疏:《周礼注疏》卷三十九,(清)阮元校刻《十三经注疏》,北京:中华书局,2009年,第4356页。

④ 旧题(春秋)左丘明撰,徐元诰集解,王树民、沈长云点校:《国语》卷十六,北京:中华书局,2002年,第462页。

境内,其与姬周联姻,武王将长女嫁陈胡公。陈国与蔡国成为洛邑东南方遏制南方楚蛮与淮夷的重要防线。① 陈国卿士应有陈诗制度。

成周的北方只有卫、燕是姬姓国。但燕距中原辽远,不无典籍失散。卫国兼邶、鄘之风。成周的西方八国都是姬姓国,姬姓隗国无考,而芮国之诗已见《桑柔》。晋国始于周成王弟唐叔虞,是晋兼唐、魏(诗风唐魏),且虞、虢(西虢东迁又号南虢)、霍、魏、杨等在周天子巡守境内之国均为晋献公所灭。季札观乐言自邶以下"无讥焉",表明周大师应有陈、虞、虢、霍、魏、杨等国之乐,惜今已无见。孔子正雅乐,去其重时,或当时文献已阙,或因姬姓诸国之诗不可施于礼乐,披之弦歌。

成周东方姬姓国有鲁、曹、滕。鲁颂已兼风义,滕国微弱,或有诗无传。齐国在周天子巡守境内,故《诗》存齐风。至于平王东迁后畿内之境为王城。《列女传·息君夫人》记楚庄王欲以息君之夫人为妻,息夫人作《诗》:"穀则异室。死则同穴。谓予不信。有如曒日。"②此四句今见《王风·大车》篇。息,姬姓侯国,在周天子巡守境内,故系之王风。

诗风邶国,为郑武公所灭。邶人为楚祖陆终之后,是唯一留居于祝融之墟的颛顼后裔。《潜夫论·志氏姓》曰:"会在河、伊之间,其君骄贪啬俭,减爵损禄,群臣卑让,上下不临。诗人忧之,故作《羔裘》,闵其痛悼也;《匪风》,冀君先教也。"③《羔裘》《匪风》篇见

---

① 李峰:《西周的灭亡:中国早期国家的地理和政治危机》,上海:上海古籍出版社,2007年,第268页。

② (汉)刘向编,(清)王照圆补注,虞思征点校,《列女传补注》卷四,上海:华东师范大学出版社,2012年,第156页。

③ (汉)王符:《潜夫论》卷九,四部丛刊景江南图书馆藏述古堂景宋精写本。

《诗经·桧风》。表明邻国在周天子巡守境内,在西周时期已施行采诗、献诗、称诗谕志之制,而现代出土的邻国青铜器也与周文化一致。①

豳为周室之先公刘故地,在周天子巡守境内,其风俗向为周室所关注。周宣王命秦仲长子庄公为西垂大夫,其弟秦襄公救平王东迁,平王"赐之岐以西之地"②。《秦风》覆盖的地域实际上也是周先人后稷、公刘、大王、文王、武王之治域。郑玄认为秦国:"去戎狄之音而有诸夏之声,故谓之夏声。"③《秦风》诗篇主旨与其他国风相较,确实多言礼乐制度,声辞尔雅。《诗经》中保存《秦风》,包括安大简出土楚地抄写的《秦风》,都表明秦国有陈诗之制度。与秦地在周天子巡守境内有关。

其实,不仅《国风》关于周代地缘政治,雅诗也如此。汉代经师亦指出,"《雅》者,言天下之事,形于四方之风"。④ 周代姬姓或非姬姓诸侯国,凡奉天子之风教者,大都施行过采诗、献诗、聘问歌咏、称诗谕志的制度。《诗经》中雅《诗》作者可考者,多为周代畿内之卿士,所在国与成周洛邑也具有重要的地缘政治关系。

综上以观,收入《诗经》的《国风》绝大多数可系之西周初年所封姬姓国和与姬姓联姻之诸侯国,或畿内之国。极少数为东周初年所封姬姓国,所有被收入"国风"的诸侯国都与成周洛邑具有重要的地缘政治关系。周大师在采录诸侯国土风并陈诗时,主要以其同周室有无重要地缘政治关系为选择标准。这种地缘政治关

---

① 马世之:《邻国史迹初探》,《史学月刊》1984年第5期。
② (汉)司马迁:《史记》卷五,北京:中华书局,1982年,第179页。
③ (魏晋)杜预注,(唐)孔颖达疏:《春秋左传正义》卷三十九,(清)阮元校刻:《十三经注疏》,北京:中华书局,2009年,第4357页。
④ (汉)毛亨传,(汉)郑玄笺,(唐)孔颖达疏:《毛诗正义》卷十四,(清)阮元校刻:《十三经注疏》,北京:中华书局,2009年,第1039页。

系,由天子抚邦国"行风",及其巡守制度保障。《诗经》十五国风之国,均在周代天子巡守之望境内。《史记·楚世家》:"熊绎当周成王之时,举文、武勤劳之后嗣,而封熊绎于楚蛮,封以子男之田,姓芈氏,居丹阳。楚子熊绎与鲁公伯禽、卫康叔子牟、晋侯燮、齐太公子吕伋俱事成王。"①又《国语·晋语》尝记:"成王盟诸侯于岐阳,楚为荆蛮,置茅蕝,设望表,与鲜卑守燎。"②西周成王时楚被分封于楚蛮境内,楚昭王曰:"自吾先王受封,望不过江、汉。"③会盟岐山之阳,尽管参与束茅缩酒、立木表以望祭山川、守庭燎等礼典活动,但与鲜卑立国皆在周代天子巡守之望境外,诗无"楚风"也合乎其理。

余　论

虽然《诗经》阙"楚风",但楚地多见反映风土特色之乐(歌),无固定诗作相配。流传甚广的楚地风土之乐(歌)有《孟子·离娄上》记孔子引楚孺子歌沧浪之水;又《庄子·人间世》记孔子至楚见楚狂接舆作《凤兮》之歌等。至于《淮南子·道应训》引翟煎对魏惠王之言曰:"今夫举大木者,前呼邪许,后亦应之。此举重劝力之歌也,岂无郑卫激楚之音哉? 然而不用者,不若此其宜也。治国有礼,不在文辩。"④所谓激楚之音,指高亢凄清、激愤悲痛之声,或类似于"劳动号子",不仅算不得风诗,恐怕也不能算作风土之乐(歌)。

值得注意的是,与《诗》阙楚风类似,《诗》中也没有商代风、雅

---

① (汉)司马迁:《史记》卷四十,北京:中华书局,1982年,第1866页。
② 旧题(春秋)左丘明撰,徐元诰集解,王树民、沈长云点校:《国语》卷十四,北京:中华书局,2002年,第421页。
③ (汉)司马迁:《史记》卷四十,北京:中华书局,1982年,第1871页。
④ 何宁撰:《淮南子集释》卷九,北京:中华书局,1998年,第831页。

之诗。所谓"迹及商王,不风不雅",汉代经师认为:"论功颂德所以将顺其美,刺过讥失所以匡救其恶,各于其党,则为法者彰显,为戒者著明。"①即言周人风、雅之诗,已有刺过讥失、论功颂德之功用,无须再录前代殷商之风、雅。同理,楚国宗庙之颂、雅亦非周王室所需。故《诗经》中亦无须收录楚国之颂、雅。

楚人传习与保存有殷周以前的诗乐。姜亮夫言楚辞为《九歌》之流裔②,堪称的论。盖上古之诗,莫不以歌名之,远在帝舜时代已如是。《白虎通德论·礼乐》引古《乐记》记黄帝以来皆有乐,唯《尚书·舜典》记载舜命夔典乐。诗言志,歌咏声,舞动容及与典礼相合,此学者所共知。《淮南子·齐俗训》记有虞氏之祀乐《九韶》,既是古乐、舞,也是古诗,故屈原《远游》曰:"二女御《九韶》歌,使湘灵鼓瑟兮。"③而姜亮夫言楚辞与《诗经》是平行发展,则恐非是。按《汉书·艺文志》云:

> 古者诸侯卿大夫交接邻国以微言相感,当揖让之时,必称诗以谕其志,盖以别贤不肖而观盛衰焉。……春秋之后,周道浸坏,聘问、歌咏不行于列国。学诗之士,逸在布衣,而贤人失志之赋作矣。大儒孙卿及楚臣屈原离谗忧国,皆作赋以风,咸有恻隐古诗之义。④

若楚辞与《诗经》是平行发展,则难以解释先秦典籍中未曾记

---

① (汉)毛亨传,(汉)郑玄笺,(唐)孔颖达疏:《毛诗正义》卷一,阮元校刻:《十三经注疏》,北京:中华书局,2009年,第554页。
② 姜亮夫:《〈楚辞〉今译讲录》,《姜亮夫全集》7,昆明:云南人民出版社,2002年,第35—42页。
③ 《楚辞》卷五,四部丛刊景江南图书馆藏明覆宋本。
④ (汉)班固:《汉书》卷三十,北京:中华书局,1962年,第1756页。

载东周以前"楚辞"之谜。孟子尝言"君子之难仕",列国聘问不行歌咏,而布衣学诗,是春秋以降之常态。及至战国,楚人"离谗忧国",模拟变风、变雅而翻变,"作赋以风",形成楚地特有的辞赋。

从《诗》篇看西周时期饮酒礼的演变*

苏州市职业大学教育与人文学院　张晓宇

本文所讲的饮酒礼,是指在祭礼、燕礼或乡饮酒礼等礼典中,宾主之间围绕饮酒进行献酬、辞让、揖拜、进退等仪节。据学者统计,《诗经》的涉酒诗共有50余篇之多[①],其中的《行苇》《湛露》《瓠叶》《鱼丽》《宾之初筵》等诗透露出了饮酒礼演变的信息。本文以《诗经》中的相关诗歌为切入点,探讨西周时期的饮酒礼从建立到崩坏的演变历程,以求教于方家。

一、从《行苇》《执竞》等诗看西周前期饮酒礼的生成

周朝灭商之后,在统治阶级内部兴起了一股商人灭亡的反思热潮。在周人看来,商纣王饮酒败德是其灭亡的关键因素。如《荡》之五章"文王曰咨,咨女殷商！天不湎尔以酒,不义从式。既愆尔止,靡明靡晦。式号式呼,俾昼作夜"[②]。此是以周文王的口吻

---

* 本文系国家社科基金重大项目"《诗经》与礼制研究"(16ZDA172)阶段性成果。

① 陈戍国《说〈诗经〉之酒与饮酒礼》统计了52篇,并详细列其题目。陈戍国:《诗经刍议》,长沙:岳麓书社,1997年,第198页。扬之水则将《小雅·绵蛮》《节南山》《小弁》统计于内,共55篇。扬之水:《诗经名物新证(修订版)》,天津:天津教育出版社,2012年,第414页。

② 本文所引《尚书》《论语》《诗经》《礼记》《左传》《礼记》《仪礼》文,皆据中华书局2009年影印清嘉庆二十至二十一年(1815—1816)江西南昌府学刊刻阮校十三经注疏本,不再逐一标注。

控诉商纣王酗酒无度、丧仪败德的诗句。周武王历数纣王的罪名之一便是"淫酗肆虐,臣下化之"(伪古文《尚书·泰誓》)。周公也曰:"庶群自酒,腥闻在上;故天降丧于殷,罔爱于殷。"(《尚书·酒诰》)"无若殷王受之迷乱,酗于酒德哉。"(《尚书·无逸》)周康王时青铜器大盂鼎铭文曰:"我闻殷坠命,唯殷边侯田与殷正百辟,率肆于酒,故丧师。"①从文献中可以感受到周初时周人对商人崇饮的强烈戒惧心理。如何防止本民族走上嗜酒败德的道路,是摆在周初政治家面前的时代课题之一。

周人对饮酒的防范心理随之外化为节酒政策。《尚书·酒诰》便是周初节酒政策的具体体现。与节酒政策相配合的是礼仪限制,饮酒礼便是节酒政策在礼仪上的投射。《礼记·乐记》曰:"是故先王因为酒礼,一献之礼,宾主百拜,终日饮酒而不得醉焉。此先王之所以备酒祸也。"可见饮酒礼是通过在具体行为上以礼仪限制、引导、规范饮酒,目的在于防备嗜酒。从《诗经》的相关作品来看,发展至西周穆、恭王时期②,周人的饮酒礼已经生成。《行苇》《执竞》《丝衣》等诗透露了饮酒礼生成的信息。主要体现在以下三个方面:

第一,在穆、恭王时期,饮酒类诗歌仅出现了两类饮酒场合:一类是与祭祀相关的场合。如《执竞》之"既醉既饱,福禄来反",《丝衣》之"兕觥其觩,旨酒思柔",《凫鹥》首章"尔酒既清,尔殽既馨。公尸燕饮,福禄来成"。二章"尔酒既多,尔殽既嘉。公尸燕饮,福禄来为"。另一类是敬老仪式时的饮酒。如《载芟》之"有椒其馨,胡考之

---

① 马承源主编:《商周青铜器铭文选(三)》,北京:文物出版社,1988年,第38页。

② 穆、恭王时期处于西周中期,此时是《诗经》作品创作的高涨期。此观点由李山先生提出。李山:《诗经的文化精神》,北京:东方出版社,1997年,第14页。

宁"。《丝衣》之"不吴不敖,胡考之休"。《行苇》之"曾孙维主,酒醴维醹。酌以大斗,以祈黄耇"。其中的养老、敬老之意十分明显。

祭祀与敬老饮酒,正符合周公对饮酒场合的政策限制。《酒诰》对饮酒场合进行严格限制,只宽其三:分别是祭祀场合、父母庆典场合与敬老仪式上。即使在这三种情况下饮酒,周公也反复强调"无醉""观省""中德"等,要求饮酒有度,符合德行。西周中期的诗歌中的饮酒场合主要体现在祭祀与敬老仪式上,正与《酒诰》政策相符合。

第二,饮酒礼仪节的建立。《行苇》是写周天子与族人宴会、比射的诗歌。其二章曰"或献或酢,洗爵奠斝"透露了周穆王时期生成的献酬仪节。同后世成熟的《仪礼·乡饮酒礼》中的仪节相对比,可以发现有许多的相似点。如"献"可对应"主人献宾""献介""献众宾"的仪节,"酢"可对应"宾酢主人"的仪节。"洗爵",《乡饮酒礼》中在行献、酢礼之前都有"洗爵"仪节,《乡饮酒义》也有"盥洗扬觯,所以致洁也"的记载。"奠斝",《乡饮酒礼》文曰"奠爵",是客饮毕,放杯于席的仪节。此外,《载芟》有"有椒其馨",《丝衣》有"旨酒思柔",《行苇》有"酒醴维醹",作歌以美酒之品质与《乡饮酒礼》中的"告旨"仪节相类似。

第三,饮酒义的生成。周公在《酒诰》中反复提及饮酒时要"中德"。此"德"即"以德自将,无令至醉"(孔《传》)之义。在穆、恭时期的饮酒类诗中,有两处出现"醉饱"之言。《既醉》"既醉以酒,既饱以德",《执竞》"既醉既饱,福禄来反"。郑《笺》云:"群臣醉饱,礼无违者,以重得福禄也。"[1]酒则因献酢酬而醉,德则因符合礼仪而饱。此意与《酒诰》中的"德将无醉"相同。

《酒诰》描述酗酒的危害时有两点,一曰"丧威仪",二曰"惟逸",

---

[1] (汉)毛亨传,(汉)郑玄笺,(唐)孔颖达等正义:《毛诗正义》,北京:中华书局,2009年,第1270页。

《荡》中"既愆尔止,靡明靡晦。式号式呼,俾昼作夜"即是这两点危害的具体表现。穆、恭王时期的饮酒类诗歌则表现得处处合礼,如《既醉》之"朋友攸摄,摄以威仪",《丝衣》之"不吴不敖,胡考之休"等。可知在穆、恭王时期饮酒诗歌中,表现饮酒时遵礼、合德是其根本主旨。这种思想与《酒诰》的节酒思想是相一致的。此外,"明养老"(《礼记·乡饮酒之义》)之义在《丝衣》《行苇》中同样有所体现。

饮酒礼生成于西周前期的"殷鉴"思想中。其形成原理,正如《礼记·乐记》所云"夫物之感人无穷,而人之好恶无节,则是物至而人化物也。人化物也者,灭天理而穷人欲者也。于是有悖逆诈伪之心,有淫泆作乱之事"之说,其中"物"便可对应酒。因为人容易好酒而无节,所以制礼以防。当然,饮酒礼不是周人凭空想出来的,而是在礼俗的基础上加工而成的。《七月》中"朋酒斯飨,曰杀羔羊"便是周族先民饮酒礼俗的一次表现。总之,从穆、恭王时期的诗歌来看,饮酒礼的礼节、礼义皆已生成。不过,从《凫鹥》五章,章章赞酒来看,其崇酒的风气已现端倪。诗歌中崇酒倾向,在一定程度上预示着西周晚期饮酒礼的崩坏。

二、从《湛露》等诗看宣王时期饮酒礼的定型

所谓饮酒礼的定型,是指其制度化、程式化,是其发展成熟后的形态表现。《湛露》《瓠叶》是两首专门描写饮酒礼的诗歌,表现了饮酒礼定型时的形态。

《湛露》[①]是天子宴诸侯之歌。首章言夜饮之兴起。"厌厌夜

---

① 周宣王时期是《诗经》作品创作的高涨期,《湛露》《瓠叶》便作于此时。孙作云《论"二雅"》,《〈诗经〉研究》,开封:河南大学出版社,2002年,第388—389页。

饮,不醉无归",清胡承珙《毛诗后笺》卷十七曰:"此'厌厌夜饮'训安者,即《仪礼·燕礼》'君曰:以我安'。下文'不醉无归',即《燕礼》君曰'无不醉',宾及卿大夫皆曰'诺,敢不醉'也。"①可知此言"无算爵"时的饮酒仪节。次章"厌厌夜饮,在宗载考",言夜饮之场所。三章"显允君子,莫不令德",朱熹《诗集传》卷九曰:"令德,谓其饮多而不乱,德足以将之也。"②可知此赞饮酒者皆中内在之德行。卒章则说饮酒皆外在之威仪。"岂弟君子,莫不令仪。"苏辙《诗集传》卷十曰:"君子虽饮酒至夜,将之以礼,礼终而莫不令仪,如桐椅之不为实所困也。"③可知此赞饮酒者行为符合饮酒礼。

可以看出《湛露》诗是一首典型的描写饮酒礼的诗歌。饮酒至夜,以表亲昵,但同时并不沉湎,这正符合"终日饮酒而不得醉焉"的礼仪设想。虽写饮酒,但着眼点在"令德""令仪"上,这与周公的节酒精神是一致的。而这也是诗人作《湛露》以美天子诸侯的原因,也是《湛露》成为"正小雅"的原因所在。

《瓠叶》展示的是下层贵族饮酒之歌。首章:"幡幡瓠叶,采之亨之。君子有酒,酌言尝之。"此言初宴,兔肉成汤,美酒未饮先尝;二章"君子有酒,酌言献之",此主人献酒于客,可对应《乡饮酒礼》"主人献宾"的仪节;三章"君子有酒,酌言酢之",此写宾酢主人,可对应"宾酢主人"的仪节;卒章"君子有酒,酌言酬之",此写主人酬宾,可对应"主人酬宾"的仪节。《瓠叶》所展示的是典型的一献之礼,可对应《礼记·玉藻》所言的士礼,即"君子之饮酒也,受一爵而色洒如也,二爵而言言

---

① (清)胡承珙撰,郭全芝点校:《毛诗后笺》,合肥:黄山书社,1999年,第827页。

② (宋)朱熹撰,夏祖尧点校:《诗经集传》,长沙:岳麓书社,1989年,第128页。

③ (宋)苏辙:《诗集传》,《续修四库全书》经部56册,上海:上海古籍出版社,2002年,第93页。

斯,礼已三爵而油油以退"。《瓠叶》具有"物薄而礼备"[①]的特点,表明西周后期饮酒礼的完全成型,并已经下移至了士人阶层。

《楚茨》同样表现了成熟的饮酒礼。诗句"为宾为客,献酬交错"表现了饮酒礼献、酬仪节。诗句"既醉既饱,小大稽首"与《乡饮酒礼》的"宾酬主人,主人酬介,介酬众宾,少长以齿,终于沃洗者焉"的仪节相似。诗句曰"礼仪卒度,笑语卒获",这里的"礼仪"便包含饮酒礼。

饮酒礼在西周后期定型还有一个旁证,便是"酬"字在诗歌中的广泛运用。"酬"是重要的饮酒仪节。在《诗经》中,"酬"字共出现六次,除《楚茨》《瓠叶》之外,还有《彤弓》之卒章"钟鼓既设,一朝酬之",是写周王为诸侯举行飨礼而以酒酬之;《节南山》之八章曰"既夷既怿,如相酬矣",是以敬酒作比,以喻贵族们矛盾平息时的愉悦心情;《小弁》之七章"君子信谗,如或酬之",是以敬酒之舒坦比喻君子听谗言时的心情;《宾之初筵》之首章曰"钟鼓既设,举酬逸逸",是写宴会开始时众宾相互敬酒的欢乐场景。"酬"在各诗中的运用说明了西周晚期饮酒礼节的成熟。《湛露》所表现的是天子级别的饮酒礼,《瓠叶》则是士人级别的饮酒礼。

可见饮酒礼已经开始从上层贵族下移至士阶层中。这同样是饮酒礼定型的表现。《湛露》《瓠叶》的出现同样符合周宣王时期文学的"小礼生大篇"[②]的特点,其中所表现的是贵族们燕饮时的欢乐。其背后所体现的是诗礼关系的一次迁移,即饮酒礼挣脱了宏大的、典雅的如祭祀、养老的仪式场合,而是由"圣"向"俗"进入了贵族们的

---

① (宋)姚舜牧:《重订诗经疑问》,《四库全书》(第80册),上海:上海古籍出版社,1987年,第794页。

② "小礼生大篇"是指在一些"小礼"上开始演唱一些体式颇为宏壮的诗篇,是宣王时诗篇的重要现象。详参李山:《〈诗经〉文学的宣王时代》,《文学遗产》2020年第5期,第11—23页。

日常生活当中。当然这也为饮酒礼的崩坏提供了客观条件。

三、从《宾之初筵》等诗看幽王时期饮酒礼的崩坏

饮酒礼诞生的原因在于防止出现酗酒败德的现象,由此来看其崩坏的表现是酗酒享乐现象的重新出现。穆、恭王时期与宣王时期的饮酒诗歌以表现礼仪为主,但至幽王时期,诗歌中饮酒礼崩坏的内容骤然增加。这其中以《宾之初筵》与《荡》最为典型。饮酒礼的崩坏与当时的乐酒风气密切相关。从乐酒走向酗酒是一个必然趋势。

(一)《鱼丽》《南有嘉鱼》与西周晚期的乐酒风气的兴起

《鱼丽》是一首描写贵族聚会的诗歌。首章曰:"鱼丽于罶,鲿鲨。君子有酒,旨且多。"次章曰:"鱼丽于罶,鲂鳢。君子有酒,多且旨。"三章曰:"鱼丽于罶,鰋鲤。君子有酒,旨且有。"四章曰:"物其多矣,维其嘉矣。"五章曰:"物其旨矣,维其偕矣。"六章曰:"物其有矣,维其时矣。"诗歌前三章反复赞酒,后三章则由酒及物,称赞主人富有,可谓是善于答谢。与《鱼丽》相似的是《南有嘉鱼》。《南有嘉鱼》也是一首描写贵族宴会的诗歌。首章曰:"南有嘉鱼,烝然罩罩。君子有酒,嘉宾式燕以乐。"次章曰:"南有嘉鱼,烝然汕汕。君子有酒,嘉宾式燕以衎。"三章曰:"南有樛木,甘瓠累之。君子有酒,嘉宾式燕绥之。"末章曰:"翩翩者鵻,烝然来思。君子有酒,嘉宾式燕又思。"全诗四章,章章咏酒。方玉润《诗经原始》卷第九评之曰:"此与《鱼丽》意略同。但彼专言肴酒之美,此兼叙宾主绸缪之情。"①与《鱼丽》关注酒本身的美味不同,此篇咏叹的是酒

---

① (清)方玉润撰,李先耕点校:《诗经原始》,北京:中华书局,1986年,第350页。

的功用,即从嘉宾愉悦的感受来描写酒之功用。

　　从《鱼丽》《南有嘉鱼》的审美意趣可以发现,西周晚期兴起一股乐酒之风。与《鱼丽》着重酒之美味的诗歌还有《伐木》之"伐木许许,酾酒有藇"、《桑扈》之"兕觥其觩,旨酒思柔"。《頍弁》首章:"尔酒既旨,尔殽既嘉。"次章:"尔酒既旨,尔肴既时。"卒章:"尔酒既旨,尔肴既阜。……乐酒今夕,君子维宴。"与《南有嘉鱼》着重酒之功用的还有《鹿鸣》乐嘉宾之"我有旨酒,嘉宾式燕以敖。……我有旨酒,以燕乐嘉宾之心。"还有一些诗歌虽无明写,但以酒乐宾之意蕴含其中,如《常棣》燕乐兄弟之"傧尔笾豆,饮酒之饫"。《伐木》燕乐朋友古旧之"有酒湑我,无酒酤我"。可见崇酒风气之浓厚。

　　与穆、恭王时饮酒类诗歌相比,西周晚期的饮酒诗有三个新变:一是穆、恭王时期饮酒诗歌的着眼点在饮酒礼仪之上,而西周晚期的饮酒诗歌的重点则或在赞酒之美味,或在关注酒带来愉悦的功能。二是到了西周晚期,祭祀饮酒、养老饮酒的场景全然不现,取而代之的或是燕礼饮酒,或是专门的饮酒场合。三是《丝衣》之饮酒是强调"不吴不敖",而《鹿鸣》之饮酒强调是"式燕以敖"。两相对比可以发现,相较于穆、恭时期,西周晚期的乐酒风气更为盛行。

(二)《宾之初筵》与幽王时期饮酒礼的破坏

　　乐酒风气的盛行必然会导致饮酒礼的破坏。而对饮酒礼的破坏莫过于重新回到嗜酒如性的老路上。《荡》诗所描写的纣王嗜酒而"丧威仪""惟逸"的现象又重现在周人的上层贵族中。

　　《宾之初筵》是卫武公讽刺周幽王等统治者饮酒无度、失礼败德的诗。其三章曰:"宾之初筵,温温其恭。其未醉止,威仪反反。曰既醉止,威仪幡幡。舍其坐迁,屡舞仙仙。其未醉止,威仪抑抑。曰既醉止,威仪怭怭。是曰既醉,不知其秩。"此是诗人用了对比的手法,表现饮者在未醉与已醉时的威仪区别。其四章曰:"宾既醉止,载号载呶,乱我笾豆,屡舞僛僛。是曰既醉,不知其邮。侧弁之俄,屡舞傞傞。既醉而出,并受其福。醉而不出,是谓伐德。饮酒孔嘉,维其令仪。"此是诗人从言语大呼小叫,行为上举止轻浮,舞态上东倒西歪,服饰上不能端正,表现了饮者的醉态图貌。"饮酒孔嘉,维其令仪"是作者的劝诫之语,其精神内核承接自《酒诰》的节酒精神。明季本《诗说解颐·正释》卷二十一评曰:"此章极言饮醉者之状,而戒其以德将也。"①其五章曰:"凡此饮酒,或醉或否。既立之监,或佐之史。彼醉不臧,不醉反耻。式勿从谓,无俾大怠。匪言勿言,匪由勿语。由醉之言,俾出童羖。三爵不识,矧敢多又!"第五章延续第四章中的劝诫之意。不同的是,上章"戒以饮酒之令仪,卒章又申戒不醉者当自省谨"②,《湛露》是对贵族遵守饮酒礼的表现,《宾》诗则是反映周幽王破坏饮酒礼。两首诗歌俱是从饮酒者的威仪与德行展开来说,一正一反,一褒一贬,对比十分明显。

除《宾》诗之外,《小宛》《北山》《抑》都以批评的口吻抨击了当时的酗酒风气。如《小宛》之"人之齐圣,饮酒温克。彼昏不知,壹醉日富。各敬尔仪,天命不又"。《北山》之"或湛乐饮酒,或惨惨畏咎"。《抑》之"其在于今,兴迷乱于政;颠覆厥德,荒湛于酒。女虽湛乐从,弗念厥绍"。值得关注的是《小雅·鱼藻》,其诗专门描写了周王饮酒的场景。首章曰:"鱼在在藻,有颁其首。王在在镐,岂乐饮酒。"次章曰:"鱼在在藻,有莘其尾。王在在镐,饮酒乐岂。"卒章曰:"鱼在在藻,依于其蒲。王在在镐,有那其居。"诗中虽没有直

---

① (明)季本:《诗说解颐》,北京:国家图书馆出版社,2012年。
② (宋)范处义:《诗补传》,《四库全书》经部第72册,上海:上海古籍出版社,1987年,第272页。

接的讽谏之意,但诗中所显现的乐酒、享受的意趣,与西周后期贵族沉迷于饮酒十分相像。《抑》等诗所批评"荒湛于酒"的场景,可以看作《鱼藻》"岂乐饮酒""饮酒乐岂"的状态。

从酗酒表现来看,周幽王对酒不知节制的情状,几乎是重蹈商纣王的后尘。因此宋人谢枋得注《宾》诗时曰:"《周书》数纣之恶曰'用燕丧威仪'。成王之戒群臣曰'思夫人自乱于威仪'。圣人以威仪为重,人之祸福、死生于此觇之。国之安危、存亡于此觇之。如武公所言,即用燕丧威仪者也,即自乱于威仪者也。"① 从饮酒礼的崩坏可嗅到西周灭亡的气息。

小　　结

饮酒礼发端于先周民族的饮酒礼俗中,后在"殷鉴"思想的外在推动下酝酿形成。到西周穆、恭王时期,从《行苇》等诗歌来看饮酒礼已然生成。至宣王时期,专门表现饮酒礼的《湛露》《瓠叶》已出现,反映了饮酒礼定型的现状。但同时在西周晚期,西周贵族开始弥漫起乐酒风气。《鱼藻》《南有嘉鱼》诗便是乐酒风气的产物。及至幽王时期,酗酒享乐、破坏饮酒礼的现象终于出现。《宾之初筵》等诗便是当时酗酒现象的诗歌表现。

周代贵族有专门行酒礼的饮酒礼场合。如《左传·襄公二十年》载,臧纥曰:"'饮我酒,吾为子立之。'季氏饮大夫酒,臧纥为客。既献,臧孙命北面重席,新樽絜之。召悼子,降逆之。大夫皆起及乃旅而召公鉏,使与之齿。季孙失色。"此次饮酒礼与《仪礼·乡饮酒礼》的仪节十分相近。"臧纥为客",即以臧纥为主宾,其余大夫

---

① (宋)谢枋得:《诗传注疏》,南京:江苏古籍出版社,1988年,第100页。

则为众宾。主人先献宾,后有对众宾的旅酬礼,仪程顺序上与《乡饮酒礼》相类。在行献礼之时,臧孙进行了迎悼子的仪节,此举与《乡饮酒礼》中迎遵者的仪节相似。"臧孙命北面重席",北面使南向,即尊之。"重席"即"大夫再重"(《乡饮酒礼》迎遵者文),亦尊之。"降逆之""大夫皆起"即"主人降,宾、介降,众宾皆降,复初位"(《乡饮酒礼》迎遵者文),亦尊之。"新樽洁之",即为遵者"洗爵"之礼,亦尊之。臧纥以遵者之礼明确了悼子的身份。而面对公鉏,是"乃旅而召公鉏,使与之齿"。《乡饮酒礼》记载"凡旅不洗,不洗者不祭。既旅。士不入"。臧纥在旅酬时召公鉏而入,这是以士礼相待。"使与之齿"与"少长以齿"(《乡饮酒义》文)相类,其庶子身份明白无疑。废长立幼之难事,居然通过饮酒仪式即可完成,这可见饮酒礼在春秋前期时已完全成熟。正是在饮酒礼的礼制基础上,战国时期孔门后学据此汇纂成《乡饮酒礼》与《乡饮酒义》两篇集中表现饮酒礼的论文。

　　周公是以国家大针的方式来厉行节酒措施的,可见周公是将饮酒上升至国家兴亡的层面。其背后所体现的是周初统治者对于威仪和勤政两项有关王朝兴亡能力的焦虑。所以饮酒礼的遵守与否几乎是与王朝的兴衰同步的。到了春秋时期,春秋哲人汲取西周灭亡的教训,常常提节制饮酒以警醒世人。如庄二十二年《左传》云:"酒以成礼,不继以淫,义也。"孔子云:"不为酒困"(《论语·子罕》),"唯酒无量,不及乱"(《论语·乡党》)等等。饮酒礼所体现的是人的理性精神。饮酒礼的制定使饮酒从一个感性色彩浓厚的行为变成理性的、可控制的礼仪行为。它既满足了人性好酒的本能,同时又能约之以礼而不至于出现丧失威仪和荒于政事的现象。

"关关雎鸠"阐释分歧的形成及相关新进展
——兼考"周南"之地域范围

重庆师范大学文学院 张中宇

一、"关关雎鸠"阐释分歧考源

"关关雎鸠"历代注疏颇多分歧。《尔雅·释鸟》:"雎鸠,王雎。"《尔雅·释诂下》:"关关、嗈嗈,音声和也。"郭璞注:"皆鸟鸣相和。"《尔雅》最早见于班固《汉书·艺文志》载录,一般认为作于战国至东汉前期。东汉许慎《说文》:"雎,王雎也,从鸟,且声。"释义不出《尔雅》。《毛传》:"关关,和声也。雎鸠,王雎也,鸟挚而有别。"毛公传"关关雎鸠",都采自《尔雅》,仅增加"鸟挚而有别"。《郑笺》:"挚之言至也,谓王雎之鸟,雌雄情意至,然而有别。"(《毛诗注疏》)《郑笺》只是阐发了"鸟挚而有别",还是沿袭《尔雅》《毛传》。既然"关关"是相和之声,不可能是鸟捕鱼发出的声音。《郑笺》"雌雄情意至",说的是雎鸠雌、雄相恋,也不是鸟捕鱼。所以如果依从最早的《尔雅》《毛传》《郑笺》,雎鸠所指固然还没有非常清晰的描述,但"音声和"、雌雄相恋是清晰的。

西晋杜预注《左传·昭公十七年》"鴡鸠氏,司马也":"鴡鸠,王鴡也,鸷而有别,故为司马,主法制。鴡本作雎……鸷音至,本亦作挚。"(《春秋左传正义》)杜预借用《毛传》"挚而有别",以"挚"为"鸷",却没有提供充分的训诂依据,大致从"鴡鸠氏"任"司马"之职推测。《左传·昭公十七年》记郯子言少皞氏以鸟名官,以雎鸠氏为司马……掌管军事与法制,自然要十分威严,非柔顺的小鸟如鸳鸯之类所能承担，而凶猛之鹗则甚宜其职。"① 三国陆玑《毛诗草木鸟兽虫鱼疏》："雎鸠，大小如鸱，深目，目上骨露，幽州人谓之鹫。"陆玑生卒年不详②，其影响当不及杜预注《左传》。比杜预晚约半个世纪的郭璞注《尔雅·释鸟》"雎鸠，王雎"："雕类，今江东呼之为鹗，好在江渚山边食鱼。"杜预、郭璞、陆玑与《毛传》《郑笺》释"雎鸠"的方向截然不同。郭璞注《尔雅》是存在前后不一的。在《释诂》篇，郭璞认同"关关、嗈嗈""皆鸟鸣相和"，但在《释鸟》注"雎鸠"为"雕类……食鱼"，而大型猛禽叫声多厉，不可能鸣声如"关关、嗈嗈""鸟鸣相和"。陆玑疏毛诗之"雎鸠"存在同样矛盾。到唐代，孔颖达疏《左传》"鶌鸠氏"："则鶌鸠是鸷击之鸟……司马主兵，又主法制，击伐又当法制分明，故以此鸟名官，使主司马之职。"(《春秋左传正义》) 显然沿袭杜预之说；其疏《毛诗》虽然客观引述《尔雅》《毛传》《郑笺》、郭璞注、陆玑疏等(《毛诗注疏》)，并没有特别倾向于郭璞注、陆玑疏，但显然受其疏《左传》的影响持肯定态度，以"补充"《毛传》《郑笺》；孔颖达也没有特别留意"关关"和鸣声与"鹗""鹫""鸷击之鸟"并不相配。魏晋以来相关注疏以及唐代孔颖达疏证，逐渐改变了《尔雅》《毛传》《郑笺》训传"关关雎鸠"的方向。

宋代欧阳修更加理直气壮增解《毛传》，并否定《郑笺》："先儒辨雎鸠者甚众，皆不离于水鸟。惟毛公得之，曰鸟挚而有别，谓水上之鸟捕鱼而食，鸟之猛挚者也。而郑氏转释挚为至，谓雌雄情意

---

① 刘毓庆：《诗经二南汇通》，北京：中华书局，2017年，第11页。
② 吴陆玑撰《毛诗草木鸟兽虫鱼疏》。明北监本《诗正义》全部所引，皆作陆机。《隋书·经籍志》，《毛诗草木虫鱼疏》二卷，注云："乌程令吴郡陆玑撰。"陆德明《经典释文·序录》"陆玑《毛诗草木鸟兽虫鱼疏》二卷。"注云："字元恪，吴郡人。吴太子中庶子、乌程令。"《资暇集》亦辨玑字从玉，则监本为误。商务印书馆民国二十五年(1936年)本亦作陆玑。

至者,非也。鸟兽雌雄皆有情意,孰知雎鸠之情独至也哉!或曰:'诗人本述后妃淑善之德,反以猛挚之物比之,岂不戾哉?'对曰:'不取其挚,取其别也。雎鸠之在河洲,听其声则和,视其居则有别,此诗人之所取也。"(欧阳修《诗本义》卷一,四库丛刊本)《毛诗注疏》为经典注本,代表唐代官方阐释。宋初重臣、多次主持科举考试的欧阳修取"鸟之猛挚者"说,同样显示了宋代的官方立场,以及对《毛诗注疏》的信从。因此从魏晋至唐、宋以迄清季,"鸷鸟捕鱼"说赞同者众。如清马瑞辰也说《郑笺》误解《毛传》:"是雎鸠实为鸷鸟,《传》本作'鸷而有别'……鸷或假借作挚,郑《笺》因训挚为至,非《传》旨也。"①魏晋之际杜预称"鸷音至,本亦作挚",还是肯定原本为"挚而有别",不知马瑞辰何以说"传本作'鸷而有别'",这显示也有学者为立论不惜扭曲文本。此外焦循《毛诗补疏》、陈启源《毛诗稽古编》、邵晋涵《尔雅正义》、牟应震《毛诗物名考》、方濬师《蕉轩随录》等也持"鱼鹰""鸷鸟"说。

尽管《毛诗注疏》为经典注本,但南宋朱熹还是提出了不同看法:"雎鸠,水鸟,一名王雎,状类凫鹥,今江淮间有之。生有定偶而不相乱,偶常并游而不相狎,故《毛传》以为'挚而有别',列女传以为人未尝见其乘居而匹处者,盖其性然也。……《毛传》(当为《郑笺》)云'挚'字与'至'通,言其情意深至也。"(《诗集传·关雎》)"凫,水鸟如鸭者。鹥,鸥也。"(《诗集传·凫鹥》)朱熹并指出,"一家作'猛挚'说,谓雎鸠是鹗之属。鹗自是沉挚之物,恐无和乐之意。"②朱熹基本上回到《毛传》《郑笺》。其实,在朱熹之前,郑樵《通志·禽类》就对旧说有不同看法:"雎鸠,鸟类,多在水边,尾有一点白。旧说雕类,误矣。"元代梁益《诗传旁通》卷一:"或谓王雎

---

① (清)马瑞辰:《毛诗传笺通释》,北京:中华书局,1989年,第30页。
② (宋)朱熹:《朱子语类》卷八十一,北京:中华书局,1986年,第2096页。

即今杜鹃云。"①清初张叙《诗贯》:"雎鸠,状类凫鹥,即俗所称水鸳鸯也。两两群飞而不乱,故以兴淑女。"②与"鸷鸟捕鱼"说相比,"水鸟和鸣"说追随者相对较少。

二、"雎鸠"的现代考察

汉代400余年,以《毛传》《郑笺》为代表,并没有提出"鸷鸟"说。魏晋至唐孔颖达等撰《毛诗注疏》,"鸷鸟捕鱼"说形成,到北宋已历经1000年。但南宋朱熹回到《毛传》《郑笺》,主"水鸟和鸣"说。宋代以后,两说并存。直到清季,由于《毛诗注疏》的权威性、官方色彩以及科举阐释的需要,"鸷鸟捕鱼"说信从者更多,实为主流,影响及于现代。例如高亨:"雎鸠,一种水鸟名,即鱼鹰。"③现代研究者也有不少持"鱼鹰"说。例如韩国学者安秉均认为,"可以相信鹗就是雎鸠"④。刘毓庆先生认为,"雎鸠本是凶猛之鸟,《关雎》乃是以雎鸠之求鱼以象征男子求爱的。……从社会学的角度而言,以鱼鹰捕鱼的粗暴行为象征求爱,当与野蛮的掠夺婚有关",刘毓庆先生特别注意到汉儒"将鱼鹰转换为具有'鸳鸯之性'的鸟,绝不仅仅是因学者的无知而造成的解诗上的错误,而是一次具有文化意义的误读,它反映了民族社会生活及婚姻观的变化与民族

---

① (元)梁益:《诗传旁通》,上海书店丛书集成续编影印常州先哲遗书本,1994年。
② (清)张叙:《诗贯》卷一,清乾隆刻本。
③ 高亨:《诗经今注》,上海:上海古籍出版社,2009年,第2页。
④ (韩)安秉均:《关于雎鸠》,《第三届诗经国际学术研讨会论文集》,香港:天马图书有限公司,1998年,第718—725页。

追求和谐、温柔的心理趋向"①。刘毓庆先生胪列中外各说十九种，以先秦典籍、明清及日本学者等为据肯定"为雕类猛禽"，批评其他各说"因先认定'关关'为雌雄和鸣，故而即在自然界寻找'雌雄情意至然有别'之鸟以当之"，"殊少根据"②。邵炳军、赖旭辉先生也持"鱼鹰"说："雎鸠，即《尔雅》之'王鸠'，毛《传》之'王雎'，《禽经》之'鱼鹰'。"③再如甄洪永先生认为："雎鸠为一类猛鸟当为学者的共识……两句话中隐藏着对雎鸠的崇拜之情和对文王阳刚之气的褒扬。"④

另一方面，现代以来，不赞成"鸷鸟"说，沿着《毛传》《郑笺》及朱熹"水鸟和鸣"说，寻找"雎鸠"究竟为何种鸟类，探索渐多。元代梁益"或谓……杜鹃"、清张叙"俗所称水鸳鸯"之说，都缺乏相关考证。现代研究者不少从"关关"鸣声入手，寻找雎鸠线索，更注重实证。台湾张之杰先生提出的"白腹秧鸡"说，认为其鸣叫声与"关关"接近。⑤裴伟先生《雎鸠·苇莺·聒聒雎》首先介绍胡淼先生刊于《人民政协报》的相关文章，指出"胡先生认为雎鸠是苇莺，即其老家微山湖呼之为苇喳子"，他引用胡文《诗经关雎中的雎鸠是什么鸟》的具体描述："比麻雀略大一点……苏北等地的民众，即以

---

① 刘毓庆：《关于〈诗经·关雎〉篇的雎鸠喻意问题》，《北京大学学报（社会科学版）》2004年第2期，第71—80页。刘毓庆先生另一篇论文《从河洲雎鸠到银河鹊桥——关于中国文学中鸟意象意义内核的探讨》（《文艺研究》2002年第3期）认为"河中关雎"意象承载了求爱的信息。

② 刘毓庆：《诗经二南汇通》，北京：中华书局，2017年，第10—12页。

③ 邵炳军，赖旭辉："雎鸠"意象考论——〈诗经·周南〉意象群及其意象经营艺术研究之一》，方铭主编：《儒学与二十一世纪文化建设》，北京：学苑出版社，2010年，第408—417页。

④ 甄洪永：《部族文化视域下的〈关雎〉解读》，《民族文学研究》2015年第2期，第55—62页。

⑤ 张之杰：《雎鸠是什么鸟》，《中央日报·副刊》2004年4月30日。

其鸣声,呼其为'柴呱呱'(柴即芦柴、芦苇之意)或'呱呱唧'。实际上,它的'呱呱唧唧'的鸣声,与'关关雎鸠'的声音十分贴近。"裴伟先生又引江苏涟水苇丛中有鸟叫声"聒聒雎",推测"聒聒雎"就是苇莺的土名。① 李树志赞同"苇莺"说。② 中国科学院动物研究所时培建先生指出,"鹗鹫(鱼鹰)一般栖息于河边岩石和树枝上",而不是"在河之洲",或许在某种意义上提供了"鸶鸟捕鱼"说难以成立的生物学证据。时培建先生不赞成"苇莺"说,"东方大苇莺体形较小,不太可能是雎鸠",他基于"在江西省南昌市新建县蛟桥镇上罗村附近进行了三年的鸟类野外观察",认为雎鸠可能是"彩鹬(*Rostratulabenghalensis*)":"它们发出沉闷的如同敲闷罐的'关—关'声,鸣声十分特别。此种鸟喜欢雌雄栖息于稻田和河滩之中,满足雎鸠栖息于'洲'的生活习性,雌鸟色彩艳丽,在前觅食,而雄鸟色彩黯淡,在后觅食,雌雄紧密相伴,形影不离。"③此外,台湾糜文开、裴普贤先生1964年即指出:"关关"是"河洲上一对水鸟咕咕的和鸣声"④。需要指出,上述论文涉及的考察地域在山东微山湖、江苏淮安涟水、江西南昌等,或者作者在台湾,考察重在鸟的习性和鸣叫声,没有关注《关雎》诗的地域和文化环境。

夏传才先生的相关考察尤其值得注意。他的《诗经发祥地初步考察报告》之"洽川考察纪要"对今合阳县地理环境、历史发展、

---

① 裴伟:《雎鸠·苇莺·聒聒雎》,《读书》2004年第10期,第80—83页。

② 李树志:《读〈诗经〉札记——雎鸠释名》,《山东广播电视大学学报》2009年第2期,第42—43页。

③ 时培建:《雎鸠可能是什么鸟》,《辞书研究》2011年第2期,第174—176页。

④ 糜文开,裴普贤:《诗经欣赏与研究》,台北:三民书局,1985年(1964初版),第3页。

文化遗迹等进行了全方位研究。夏传才先生称"洽川充满磅礴大气，又闪烁妩媚之秀"，"紧靠黄河河岸几十里的一带肥沃平原"，引古《洽阳记略》"庐舍云集，花鸟舟航之胜，不殊楚越"。得天独厚的自然环境孕育了悠久厚重的历史文化，"原郃阳古城，即古有莘国，就在洽川的莘里村……帝喾（高辛氏）的陵墓在莘里村"，莘里村是禹母、汤妃、文王母太任、文王妃太姒故里，《孟子·万章》载"伊尹耕于有莘之野"。"河心水洲，正是《关雎》篇'关关雎鸠，在河之洲'所指之地。经实地考察，河洲长形，面积数平方公里……万里黄河，只有这一段河面宽阔，水流不湍急，才能形成这样的河心沙洲"，"据科学院考察，这里有百多种鸟类，其中有多种珍禽，或在沙洲栖息，或在河面低翔，闻其鸣声，确如'关关'。河岸水塘漂浮着大片大片荇菜"。夏传才先生认为，"说洽川一带属于《周南》早先采诗之地，是可信的"①。比起单纯追索"关关""雎鸠"，夏传才先生的全方位实地考察应该更有说服力。

雷新昌先生曾全程陪夏传才先生在洽川考察，他在2018年《〈国风〉释义之管窥——兼析〈关雎〉地望说》（"中国诗经学会2018年会暨国际学术研讨会"会议论文，未见发表）文中提出五证：第一，《诗经》中"共8《国风》、10诗篇、23处'河'字，涉及的8个诸侯国，有7个是与黄河相邻或相交的（公元前602年以前，黄河在洛阳与郑州间北上，由天津入海），唯陈国在黄河东南"，《关雎》不可能不在黄河流域，"地望必在河水之滨"。第二，"亚太华商、著名《诗经》学者周颖南先生，实地考察后诗赞：'万里黄河，唯此一洲；关关雎鸠，今鸣如旧。'"其实黄河也并非洽川有"洲"，但以洽川"多洲"，最为典型。第三，"笔者在黄河此段的洽川湿地亲眼看见，

---

① 夏传才：《诗经发祥地初步考察报告》，《河北师范大学学报》（社会科学版）2006年第2期，第77—85页。

这里有一种小鸟长约20厘米,羽毛多色彩,雌雄各异,形影不离,常在芦苇荡中栖息,一只鸣叫'关关、关关',一只鸣叫'雎雎、雎雎',自古以来当地人称这种鸟为'关关雎'。"合阳之黄河洲上有发音"关关""雎雎"之鸟。第四,西汉扬雄《方言》:"娃、嫷、窕、艳,美也。……陈楚周南之间曰窕。自关而西秦晋之间,凡美色或谓之好,或谓之窕。秦晋之间美貌谓之娥,美状为窕,美色为艳,美心为窈。"①"至今此地赞美姑娘,都称'窈窕'。"根据雷新昌先生的补充,"窈窕"在合阳为极常用的民间用语,是对年轻女性的综合赞美,不同于普通话专指身材的"苗条",其包括身材、容貌和贤惠、能干等义,与《方言》所称秦晋之间"美状为窕……美心为窈"一致。这一条对于注"窈窕淑女"可为参考。第五,"其间遍布荇菜,当地叫'水荷叶',为农家传统食用野菜"。雷新昌先生之"五证",以《关雎》文本对照合阳地理与文化,是有说服力的"内证"。从目前各家之说来看,能具备有说服力之"五证"者,尚无其二。

图1 合阳双飞鸟,鸣声"关关"　　图2 合阳双飞鸟,鸣声"雎雎"
　　(雷新昌　摄)　　　　　　　　　　(雷新昌　摄)

　　雷新昌先生在河洲所拍成对双飞鸟,鸣声分别为"关关""雎雎"。其访当地村民,当地村民称为"关关雎"。据雷新昌先生介绍,鸣声"关关""雎雎"的鸟成双出现在河州芦苇荡中,有鸣"关

---

①《扬雄方言校释汇证》,华学诚汇证,北京:中华书局,2006年,第100页。

关",其旁必有鸣"雎雎",但两只鸟始终相隔一段距离,因此无法抓拍到靠在一起的照片。由此来看,毛公注"挚而有别",似乎并非想当然注经,或许亲睹"关关""雎雎"双飞鸟之行踪,或有相关佐证。例如子夏在西河传授诗,或有观察及注说,毛公或曾获得相关文献。

图3　合阳双飞鸟,鸣声"雎雎"　　图4　《雎鸠·苇莺·聒聒雎》
　　　（雷新昌　摄）　　　　　　　　　所附之"苇莺"图

比较图3、图4,雷新昌先生所拍之"关关雎",与裴伟先生《雎鸠·苇莺·聒聒雎》文中所附之"苇莺",或为同一种鸟或相近类属,其鸣叫声"聒聒雎"及习性与"关关雎"也十分相似。以上夏传才先生对合阳地理、历史、文化的全面考察,雷新昌先生以《关雎》文本与合阳地理文化对照提出"五证",不同于传统书证方法或文化学阐释,拓展了相关研究新的方向。

三、讨论与推论

（一）《毛传》无关"鸷鸟"说

持"鸷鸟"说者均以《毛传》"挚而有别"之"挚"原本作"鸷"或通"鸷",马瑞辰更指责郑玄解"挚"为"情意至"误解毛公。《毛传》:"关关,和声也。雎鸠,王雎也,鸟挚而有别。……后妃说乐君子之德,无不和谐。"毛公已取《尔雅》注"关关、嘤嘤,音声和也",且"后妃说乐君子之德,无不和谐"又取"和谐"说,则不管王雎为何,都不为"鸷鸟",因为"鸷鸟"叫声不可能"音声和"如"关关"。这是值得注意的《关雎》及《毛传》之文本证据。清方玉润指出:"大抵皆从传之'挚而有别',而舍经之'关关'以为说也。……辩论不休,此训诂家恶习也。"①以鸬鹚(鱼鹰)为例,一般栖息于河川、湖沼水中,或在近水岩崖或高树上久立不动,河洲不是鸬鹚的基本栖息地,其声沙哑而厉,捕鱼的时候都是隐蔽发起攻击,并不鸣叫。就算王雎就是鱼鹰,"关关"也绝不可能是"捕鱼"的声音,所谓以鱼鹰捕鱼喻求爱就是虚幻无稽的。即若《关雎》没有"关关"叫声,或毛公若仅传为"雎鸠,王雎也,鸟挚而有别",强解"挚"为"鸷"或可通;但已注"关关,和声也……无不和谐"等,解"挚"为"鸷"则前后矛盾。就语法而言,"挚"与"有别"必然存在逻辑关系,依郑注解为"情深但不过于沉溺",既合语法又与"关关雎"习性、《关雎》诗旨相符;若解"挚"为"凶猛",则"凶猛"与"有别"之关系不可解。此外,也有认为王雎是体形很大的鸟,如大雁、天鹅等,鸟愈大其叫声愈厉,与"关关"同样不符。取杜预之《左传》注的推测为间接证据,恐怕还是不及《关雎》文本及《毛传》为可信。

(二)欧阳修、朱熹关于文王、大姒说及《关雎》地望

北宋欧阳修《诗本义》指出:"淑女谓太姒,君子谓文王也。"(《诗本义》卷一,四库丛刊本)南宋朱熹继之"君子,则文王也",淑女指尚未嫁之"大姒"(《诗集传》)。《大雅·大明》记季历娶大任,生文王。文王娶大姒,生武王:"文王初载,天作之合,在洽之阳,在渭之涘。文王嘉止,大邦有子。……有命自天,命此文王,于周于京。缵女维莘,长子维行,笃生武王。"《大明》所写地理位置非常清晰,古之洽阳,今之合阳县所在区域,有莘国故地。朱熹所据应该

---

① (清)方玉润,李先耕点校:《诗经原始》卷一,北京:中华书局,1986年,第73—74页。

是《毛传》"后妃说乐君子之德,无不和谐"。"后妃"即王妃,虽然毛亨并没有指明君子是谁,在朱熹看来,周代可称"后妃说乐君子之德",除了文王、武王,历代周王还有谁可配?所以他据《毛传》推文王、大姒,还是有其理据。若欧阳修、朱熹所注无误,对照《大雅·大明》,《关雎》之地望就必在洽川,即今合阳县域内。

(三)"周南"的可能地域

今从"周南"所录诗篇考察,多以为地域甚广,难以确指。或认为不仅指地名,如以"南"指"南音"①。但除了《史记》,西汉扬雄《方言》中"周南"也指地域,如:"众信曰谅,周南、召南、卫之语也。"(《方言第一》)周南、召南、卫并列,显然指地域。再如:"娃、嫷、窕、艳,美也。吴、楚、衡、淮之间曰娃,南楚之外曰嫷,宋、卫、晋、郑之间曰艳,陈、楚、周南之间曰窕。自关而西秦晋之间,凡美色或谓之好,或谓之窕。故吴有馆娃之宫,秦有窕娥之台。秦晋之间美貌谓之娥,美状为窕,美色为艳,美心为窈。"(《方言》第二)"周南"与"陈、楚"并列,也明显指地域。西汉去周不远,且非孤证,所以从历史看,"周南"至少曾与地域相关,不可不略考。又从"自关而西秦晋之间,凡美色或谓之好,或谓之窕""秦晋之间美貌谓之娥,美状为窕"来看,"陈楚周南之间"似乎包括了秦、晋部分地区,或者"周南"与秦东部或晋国之西部有关。由此来看,如果"周南"指地域,范围较大,可能是"周公直接控制之区域及其影响所及之南",即以洛阳为中心向南延及楚地,向西、西北延及秦、晋部分区域,向东大致以陈国为界的"周公影响力范围"。从当时情形来看,周天子只是天下"盟主",并不能直接控制所有诸侯国之政治、经济、文化。但成王及周公所在"成周(洛阳)"及其周边范围,却是成

---

① 方玉润:"章氏潢则以《南》为乐名,而取证于'以雅以南'之诗及《记》'胥鼓南'。"(《诗经原始》卷一,第70页)

周可以直接控制、影响的。以周公之影响力,即使他去世之后,这一在地域范围内先后采集的诗篇,即为《周南》。从《方言》描述的范围,以及雷新昌先生提供"窈窕"等语词在合阳的运用及其与《方言》的关系来看,合阳应在"周南"之西北范围内。依扬雄《方言》所描述,周、召影响力之实际分界线不在"陕"而在"秦晋之间"①,洽川(今合阳)应在"周南"区域之西北部。清方玉润说:"凡其时所采民间歌谣,得自周地者,均系之曰周……窃谓南者,周以南之地也。"②也认为"周南"为"周及南"之地。

当然,这样会带来一个新问题:部分"雅"诗以及"王风"等,与周南就可能存在地域上的"重叠"。所以《方言》等论及的周南范围,可能还需要排除其中的成周洛阳,其诗篇主要有"小雅"和"王风"。此外,周南的范围还与一些诸侯国风诗存在地域的交叉或重叠,这恐怕只能主要从诗篇产生的年代等来解释,也就是说,在周公影响力很大的时候,这些交叉、重叠地带可能产生周南诗篇,相关诸侯国独立性更强的时期产生的则是本国风诗。

---

① 《春秋公羊传·隐公五年》载:"自陕而东者,周公主之;自陕而西者,召公主之。""陕"指今河南省三门峡市陕州区以西之"陕塬",据考证,"周召分陕石柱"是中国历史上有文字记载的最早界石。这是政治上的"分陕而治",但周公、召公的影响力所及,则不一定全囿于此。

② (清)方玉润,李先耕点校:《诗经原始》卷一,北京:中华书局,1986年,第70页。

《诗·召南·鹊巢》为庆贺徐与齐联姻考

周口师范学院　李治中

《诗·召南·鹊巢》诗云："维鹊有巢,维鸠居之。之子于归,百两御之。维鹊有巢,维鸠方之。之子于归,百两将之。维鹊有巢,维鸠盈之。之子于归,百两成之。"该诗共三章十二句,是《召南》的第一首。该诗主要描述女子出嫁,吴闿生先生称"鄙意止是嫁女之乐歌,并无他意"①,方玉润先生从诗歌的功用上又认为,"鹊巢,昏礼高庙词也"②。在女子出嫁的基本共识之下,依据对文本中鸠居鹊巢意象的理解,《毛诗序》赋予了较多的政治内涵,曰:"《鹊巢》,夫人之德也。国君积行累功以致爵位,夫人起家而居有之。德如鸤鸠,乃可以配焉。"朱熹《诗集传》援此发挥:"南国诸侯,被文王之化,能正心修身以齐其家,其女子亦被后妃之化,而专有静纯之一德。"③这样,该诗为颂扬"夫人之德"。由女子出嫁到"夫人之德",该诗是以女性婚姻为题材,但诗旨还有待探讨。笔者认为,鸠居鹊巢意象有另外一种解释,文本中的"鹊巢"指称春秋时的偃姓巢国,鸤鸠指称作为薄姑族属的徐国,鸠居鹊巢意象指称历史上的"徐人取舒"(《左传·僖公三年》),以此为背景,徐国公族女子徐嬴嫁于齐桓公,徐、齐两国成为姻亲之国,《鹊巢》的诗旨为庆贺徐国与齐国的联姻。

---

① 吴闿生,蒋天枢、章培恒校点:《诗意会通》,上海:中西书局,2012年,第11页。

② (清)方玉润,李先耕点校:《诗经原始》,北京:中华书局,1986年,第94页。

③ (宋)朱熹:《诗集传》,北京:中华书局,1958年,第8页。

一、"维鹊有巢"指取代姒姓的偃姓巢国

"维",助词,多用于句首,如《诗·小雅·六月》:"维此六月,既成我服。""巢",指巢国。据宋人罗泌《路史·国名纪四》,巢国有两处,文本中的"巢"指南巢,"南巢氏,桀之封,秦为居巢,今无为之属鄛县也,古巢伯国。吴灭之,故巢城在皖北六(今安徽省六安市)东"。商灭夏时,夏桀战败逃至南巢并居住下来,如《尚书·大传》记载:"士民奔汤,桀与其属五百人南徙。则是桀逃于外,汤未尝追袭之。"商时的南巢史料语焉不详,直到武王灭商,巢伯前往镐京朝贺。夏姓为姒姓,《世本·姓氏篇》:"有扈氏,与夏同姓。""莘国,姒姓,夏禹之后。"巢国为"桀之封",应为姒姓。清人顾栋高《春秋大事表》卷十一引《历代纪事年表》:"巢,姒姓。"

巢国在春秋时曾为楚国的与国,并且已经沦为"群舒之属",如陈槃先生考证:"《左传·文公十二年》:'子孔执舒子平及宗子,遂围巢。'杜解:'宗、巢二国,群舒之属。'《水经·沔水注》说同。案:群舒偃姓。杜、郦二氏以巢为群舒之国,是亦以为偃姓国矣。"① "属",指侪辈或同一类。《韩非子·诡使》:"今死事之孤饥饿于道路,而优笑酒徒之属乘车衣丝。"这个时期的巢国已成为群舒的成员之一。据《世本·姓氏篇》:"偃姓,舒庸、舒蓼、舒鸠、舒龙、舒鲍、舒龚。"又"蓼、六皆偃姓"。巢国应亦为偃姓。皋陶为少暤后裔,群舒都是其后代,《帝王世纪》第三:"皋陶生于曲阜。曲阜,偃也,故帝因之,而以赐姓曰偃。"又"皋陶卒,葬之于六。禹封其少子于六,

---

① 陈槃:《春秋大事表列国爵姓及存灭表譔异》,上海:上海古籍出版社,2009年,第699页。

以奉其祀"。又据《路史·后纪七》记载,皋陶曾为虞舜"造科律、听狱、执中",使"天下无冤,封之于皋,是曰皋陶"。他有三个儿子,长子是伯翳(益),次子是仲甄,少子"封偃为偃姓"。"偃"与"奄"音义皆同,奄地即今曲阜,少皥建都的地方,皋陶是继少皥之后的另一个东夷族领袖。皋陶死去之后,葬在六(今安徽六安市),禹封其少子于六,负责祭祀皋陶。由此看来,皋陶的次子和少子均曾在今安徽六安市附近生活,在那里繁衍众多,形成后世所谓的群舒。何光岳先生认为先有舒国,后"由舒国再分出舒庸、舒鸠、舒蓼、舒龙、舒鲍、舒龚及宗、巢等八个小国"①。徐旭生先生考证,"据《说文》余从舍省声,然则'徐''舒'二字,古不只同音,实即一字。群舒就是说群徐",并作进一步说明:"别部离开它们的宗邦,还带着旧日的名字:住在蓼地的就叫作舒蓼,也就是徐蓼;住在庸地的就叫作舒庸,也就是徐庸。这一群带舒名的小部落全是从徐方分出来的支部。"②出现这种状况,应与徐国在历史上对群舒的统治有关。

现在看来,春秋中期偏早的巢国命运应与群舒休戚相关,它们先为楚国的与国,到鲁僖公三年(前657),"徐人取舒",徐国从楚国手中夺取到群舒地区的领导权。群舒所在的庐江舒县,即今天的舒城。李学勤先生认为:"今舒城一带,春秋时为群舒中心,有舒蓼、舒庸、舒鸠和宗国。"③巢国所在的六安东,距离舒城仅百余里,"徐人取舒"时,巢国应当难于幸免。直到鲁僖公十五年(前645)春,"楚人伐徐。……冬,宋人伐曹。楚人败徐于娄林"。杜注:"娄

---

① 何光岳:《东夷源流史》,南昌:江西教育出版社,1990年,第85页。
② 徐旭生:《中国古史的传说时代》(增订本),北京:文物出版社,1985年,第167页。
③ 李学勤:《东周与秦代文明》,上海:上海人民出版社,2007年,第118页。

林,徐地,下邳僮县东南有娄亭。"①楚师攻至远在徐地的娄林,并在那里打败徐人,巢国应重新成为楚国的与国。

少皞氏以鸟纪官,"燕"与"偃""奄"同音,何光岳先生认为,作为少皞的后裔,皋陶是以燕为图腾,"皋陶的次子仲甄,又叫仲偃,他继承燕鸟图腾,仍为偃姓"②。群舒均为偃姓,理应也以燕作为自己的图腾。《说文》:"燕,玄鸟也。""玄"的本义指幽暗而深远,引申为黑色或暗色,这里的"燕",或以拥有暗色羽毛为主要特征。需要指出的是,"燕"不仅单指燕子,应为某一类鸟的统称,例如舒鸠、舒蓼涉及鸠与鹨两种鸟,本义指鹘鸠与云雀。因此,巢国同作为偃姓封国,文本有"维鹊有巢",大概是以鹊鸟为图腾。它原本为姒姓,后为偃姓所取代。

二、"维鸠居之"指"徐人取舒"之后的服巢

"维鸠居之",杜注:"鸠,鸤鸠,桔鞠也。"③鸤鸠即鹁鸪,又名子归、杜鹃,叫声如"布谷布谷",俗称布谷,取播种稻谷的意思。薄姑与鹁鸪同音,又称蒲姑,为殷周之际的封国。东夷部族多以鸟作为自己的图腾,鸤鸠应为薄姑的图腾。薄姑的地望,《括地志》《元和郡县志》均称薄姑城在博昌东北六十里,今博兴县东南。据《左传·昭公二十年》:"十二月,齐侯田于沛……晏子侍于遄台(今淄博市

---

① 李学勤主编:《十三经注疏·春秋左传正义》,北京:北京大学出版社,1999年,第371页。
② 何光岳:《鸟夷族中诸鸟国的名称和分布》,山东古国史研究会编:《东夷古国史研究(第二辑)》,西安:三秦出版社,1989年,第56页。
③ 李学勤主编:《十三经注疏·毛诗正义》,北京:北京大学出版社,1999年,第62页。

临淄区齐都镇小王庄南,北距博兴不足百里。)……晏子对曰:'昔爽鸠氏始居此地,季荝因之,有逢伯陵因之,蒲姑氏因之,而后太公因之。'"这段话是说,遄台地区的统治者先后为少暤氏的司寇、虞夏并殷商的诸侯、殷周之间的蒲姑氏,最后是太公姜尚。由此可见,薄姑在博兴、遄台一带兴起,是在殷周之间,后来被姜尚所取代。薄姑出自东夷部族的少昊氏,据《左传·昭公十七年》,少昊氏"为鸟师而鸟名",设有"鸤鸠氏,司空也",杜注:"鸤鸠平均,故为司空,平水土。"①所谓司空,《尚书·周书·周官》:"司空掌邦土,居四民,时地利。"《礼记·王制》:"司空执度度地,居民山川沮泽,时四时,量地远近,兴事任力。"司空的职责大致与农田水利有关。

薄姑在商周之际被周人所灭,其大部分族属相继南迁。《诗·曹风·鸤鸠》描述道:"鸤鸠在桑,其子七兮。""桑"指穷桑,故地在今曲阜。薄姑为少昊氏的后裔,《尸子·仁意篇》:"少昊金天氏,邑于穷桑。""其子七兮"表明薄姑的族属很多。诗又有"其子在梅""其子在棘""其子在榛"。据宋人罗泌《路史·国名纪丁》:"梅,伯爵,纣所灭,今谯南四十有故梅城。"《路史·国名纪丙》:"棘名所在有之,楚有棘栎。"注曰:"今城父东北十八有棘城。""榛"疑为"秦",《春秋》庄公三十一年:"筑台于秦。"杜注:"东平范县西北有秦亭。"需要指出的是,这些地方均在曲阜以南。上博《孔子诗论》有"《鸤鸠》,吾信之",可见,其作者相信薄姑族属南迁。除"梅""棘""榛"作为迁入地之外,还有"一支南迁江苏睢宁薄姑陂"②,《左传·昭公十六年》:"齐侯伐徐。……二月丙申,齐师至于蒲隧。"杜注:"蒲隧,徐地。下邳取虑县东有薄姑陂。"取虑故址在今安

---

① 李学勤主编:《十三经注疏·春秋左传正义》,北京:北京大学出版社,1999年,第1363页。
② 何光岳:《薄姑的来源及其南迁》,《益阳师专学报》1994年第2期。

徽省灵璧县高楼镇,春秋时为徐地,徐中舒先生考证,"《潜夫论·志氏姓篇》谓取虑氏徐偃王后,蒲隧、取虑并蒲(薄)姑之转音",借以说明"徐地有蒲姑之称"①。

事实上,徐国就是薄姑的族属,徐国亦可以称作薄姑,这是"徐地有蒲姑之称"的根本原因。徐中舒先生认为,"武王克商灭蒲(薄)姑,其国迁于齐、鲁,则曰徐、曰奄;宗周之世,迁于淮,则曰徐、曰淮夷、曰南淮夷,或曰南夷、曰东夷;入春秋之世,则徐与淮夷最为习见之称;而淮南之群舒则其支子馀胤也"②。约在周宣王统治之前,徐国已经迁至"淮浦",《诗·大雅·常武》有"率彼淮浦,省此徐土"。春秋时徐国都城,在今江苏泗洪县临淮镇。《左传·僖公三年》:"徐人取舒。"杜注:"徐国,在下邳僮县东南。"③《路史·国名纪乙》:"在泗之临淮镇北三十有故徐城,号大徐城,周十一里,中有偃王庙、徐君墓,去徐州仅五百,《郡国志》:'薄薄城'。"这两个文献指称的是同一个地方。需要指出的是,"薄薄城"就是"薄姑城",是徐国为薄姑族属的明证。20世纪80年代,江苏丹徒北山顶春秋墓被发掘,该墓葬被确认为吴墓,却出土了甚六鼎等徐器。还出土一件鸠杖,"杖首由半圆形凸棱和三角形凸棱分为三部分,上部顶端立一只鸠,身饰羽纹,鸠下饰两圈云纹。……杖镦的末端为一跪坐的人形,人的双手平放在膝部,耳上有短发,脑后有两个发髻,中部为辫纹,胸部、背部、股部和臀部皆有云纹"④,该鸠杖被认

---

① 徐中舒:《蒲姑、徐奄、淮夷、群舒考》,《四川大学学报》(哲学社会科学版)1998年第3期。

② 徐中舒:《蒲姑、徐奄、淮夷、群舒考》,《四川大学学报》(哲学社会科学版)1998年第3期。

③ 李学勤主编:《十三经注疏·春秋左传正义》,第326页。

④ 江苏省丹徒考古队:《江苏丹徒北山顶春秋墓发掘报告》,《东南文化》1988年第3—4合期。

为是吴器,文章作者列举文献,据以说明吴人虽然遵从周礼,但处于所谓蛮夷地区,深受其影响。如《谷梁传》哀公十三年:"吴,夷狄之国也,祝发文身。"《吴越春秋·寿梦传》:"寿梦曰:'孤在蛮夷,徒以椎髻为俗'。"笔者恰以为,与其认为鸠杖是吴国受徐文化影响所造,倒不如直接认定其为徐器,就像认定甚六鼎等徐器一样。杖首的鸠为鸤鸠,该杖应为徐王的权杖,是徐国为薄姑族属的又一明证。

综上所述,"维鹊有巢,维鸠居之"指称的就是鲁僖公三年(前657)的"徐人取舒",徐国除征服了舒蓼、舒庸、舒鸠等群舒之外,同时也征服了偃姓巢国,即取得了包括偃姓巢国在内的群舒地区的领导权。

三、春秋徐器宜桐盂与宜桐生活时代的推算

春秋徐器宜桐盂(《殷周金文集成》10320),出土地点不详,其铭文曰:"惟正月初吉日己酉,徐王季糧之孙宜桐,作铸□盂以媵妹,孙子永寿用之。"宜桐盂为宜桐所做的媵器,是送其妹出嫁用的。徐王□鼎(《殷周金文集成》2675)时代为春秋早期,其铭文曰:"徐王□用其良金,铸其□鼎,用鬻庶腊,用饔宾客,子子孙孙,世世是若。"由于该器铭文字体与宜桐盂相近,郭沫若先生认为,"徐王季糧殆即徐王□,一字一名也"①。

推算宜桐生活的时代,先需要考证铭文中的徐王季糧。现代学者李家和、刘诗中认为,"徐王□或季糧,即很可能是当徐偃王时

---

① 郭沫若:《两周金文辞大系图录考释》(二),《郭沫若全集》考古编第八卷,北京:科学出版社,2002年,第159页。

期,或即一人亦未可知"①。徐偃王约与楚文王同时,楚文王于公元前689至前675年在位。《韩非子·五蠹》是记载徐偃王的较早文献,云:"徐偃王处汉东,地方五百里,行仁义。割地而朝者三十有六国。荆文王恐其害己也,举兵伐徐,遂灭之。"另东方朔《七谏·沈江》:"偃王行其仁义兮,荆文寤而徐亡。"以上两个文献均仅涉及楚文王。但是,《史记·赵世家》与《后汉书·东夷传》却均涉及周穆王,表明徐偃王为周穆王时期的人。只是这两个文献晚出,且又遭到较多质疑。例如《史记·赵世家》:"穆王使造父御,西巡狩,见西王母,乐之忘归。而徐偃王反,穆王日驰千里马,攻徐偃王,大破之。"《索引》:"谯周曰:'徐偃王与楚文王同时,去周穆王远矣。且王者行有周卫,岂闻乱而独长驱日行千里乎,并言此事非实也。'"②针对谯周提出的疑问,参考中方鼎(《殷周金文集成》2751)铭文,其中曰:"唯王令南宫伐反虎方之年,王令中先省南国,贯行,执王□。"鉴于周王在其巡守南国之前,先命令"中"开通道路,修治王的行屋等的事实,谯周称"王者行有周卫"是非常可信的,徐偃王和楚文王应是同时期的人。

徐偃王又名徐驹王或徐攻王。据晋人张华《博物志》卷八引《徐偃王志》:"偃王既其国,仁义著闻,欲舟行上国,乃通沟陈蔡之间,得朱弓朱矢以已得天瑞,遂因名为弓,自称徐偃王,江淮诸侯皆伏从,伏从者三十六国。"唐兰先生考证:徐偃王"遂因名为弓","弓"的声音与"驹"通,古书"句吴",金文作"工卢"或"攻敔""攻吴",《方言》九:"车构篓"注"即车弓也",可以为证。那么,"徐偃

---

① 李家和,刘诗中:《春秋徐器分期和徐人活动地域试探——从靖安等地出土徐国青铜器谈起》,《江西历史文物》1983年第1期。
② (汉)司马迁撰:《史记》(简体字本),北京:中华书局,1999年,第1450页。

王"就是"徐驹王"。① 根据唐兰先生这个论证,还可以得出,徐驹王与徐攻王为同一个人。孔令远等学者也持有这个观点。② 徐驹王的名字见于《礼记·檀弓下》,徐大夫容居吊唁邾娄考公时称,"昔我先君驹王西讨,济于河,无所不用斯言也"。另《后汉书·东夷传》记载:"后徐夷僭号,乃率九夷以伐宗周,西至河上。穆王畏其方炽,乃分东方诸侯,命徐偃王主之。"前者驹王,后者偃王,同是西伐至黄河。宋人王应麟比较这两个文献,质疑道:"然则驹王即偃王欤?济河即所谓西至河上也。"③王应麟的质疑是可信的,这里需要指出的是,楚文王在位时期,先后经历的是周庄王与周釐王,并非周穆王,《后汉书·东夷传》中的穆王应为讹误。

徐攻王的名字见于出土徐器□巢镈,出土于江苏邳州九女墩二号墩。其铭文曰:"惟王正月初吉庚午,□巢曰:'余攻王之玄孙,余□子,择其吉金,自作龢钟,以享以孝,于我皇祖,至于子孙,永宝是□'。"④该器"少见同型器,其风格与编钟相近","为春秋晚期器",该墓"为春秋时期的大型墓,近于寿县蔡侯墓的规模"⑤。前文已经推论,徐偃王又名徐驹王或徐攻王,徐偃王又与徐王或季糧生活在同一时代,或者就是同一个人。撇开家族宗庶关系,□巢为徐攻王的四世,鉴于二号墩墓葬的规模,徐攻王或已

---

① 唐兰:《西周铜器断代中的"康宫"问题》,《考古学报》1962年第1期。

② 孔令远,李艳华:《也论㯰巢镈的国别》,《南方文物》2000年第2期。

③ (宋)王应麟:《困学纪闻》,沈阳:辽宁教育出版社,1998年,第111页。

④ 马承源,王子初:《中国音乐文物大系·上海卷、江苏卷》,郑州:大象出版社,1996年,第184页。

⑤ 南京博物院,徐州市文化局,邳州市博物馆:《江苏邳州市九女墩二号墩发掘简报》,《考古》1999年第11期。

去世，□巢或为徐国公子或为公孙。徐器铭文多见"某某之孙""某某之玄孙"等，在彝器上记载祖先的名字，应为徐人重视宗法伦理的表现，诚如徐人容居所称，"事君不敢忘其君，亦不敢遗其族"（《礼记·檀弓下》）。

根据宜桐盂、徐王□鼎、□巢镈等徐器铭文，设定生活在春秋中期偏早的徐偃王为一代，那么宜桐为其三代，□巢为其四代。□巢名字中的"巢"，疑与"徐人取舒"的服巢有关。到鲁僖公十五年（前645）的"楚人伐徐"，□巢从巢国败走，所以才死葬于徐王家族墓地九女墩。据"男子二十，冠而字"（《礼记·曲礼上》），又"已冠而字之，成人之道也"（《礼记·冠义》），男子成人即可娶妻生子，因此，二十年可算为一代。□巢曾生活在"徐人取舒"时期，具体时间是公元前657年至公元前645年，如果将这一时间区间作为□巢的生时，宜桐为徐偃王三代孙，其最迟约出生于公元前677年至前665年。李学勤先生认为，"宜桐的时代春秋中期偏晚，约当宣、成时期"①，具有一定的参考价值。宜桐盂是宜桐"媵妹"之器，宜桐妹的最迟出生时间应与其略同。

鲁僖公三年（前657），徐国成功夺取了群舒地区，进行了长达十二年的统治，《鹊巢》艺术表现了这一情形。首章有"维鸠居之"，"居"，居住。《易·系辞上》："君子居其室。"指徐人成功地在巢国居住下来，具有战后移民的意味；二章有"维鸠方之"，"方"，一并、一齐。《墨子·备城门》："甲兵方起于天下，大攻小，强执弱。"于省吾《双剑誃墨子新证》卷四："按方犹并也。《庄子·山林》：'方舟而济于河。'"②指徐人与巢人共同治理巢国，大概是徐人在巢国扶

---

① 李学勤：《从新出青铜器看长江下游文化的发展》，《文物》1980年第8期。

② 于省吾：《双剑誃诸子新证》，北京：中华书局，1962年，第172页。

植了亲徐政权;三章有"维鸠盈之","盈",圆满,指徐人成为巢国的实际领导者,富有成就感。

四、"之子于归"指历史上的徐嬴归齐

"之子于归,百两御之","归"指女子出嫁。《公羊传·隐公二年》:"夫人谓嫁曰归。"如《诗·周南·桃夭》:"之子于归,宜其室家。"《诗·邶风·燕燕》:"之子于归,远送于野。"《诗·豳风·东山》:"之子于归,皇驳其马。"细考文本,首章四句表达两个方面内容,前两句以鸠居鹊巢的意象起兴,客观陈述了"徐人取舒"的史实,后两句"之子于归,百两御之"则是表达女子出嫁的情形。而接下来的两章,分别以重章叠句的形式予以渲染。需要指出的是,就文本特征来看,"徐人取舒"与女子出嫁这两件事是紧密相连的,存在着时间相继的关系,"徐人取舒"应发生在女子出嫁之前。因此,文本中的"之子"应为徐国公族女子。又据《左传·僖公十七年(前644)》,"齐侯之夫人三:王姬、徐嬴、蔡姬,皆无子。"徐嬴为齐桓公夫人之一,那么"之子"或为徐嬴。

齐桓公聘娶徐嬴的原因有二:其一,他试图通过姻亲关系,加强与徐国的合作关系,借助徐国势力遏制楚国北上争霸,以减少齐国的压力。据《左传·僖公五年》记载,齐桓公卷入了周惠王更立太子的家事,怀疑与王姬有关,导致了周惠王的反感,因此,游说郑伯脱离齐盟,倒向了楚国与晋国。具体来讲,这年夏天,齐桓公与鲁公、宋公、陈侯、卫侯、郑伯、许男、曹伯等"会于首止,会王大子郑,谋宁周也"。杜注:"惠王以惠后故,将废大子郑而立王子带,故

齐桓帅诸侯会王大子,以定其位。"①这年八月,诸侯又再次会盟,"王使周公召郑伯,曰:'吾抚女以从楚,抚之以晋,可以少安'"。杜注:"王恨齐桓定大子之位,故召郑伯使叛齐也。"②由于周惠王从中作祟,致使"郑伯逃归不盟",这会使齐桓公感到沮丧。还是这年八月,楚国灭掉了弦国,弦子逃奔到黄国避难,黄国此刻面临着楚国的威胁。需要指出的是,早在僖公二年(前658),黄国与江国就已经背楚与齐,加入了齐盟。僖公五年的前后两件事,矛头都指向了楚成王的积极扩疆,基于齐桓公的地位与声望,他不可能弃之不顾。其二,基于增加夫人的考虑。远在僖公三年(前657),齐桓公让其夫人之一的蔡姬归蔡,但没有断绝婚姻关系,蔡侯却安排蔡姬另嫁他人。又由于在僖公五年(前655),齐桓公介入周惠王家事,君臣已有芥蒂,齐桓公夫人之一的王姬疑被牵累,再加上齐桓公好纳,他聘娶徐嬴已成为顺理成章。

齐桓公聘娶徐嬴的时间,应不会早于僖公三年(前657)的"徐人取舒",亦不会晚于僖公十五年(前645)的"楚人伐徐"。僖公十五年的冬天,"楚人败徐于娄林",杜注:"娄林,徐地,下邳僮县东南有娄亭。"③春秋时徐国的位置,在今洪泽湖西北的泗县境内,娄林乃徐国腹地,徐国战败之后,群舒之地已经尽失。之所以战败,"徐恃救也",杜注:"恃齐救。"④事实上,为援救徐国,齐国召集诸侯

---

① 李学勤主编:《十三经注疏·春秋左传正义》,北京大学出版社,1999年,第341页。

② 李学勤主编:《十三经注疏·春秋左传正义》,北京大学出版社,1999年,第342页。

③ 李学勤主编:《十三经注疏·春秋左传正义》,北京大学出版社,1999年,第371页。

④ 李学勤主编:《十三经注疏·春秋左传正义》,北京大学出版社,1999年,第383页。

"三月,盟于牡丘,寻蔡丘之盟,且救徐也","秋,伐厉,以救徐也"。笔者以为,齐桓公之所以不遗余力,除需要履行其诸侯长或盟主的职责之外,还有徐国为其姻亲之国的这层关系,徐嬴从中起到了积极作用,这也是徐国"恃齐救"的最大资本。

前文已经讨论,宜桐妹的最迟出生时间约等同于宜桐,约在公元前677年至前665年间。据"女子许嫁,笄而字"(《礼记·曲礼上》),又"女子十五而许嫁,二十而嫁"(《谷梁传·文公十二年》),如果宜桐妹是二十岁出嫁,那么其出嫁的最迟时间应在公元前657年至前645年之间,与徐嬴出嫁的时间范围相符合,也符合徐国在齐楚争霸中的实情。因此笔者以为,宜桐盂铭文所反映的应为徐嬴归齐。徐嬴出嫁的具体时间,可参考宜桐盂铭文来确定。铭文有"正月初吉日己酉",所谓"初吉",按照王国维先生"一月四分"的观点,"一曰初吉,谓自一日至七八日也"[①],郭沫若、唐兰、容庚等崇此说。经查《春秋朔闰表》[②],在公元前657年至公元前645年之间,符合"正月初吉日己酉"条件的,只有鲁僖公六年(前654),己酉是正月初三,正合于初吉,徐嬴应在这一天出嫁。类似的推算,如周惠王元年(前676),虢公、晋侯、郑伯使原庄公到陈国迎娶惠后,传世的陈侯簠铭文曰:"惟正月初吉丁亥,陈侯作王仲妫墉媵簠,用祈眉寿无疆,永寿用之。"[③]经查《春秋朔闰表》,公元前676年,丁亥是正月初四,正合于初吉,周惠后应在这一天出嫁。

---

① 王国维:《生霸死霸考》,《观堂集林》,北京:中华书局,1959年,第895页。

② 饶尚宽编著:《春秋战国秦汉朔闰表》,北京:商务印书馆,2006年,第1—64页。

③ 陈佩芬:《夏商周青铜器研究》(东周篇上),上海:上海古籍出版社,2005年,第62页。

五、徐嬴出嫁的盛大场面及创作背景

《礼记·内则》曰："聘则为妻。"齐桓公有夫人三人，虽然并非都是嫡妻，但应当都是通过婚礼正式聘娶的。如《左传·庄公十一年》："冬，齐侯来逆共姬。"齐桓公在该年冬天亲自迎娶王姬。结合诗歌文本，齐桓公在鲁僖公六年（前654）的正月初三，以盛大的婚礼场面，又迎娶了徐嬴。

《鹊巢》一章："之子于归，百两御之。"毛传："百两，百乘也。诸侯之子嫁于诸侯，送御皆百乘。"郑笺："之子，是子也。御，迎也。是如鸤鸠之子，其往嫁也，家人送之，良人迎之，车皆百乘，象有百官之盛。"①"鸤鸠之子"指徐嬴，前来迎娶她的车马有一百辆，不仅如此，《鹊巢》二章有"百两将之"，"将"这里指徐国送亲，送亲的车马也有一百辆。需要指出的是，《淮南子·览冥训》有"不将不迎"，既没有送亲也就不会有迎娶，说明送亲在婚礼中极为重要，因为婚礼还有"庙见""反马"等后继礼仪，需要返还女方送亲所用的车马。如《左传·宣公五年》："秋九月，齐高固来逆女，自为也。故书曰'逆叔姬'，即自逆也。冬，'来'，反马也。"杜注："礼，送女留其送马，谦不敢自安，三月庙见，遣使反马。"②在徐嬴的婚礼上，徐、齐两国均使用了上百辆车马，郑玄推测："车皆百乘，象有百官之盛。"对于齐国而言，婚礼安排得如此隆重应与桓公拥有的中原霸主地位极其重视有关，这里不排除诸多盟国遣使祝贺的可能；对于徐国而言，自

---

① 李学勤主编：《十三经注疏·毛诗正义》，北京大学出版社，1999年，第63页。
② 李学勤主编：《十三经注疏·毛诗正义》，北京大学出版社，1999年，第612页。

然要求地位等同,不能示弱于齐国,文本具有抬举徐国的意味。

上博简《孔子诗论》有三处论及该诗:第十简有"《鹊巢》之归",第十一简有"《鹊巢》之归,则离者(诸)",第十三简有"《鹊巢》出以百两,不亦有离乎"?① 三处的简文内容渐次丰富,第十简"《鹊巢》之归",表明该诗是以徐嬴出嫁为主题;第十一简"则离者","离",偶,配对,成双。《大戴礼记·虞戴德》:"会朝于天子,天子以岁二月为坛于东郊,建五色,设五兵,具五味,陈六律吕,奏五声,听明教,置离。"孔广森补注:"离,偶也。王射以六偶,诸侯四偶,大夫士三偶。凡二人偶曰离。"②结合文本,"则离者"指前来迎娶与送亲的车辆是匹配或对等的;第十三简以"出以百两"来说明"离",结合文本语境,"不亦有离乎",不仅用以说明婚礼的隆重,还有强调徐国拥有与齐国等同的地位。《鹊巢》三章有"百两成之",成,完成。《诗·大雅·灵台》:"庶民攻之,不日成之。"文本最后强调指出,是百辆马车成全了徐嬴的婚礼。在婚礼上使用百辆车马,被打上政治婚姻的烙印,应为齐桓公高度重视的结果。其直接原因,"《春秋》僖三年齐桓由陈、蔡伐楚,盟于召陵。齐未能得志于楚,于是转而经营徐、莒"③。

徐国春秋中早期的历史少有记载,根据前文对徐王的考辨,徐偃王既然为楚文王所败,他应当生活在春秋中期偏早,战败前的徐偃王应已领有淮域的群舒地区。因此,《后汉书·东夷传》才有"偃王处潢池东,地方五百里,行仁义,陆地而朝者三十有六国"。潢池疑为潢川,为春秋黄国故城所在。楚文王之前为楚武王,在位时间为公元前

---

① 曹建国:《楚简与先秦〈诗〉学研究》,武汉:武汉大学出版社,2010年,第68页。

② (清)孔广森:《大戴礼记补注》,北京:中华书局,1985年,第111页。

③ 徐中舒:《蒲姑、徐奄、淮夷、群舒考》,《四川大学学报》(哲学社会科学版)1998年第3期。

740—前690年,他"克州、蓼,服随、唐,大启群蛮"(《左传·哀公十七年》),灭国扩疆的步伐仅限于汉东地区。只是到了楚文王时期,汉东地区初定,方才有暇东顾,"实县申、息,朝陈、蔡,封畛于汝"(引文同上)。楚文王灭徐偃王,取得了群舒地区的统治权,但是徐国灭而复兴。鲁僖公二年(前658)的九月,"齐侯、宋公、江人、黄人盟于贯",杜注:"江、黄,楚与国也,始来服齐。"①江国与黄国均为东夷嬴姓,和嬴姓徐国为同族支脉。因此,次年的"徐人取舒"应得到了齐国的支持。"取舒"之后的徐国,"南收江、黄、道、柏、弦、六、蓼、英等诸小国","几乎囊括了今安徽的淮南,江北的广大地域,势力达到今河南、安徽、湖北的境上,在安徽北部、河南东南部与楚相争"②。针对春秋时徐君称王,《礼记·檀弓下》孔颖达疏:"此云'徐僭称王'者,灭而复兴,至春秋之后,僭号强大称王。"③在今天的江西高安、靖安,江苏丹徒北山顶、浙江绍兴坡塘等地,出土了大量春秋徐器,也能说明当时徐国的强大。在这个意义上,鉴于江、黄等淮域小国实力单薄,齐国就需要支持徐国重获楚国治下的群舒地区,以牵制打击楚国,滞缓楚成王锐意北上争霸的步伐。

鲁僖公五年(前655),楚国灭掉江国与黄国共同的姻亲之国弦国,弦子逃到黄国避难,对于齐盟产生了巨大的威胁。另外,齐桓公又在周惠王立太子的问题上,与周惠王产生龃龉。也许就是这种政治危局,促使齐桓公于次年正月初三聘娶徐嬴,以加强与徐国的同盟关系,实现与其并力攘楚的目的,这应为《鹊巢》创作的真实背景。

---

① 李学勤主编:《十三经注疏·春秋左传正义》,第325页。
② 李家和、刘诗中:《春秋徐器分期和徐人活动地域试探——从靖安等地出土徐国青铜器谈起》,《四川大学学报》(哲学社会科学版)1983年第1期。
③ 李学勤主编:《十三经注疏·礼记正义》,北京:北京大学出版社,1999年,第315页。

《诗·定之方中》"騋牝三千"旧解新证

陕西师范大学文学院　瞿林江

马匹贯穿于先民日常生活的各个层面,周代的养马制度有民间、官府之别,前者以《司马法》所代表的井田车马赋税为代表,而后者即"御马"则能体现天子、诸侯的等级地位与治国政绩。《诗·鄘风·定之方中》就是赞美卫文公"灭而复兴,徙而能富"之诗,其末章有云"匪直也人,秉心塞渊,騋牝三千",就是全诗点睛之笔,而对"騋牝三千"的解读不仅牵涉诗人歌颂卫文公的治国政绩,更是我们了解春秋时期诸侯国养马制度的重要史料。毛传对"騋牝三千"的注解,从现存文献中来看,很具代表性,其云"马七尺以上曰騋,騋马与牝马也",前半句与《周礼·廋人》"马八尺以上为龙,七尺以上为騋,六尺以上为马"相合,当无疑问,而后半句则颇让人费解。郑玄"以礼笺诗"说"国马之制,天子十有二闲,马六种,三千四百五十六匹。邦国六闲,马四种,千二百九十六匹",即根据《周礼·校人》的记载而来,其云:

> 辨六马之属:种马一物,戎马一物,齐马一物,道马一物,田马一物,驽马一物。凡颁良马而养乘之。乘马一师四圉。三乘为皂,皂一趣马。三皂为系,系一驭夫。六系为厩,厩一仆夫。六厩成校,校有左右。驽马三良马之数,丽马一圉,八丽一师,八师一趣马,八趣马一驭夫。天子十有二闲,马六种。邦国六闲,马四种。家四闲,马二种。凡马,特居四之一。①

---

① （清）阮元校刻:《十三经注疏》,北京:中华书局,2009年,第1867、1858页。

郑玄"以礼笺诗"说"国马之制,天子十有二闲,马六种,三千四百五十六匹。邦国六闲,马四种,千二百九十六匹",即根据《周礼·夏官·校人》的记载而来,其云:

> 辨六马之属:种马一物,戎马一物,齐马一物,道马一物,田马一物,驽马一物。凡颁良马而养乘之。乘马一师四圉。三乘为皂,皂一趣马。三皂为系,系一驭夫。六系为厩,厩一仆夫。六厩成校,校有左右。驽马三良马之数,丽马一圉,八丽一师,八师一趣马,八趣马一驭夫。天子十有二闲,马六种。邦国六闲,马四种。家四闲,马二种。凡马,特居四之一。①

从中可知只有七尺以上的良马才能"养乘之",才能用于种、戎、齐、道、田五类的车驾。《考工记·辀人》虽然有驽马车辀,但实际上是不能用于"五路"即正规车驾的。

所谓"乘马"即四匹良马,"三乘为皂""三皂为系""六系为厩",则一厩即 $4 \times 3 \times 3 \times 6 = 216$ 匹。又因为"六厩成校,校有左右",故每种良马实际为两厩(二闲),即"216×2"匹;"驽马三良马之数",故驽马为"$216 \times 2 \times 3$"匹。

根据郑玄注和孙诒让《周礼正义》等疏解,我们可以依次推导出诸侯邦国、大夫之家所养马匹的数量,为便于下文论述,列表如下:

---

① (清)阮元校刻:《十三经注疏》,北京:中华书局,2009 年,第 1867、1858 页。(为节省篇幅,本文后不注版本等信息)

表1 《周礼·校人》所载天子、诸侯、大夫闲厩所养马匹数

级别	六马						合计(匹)
	种	戎	齐	道	田	驽	
天子	216×2	216×2	216×2	216×2	216×2	216×2×3	3456
邦国			216	216	216	216×3	1296
家					216	216×3	864

郑玄正是根据《周礼》的这个规定而得出此般结论,可见"以礼笺诗"的指导思想是一以贯之的。而郑笺中所谓"马有三千",就是对毛传"牝马与牝马"的进一步肯定。孔疏进一步解释说:

> 此"三千",言其总数。国马供用,牝牡俱有,或七尺、六尺,举"骐牝"以互见,故言"骐马与牝马也"。知非直牝而七尺有三千者,以诸侯之制①,三千已多,明不得独牝有三千。《辀人职》注云:"国马,谓种马、戎马、齐马、道马,高八尺。""田马七尺。""驽马六尺。"此天子国马有三等,则诸侯国马之制不一等,明不独七尺也。乘车、兵车及田车高下各有度,则诸侯亦齐、道高八尺,田马高七尺,驽马高六尺。独言骐马者,举中言之。②

可见在唐以前不是没有人认为所谓"骐牝三千"就是"直牝而七尺有三千",但孔颖达始终恪守"疏不破注"的原则,站在毛传、郑笺的一边,于此观点予以驳斥,而给出所谓"诸侯之制,三千已多,

---

① "制"原作"牝",据孙诒让《十三经注疏校记》(北京:中华书局,2009年,第33页)改。

② 《十三经注疏·毛诗正义》,第667页。

明不得独牝有三千""独言骊马者,举中言之"等作为理由,但缺乏强有力的说服力。

清代主流学者于此问题多半依从毛传、孔疏之说,如马瑞辰说"《诗》特言七尺以上之骊以该龙与马,言牝以该牡,故传言'骊马与牝马也',非谓'骊牝'即专指骊马之牝者"①,陈奂说"诸侯乘骊,骊为文公所自乘之马。牝马,母马也。'骊牝'非骊之牝,'三千'亦非骊与牝合三千。马有三千者,统通国言,若'邦国六闲、马四种,家四闲、马二种',皆是也"②,王先谦说:"骊是马种之良,牝则用以蕃育,举良马以概其余,言牝而牡可弗计也。……'三千'非实有其事……是国人十倍之数,期望颂美之词耳"③等,比较具有代表性。

我们认为即便如毛传所说,卫国的马匹总数有三千,虽没有达到周天子的规格,但还是远远超过《周礼》所规定的一千二百九十六匹。郑笺又替卫文公辩护说"卫之先君兼邶、鄘而有之,而马数过礼制。今文公灭而复兴,徙而能富,马有三千,虽非礼制,国人美之",即卫国人默许了文公的越礼行为。郑玄笺《诗》如此牵合《周礼》,却又替文公的越礼行为辩护,这是十分说不通的。而要弄清楚此问题,其关键处正在"骊牝"二字上。前人多认为最早对"骊牝"之加以解释的并非毛传,而是《尔雅·释畜》所云"骊牝,骊牡",毕竟"《尔雅》与毛传成书性质各异","《尔雅》非依毛传成

---

① 马瑞辰撰,陈金生点校:《毛诗传笺通释》,北京:中华书局,1989年,第186页。

② 陈奂撰,滕志贤整理:《诗毛氏传疏》,南京:凤凰出版社,2018年,第166页。

③ 王先谦撰,吴格点校:《诗三家义集疏》,北京:中华书局,1987年,第244页。

书",且"早于毛传之可能性较大"①,所以我们得先从《尔雅》说起。

东晋郭璞于《释畜》"骊牝,骊牡"下注云"《诗》云:'骊牝三千。'马七尺已上为骊,见《周礼》"②,可见郭璞已断定《尔雅》"骊牝"即《诗》之"骊牝",只是具体文意没作交代。唐孔颖达云:"或《尔雅》释《诗》云'骊牝'。"③贾公彦云:"引《尔雅》所释,释《诗》'骊牝三千'。"④《说文》历来被小学家奉为圭臬,其于"骊"字下亦引《诗》"骊牝骊牝",清段玉裁注云:

> 下"牝"字,各本作"牡",今正。《诗》曰:"骊牝三千。"毛传曰:"骊牝,骊马与牝马也。"《释兽》曰:"骊牝,骊牝。"今《尔雅》讹作"骊牡",而《音义》不误,可考。《音义》曰:"骊牝,频忍反,下同。"下同者,即谓"骊牝"也。此以"骊牝"释《诗》之"骊牝"。"骊"与"骊"以双声为训,谓骊马骊色,亦兼牝马也。此与"《诗》曰不骎不来也"合偶《诗》《尔雅》正同。⑤

---

① 卢国屏:《〈尔雅〉与〈毛传〉之比较研究》,台北:花木兰出版社,2009年,第107页。
② 《十三经注疏·尔雅注疏》,第5770页。关于《尔雅》此处的文字、句读,另有郑玄"骊:牝骊,牡玄"与"骊:牡骊,牝玄"两种,皆非《尔雅》之本意,详见拙作《〈尔雅〉"骊牝,骊牡"句读新证》一文(未刊稿)。
③ 《十三经注疏·礼记正义》,第2764页。
④ 《十三经注疏·周礼注疏》,第1860页。
⑤ 段玉裁撰,许惟贤整理:《说文解字注》,南京:凤凰出版社,2015年,第809、810页。王筠认为段氏《说文》改"牡"为"牝"为非,"段氏改'牡'为'牝',正同孙叔然改'牝'为'牡'也,且所云'频忍反,下同'者,谓'牝曰骎'之'牝'同耳,岂可证'牡'为'牝'乎?"见《说文释例》,北京:中华书局,1987年,第440页上。

也表示出类似的观点,只误改原文"牡"为"牝",以配合其说。

我们认为《尔雅》"騋牝"的确与《诗》之"騋牝"为同一词,但其义为騋之牝,非"騋马与牝马";"骊牡"为骊之牡,且"骊牡"并非解释"騋牝",因为"騋牝"若是解释《诗》,当如下文"'既差我马',差,择也"之例云"'騋牝三千',騋,骊也"。《尔雅》此条"騋牝,骊牡,玄驹,褭骖"当合观,其意为"以騋为牝,以骊为牡,而生玄驹,则谓之褭骖也"①,何以见得?

《史记·匈奴列传》索隐引崔豹《古今注》古本云"驴牡马牝,生騾"②(《说文》云:"騾,驴父马母。"),句法与此相似,而《古今注》今本作"驴为牡,马为牝,即生騾;马为牡,驴为牝,即生駃"③,可算是对古本的进一步阐释。"騾"即马騾,个大却脾气倔;"駃"即驴騾,个小却善奔跑,北魏贾思勰解释说:"騾:驴覆马,生騾则难。常以马覆驴,所生騾者,形容壮大,弥复胜马。然必选七八岁草驴,骨目正大者。母长则受驹,父大则子壮。"④可见像马、驴这样的哺乳动物,其外形高大与否取决于其母,而能力秉性则取决于其父。"騕褭"为古之良马,其名当取自"褭骖",故其母必然高大,其父必然俊美。又"七尺以上为騋""马黑色曰骊",因此从简单的生物学常识上判断,騋之牝与骊之牡结合方能生产出"褭骖"这样成年后为骏马的小马驹,今蜚声国际的著名生物学家郭郛(1922—)即认

---

① (宋)罗愿撰,石云孙校点:《尔雅翼》,合肥:黄山书社,2013 年,第 270 页。

② (汉)司马迁撰,(唐)司马贞索隐,赵生群等整理:《史记》,北京:中华书局,2013 年,第 9 册,第 3462 页。

③ (晋)崔豹撰,牟华林校笺:《古今注校笺》,北京:线装书局,2015 年,第 102 页。

④ (北魏)贾思勰撰,石声汉今释:《齐民要术今释》,北京:中华书局,2009 年,第 516、517 页。

可了这样的说法。①

《尔雅》"骊牡"虽非解释"騋牝",但却说明了不管是"骊牡",还是"騋牝",其二字都是一体的两个侧面,而不是分开的独立的两个个体。当然,除《尔雅》《说文》,两汉时还有《焦氏易林》屡次提及"騋牝",如:

> 《小畜之剥》云"王母送我,騋牝字驹",尚秉和曰"字,乳也"。《无妄》云"騋牝龙身,日驭三千",吴棫《韵补》"騋牝"作"牝马"。②
> 《观之比》云"麟趾龙身,日驭三千",翟校本"麟趾"作"騋牝",《四部》注引《诗》传云"子孙宗族皆化于善"。《井》云"玂牝龙身,进所无前",《士礼》本"玂"作"驴",《象解》云"玂,良犬也"。③
> 《恒之鼎》云:"騋牝龙身,日驭三千。"④

既能生马驹,又与"龙身""牝马""麟趾""玂牝"等对称,则《易林》中的"騋牝"只能理解为騋之牝者,即母良马。

如果我们将范围进一步扩大,搜罗秦汉时期出土文献中哺乳动物名与"牝"或"牡"相组合的词汇,也有大量相关的例证,如:

> 《睡虎地秦墓楚简·秦律杂抄》:"牛大牝十,其六毋

---

① 郭郛:《尔雅注证》,北京:商务印书馆,2013 年,第 747 页。
② 徐传武,胡真:《易林汇校集注》,上海:上海古籍出版社,2012 年,第 364—366 页。
③ 徐传武,胡真:《易林汇校集注》,第 763、785 页。
④ 徐传武,胡真:《易林汇校集注》,第 1219 页。

(无)子,……羊牝十,其四毋(无)子。"《封诊氏·盗马》:"马一匹,骓牝,右剽。"等。①

《居延汉简 EPC:1》:"驿马一匹,骍牡,左剽,齿八岁。"《225·44》:"马一匹,駓牡,齿㭥岁。"《N120A*》:"马一匹,骠牡,齿六岁。"《154·15》:"马一匹,骊牝,齿十三岁。"等。②

《敦煌悬泉汉简·传马名籍·简84》:"传马一匹,駓牡,齿八岁。"《简85》:"传马一匹,骝牡,齿八岁。"《简90》:"传马一匹,騧牡,左剽,齿八岁。"《简94》:"传马一匹,骝牡,左剽,齿八岁。"等。③

从中不难看出,"牝"或"牡"与该动物是一体的,而非并列关系。因此"騋牝"为母良马的概念,确信无疑。毛传、郑笺将"騋牝"一分为二,是不符合秦汉以前类似组词的释义惯例的。当然,宋代以来亦有不赞同毛传者,如南宋范处义说"举马而言,其高大而牝者至三千之多"④,南宋朱熹说"盖其所畜之马,七尺而牝者,亦已至于三千之众矣"⑤,清代李慈铭说得就更清楚了,云:"其实诗人特形容其马之多,谓騋马之牝者有三千耳。马七尺以上为騋,举此

---

① 陈伟主编:《秦简牍合集》,武汉:武汉大学出版社,2015年,第1册上,第183、294页。
② 李天虹:《居延汉简簿籍分类研究》,北京:科学出版社,2003年,第151、152页。
③ 张俊民:《敦煌悬泉置出土文书研究》,兰州:甘肃教育出版社,2015年,第315、316页。
④ 范处义:《诗补传》卷四,《影印文渊阁四库全书》,台北:台湾商务印书馆,1983年,第72册,第79页。
⑤ (宋)朱熹撰,赵长征点校:《诗集传》,北京:中华书局,2017年,第48页。

以见马之壮大,牝马至三千,极言其字畜之盛。'千'者,都数之名;'三'者,积数之辞,非实有三千,不必分'騋牝'为二也。"①只是并未得到普遍认可。

虽然我们尚不清楚《周礼》所规定的天子、诸侯的御马数量是否反映的是西周初年的状况,但在几百年后的春秋时期,此礼法显然早已崩溃。

《左传·闵公二年》记载卫懿公晚年因好鹤而被狄人所杀,宋桓公整合卫国的遗民共五千人,渡过黄河,立戴公为君,驻扎在曹邑(今河南滑县),而齐桓公"使公子无亏帅车三百乘、甲士三千人以戍曹。归公乘马,(杜注:四马曰乘。)祭服五称,牛、羊、豕、鸡、狗皆三百",即文公即位的前一年,卫国只有齐桓公馈赠的车一辆、四匹马。而《管子·小匡》云"狄人攻卫,卫人出旅于曹,桓公城楚丘封之,其畜以散亡,故桓公予之系马三百匹,(注:谓马在闲厩系养之,言其良也。)天下诸侯称仁焉"②,《国语·齐语》亦有相同记载,却与《左传》不同。章太炎、杨伯峻认为"乘马,皆指驾车之马",非一乘之马,故杜注误,当从《管子》《齐语》"三百匹"之说。③

这三百匹御马虽然数量不多,但可想见基本涵盖《周礼》所说的齐、道、田、驽四种马,故七尺以上的良马只有一半,即一百五十匹左右。《周礼》又说"凡马,特居四之一"(特,牡),即御马在豢养时要遵守"三牝一牡"比例分配食物、起居,以便日后驾乘同心协力,故这一百五十匹中牝马,即"騋牝"约有一百一十匹,牡马只有

---

① 李慈铭撰,由云龙辑:《越缦堂读书记》,北京:中华书局,2006年,第2册,第571页。
② 黎翔凤撰,梁运华整理:《管子校注》,北京:中华书局,2004年,第439页。
③ 杨伯峻:《春秋左传注》,北京:中华书局,2009年,第267页。

四十匹。如果再按照《诗·卫风·硕人》所谓"四牡有骄,朱幩镳镳,翟茀以朝"(供仪仗使用的齐马)、《秦风·小戎》所谓"四牡孔阜,六辔在手"(供征战的戎马)、《小雅·四牡》所谓"四牡騑騑,周道倭迟"(供奔驰途驿的道马)、《小雅·车攻》所谓"四牡庞庞,驾言徂东"(供田猎使用的田马)的规制,四匹牡马驾一车,那么卫国此时的马匹只能装配十辆车,供文公仪仗、途驿、田猎驱使。但设若降低规制,四匹马中掺入牝马,也未尝不可,这在传世文献中也有相关记载,比如:

  《列女传·赵津女娟》:"昔者汤伐夏,左骖牝骊,右骖牝靡,而遂放桀;武王伐殷,左骖牝骐,右骖牝骥,而遂克纣。"①
  《韩非子·外储说左》:"孙叔敖相楚,栈车牝马,砺饭菜羹。"②
  《汉书·食货志》:"众庶街巷有马,阡陌之间成群,乘牸牝者摈而不得会聚。"孟康注曰:"皆乘父马,有牝马间其间则踶啮,故斥出不得会同。"师古曰:"言时富饶,故耻乘牸牝,不必以其踶啮也。"③

只是牡贵于牝,驾车掺杂牝马可,设或纯用牝马,则显得主人卑贱。商汤、周武王立国时,国力有限,故戎车驷马中可夹杂两头

---

① (汉)刘向撰,刘晓东校点:《列女传》,沈阳:辽宁教育出版社,1998年,第63页。
② (清)王先慎撰,钟哲点校:《韩非子集解》,北京:中华书局,1998年,第305页。
③ (汉)班固撰,(隋唐)颜师古注:《汉书》,北京:中华书局,1962年,第4册,第1136页。

牝马。卫文公初期,卫国刚刚脱离内乱,国力贫乏,情况与之类似,一乘车四匹马中掺入牝马的可能性是完全存在的。若此,这三百匹马御马至少能组装二十至四十辆马车,取其中数,即大约在三十辆左右,这倒和《左传·闵公二年》记载的"元年,革车三十乘;季年,乃三百乘"(杜注:"革车,兵车。季年,在僖二十五年。盖招怀逃散,故能致十倍之众。")数量大体一致。卫文公末年,国力巨增,牝马想必不当再大幅度地充当仪仗、途驿、田猎之用了。既然纯用牡,则"革车三百乘"得有七尺以上牡马一千两百匹,按照"特居四之一"的比例换算,七尺以上牝马,即"騋牝"当有三千六百匹,这也正好和《诗》"騋牝三千"大致相符。但我们必须清楚,"革车三十乘""革车三百乘"乃井田车马赋,"系马三百匹""騋牝三千"乃文公之御马数,两者不可类况换算。① 后世学者,如陈奂、王先谦等多不明此,常以战车数量增加了十倍,而由"系马三百匹"到"騋牝三千"也是十倍,进而附和孔颖达"'三千'言其总数""三千者,统通国言",这是不准确的。

　　《定之方中》是首现实主义的纪实史诗,情景、语言都与《国风》其他抒情诗迥异,为了赞颂文公的丰功伟绩,作者不惜笔墨,从都市筹建、宫殿营造,到劝农耕桑,一一列举,细致缜密。因此,我们可以说"騋牝三千"并非作者夸大虚指,而是客观描述,这与全诗整体的描写风格也是一致的。按照"特居四之一"的比例换算,此时卫国七尺以上的公良马当有一千匹左右,那么文公末年七尺以上的御马至少有四千匹,加上与之等数的驽马,文公晚年所拥有的御马总数至少有八千匹。换言之,卫文公在位期间,卫国战车的数量增加了十倍,而御马的数量却增加了近三十倍。这虽然超过《周

---

① 孔颖达云:"国马,谓君之家马也。其兵赋,则《左传》曰'元年革车三十乘,季年乃三百乘'是也。"(《十三经注疏·毛诗正义》,第667页下)

礼》所规定的邦国御马数量,就连周天子也望尘莫及,但应当是符合历史事实的。那么卫国如此多的御马,在春秋时期的各个诸侯中算不算多呢?答案是否定的。

《论语·季氏》云"齐景公有马千驷,死之日,民无德而称焉",《说文》云"驷,一乘也",按《周礼》,齐景公末年则拥有的七尺以上的公马数就有四千匹左右①,御马总数则有三万两千多匹,是卫文公晚年的四倍,是《周礼》规定周天子的近十倍。齐景公末年比卫文公末年要晚一百四十五年,已经是春秋末期。从这一点来说,周礼的崩溃也并非完全是世风日下、人心不古,而是生产力发展的必然结果,是很自然的事。郑玄"以礼笺诗"固然有其时代背景与经学价值,但却忽略了社会发展这一重要事实,读者鉴焉。

---

① 阎若璩云:"千驷,盖指公马之畜于官者,非国马之散在民间者也。"见刘宝楠撰,高流水点校:《论语正义》,北京:中华书局,1990年,第666页。

张衡《思玄赋》用《诗》考论

北华大学文学院　任树民

以散体大赋奠定汉赋"四大家"地位的张衡,吊诡的是,"精思傅会,十年乃成"的代表作《二京赋》却缺载"以史传文"的范书本传。范晔《后汉书·张衡列传》于传主选文四篇,即《思玄赋》《应间》《上陈事疏》和《请禁绝图谶疏》。由是,引起治赋名家许结先生的疑问:范书何以对张衡众多赋作仅录《思玄》?许著专文《张衡〈思玄赋〉解读——兼论汉晋言志赋之承变》蠡测释疑并据此生发探究了《思玄赋》在赋学史上的意义。在汉人看来,赋乃"古《诗》之流""雅颂之亚""六义附庸,蔚成大国",是一种与《诗经》具有独特亲缘关系的文学体式。正因此,自春秋"赋诗断章",战国诸子称《诗》,汉赋用《诗》又成了一种文学史现象。作为《汉达古籍研究丛书》之一的《先秦两汉典籍引〈诗经〉资料汇编》(何志华、陈雄根编著,香港中文大学出版社2004年版),对两汉典籍称引《诗经》的资料做了较为详尽的梳理,嘉惠学林实多。然而囿于体例,该书对两汉诗赋称引《诗经》的搜集整理却缺漏甚夥,曹建国先生曾著《两汉诗赋引〈诗〉考论》予以"补遗"。① 《思玄赋》征引文献比较丰富,据许结先生的统计,引《诗》方面,《毛诗》20处,《韩诗》1处,《逸诗》1处。② 许文的兴趣点不在《思玄赋》的引《诗》研究,因此,只给出了数字,而没有列举具体出处。《先秦两汉典籍引〈诗经〉资料

---

① 何志华、沈培等编:《先秦两汉古籍国际学术研讨会论文集》,北京:社会科学文献出版社,2011年,第194—219页。
② 许结:《张衡〈思玄赋〉解读——兼论汉晋言志赋之承变》,《社会科学战线》1998年第6期,第109页。

汇编》《两汉诗赋引〈诗〉考论》都考证枚举了《思玄赋》的引《诗》例句，但与许结先生的统计都有一定的差距。鉴于《思玄赋》在张衡赋作乃至整个赋学史上的特殊意义，本文拟详细考证《思玄赋》的用《诗》情况，并就其用《诗》特点及价值一探究竟。

一、从《文选》注看《思玄赋》用《诗》

《思玄赋》曾为历代重要的文学总集所重视，最早以"志"类跟班固《幽通》、潘岳《闲居》以及张衡的另一名篇《归田》共入昭明《文选》。《文选》李善、吕延济等六臣注为我们研究《文选》选篇提供了大量的文献资料。下面我们即以1977年中华书局影印胡克家据南宋尤袤所刻《文选》李善注本（下文简称胡刻本）为底本，同时参校四部丛刊影宋本《六臣注文选》（下文简称四部丛刊本）和日本足利学校藏宋刊明州本《六臣注文选》（下文简称足利本），先从六臣注入手来探究《思玄赋》的引《诗》问题。在李善注《文选》之前，《思玄赋》曾有"旧注"，关于"旧注"，李善说："未详注者姓名，挚虞《流别》题云衡注，详其义训，甚多疏略，而注又称愚以为，疑非衡明矣，但行来既久，故不去。"①而引《诗》"举先以明后，以示作者必有所祖述"最早即见于"旧注"。② "旧注"引《诗》以示赋文"有所祖述"共有3条，分别是：

（1）释"览烝民之多僻兮，畏立辟以危身"。"旧注"曰："僻，邪也。辟，法也。"《毛诗》曰："民之多僻，无自立辟。"

（2）释"咽河林之蓁蓁兮，伟《关雎》之戒女"。"旧注"曰：

---

① （梁）萧统编，（唐）李善注：《文选》，北京：中华书局，1977年，第213页。

② （梁）萧统编，（唐）李善注：《文选》，北京：中华书局，1977年，第21页。

"《诗》曰:关关雎鸠,在河之洲。窈窕淑女,君子好逑。"

(3)释"寒风凄而永至兮,拂穹岫之骚骚"。"旧注"曰:"《毛诗传》曰:骚,动也。"

三条"旧注"(1)(2)两条可以明确是称引《诗经》,而第(3)条"骚,动也"见《大雅·常武》"徐方绎骚""骚"的"传"。此处"骚,动也"只是引典释词义,跟赋句称引《诗经》无关。因此,依凭"旧注"可以明确《思玄赋》引《诗》的只有两条。

第2条"旧注"胡刻本、四部丛刊本以及足利本均是以"《诗》曰"引出《关雎》第一章,并没有指出所引《诗》是四家诗的哪一家。引《诗》"君子好逑"的"逑"四部丛刊本以及足利本均作"仇"。王先谦《诗三家义集疏》"君子好逑"注曰:"鲁齐'逑'作'仇'。"疏曰:"'鲁逑作仇'者,《释诂》:'仇,匹也。'《众经音义》引李巡注:'仇,怨之匹也。怨耦曰仇。'郭注:'《诗》曰:君子好仇。'据此,鲁作'仇'。'齐逑作仇'者,匡衡传及《礼·缁衣》引作'仇',乃齐作'仇'之验。"①然案《经典释文》则云《毛诗》:"逑音求,毛云'匹也',本亦作仇,音同。"②阮元校勘《毛诗注疏》则认为"《释文》所载'亦作仇'者是依笺改经"③,即在阮元看来,陆德明是依据《郑笺》"怨耦曰仇"说《毛诗》"君子好逑"的"逑""亦作仇",而这一看法是错误的,是"依笺改经"。不过,由此可见,陆德明所在的时代,《毛诗》"君子好逑"的"逑"亦可作"仇"。王先谦《诗三家义集疏》"在河之洲"注曰:"三家'洲'作'州'。"疏曰:"三家'洲'作'州'者,《说文》'州'下云:'水中可居曰州,周绕其旁,从重川。'《诗》曰:

---

① 王先谦:《诗三家义集疏》,北京:中华书局,1987年,第9—10页。
② (清)阮元校刻:《十三经注疏·毛诗正义》,北京:中华书局,1980年,第273页。
③ (清)阮元校刻:《十三经注疏·毛诗正义》,北京:中华书局,1980年,第276页。

'在河之州。''洲'俗字,知三家作'州'也。"①综上,对勘今传《毛诗》,第(2)条"旧注"引《诗》即便作"君子好仇",其《诗》跟(1)(3)一样,也基本上可以确定出自《毛诗》。绾合前揭,"旧注"3 条均是引《毛诗》"举先以明后",并昭示出《思玄赋》引《诗》两处。

吕延济等五臣注《文选》注重"训释旨意,多不原用事所出"②,而李善注则偏重于释事和辞藻的溯源。正因此,作为儒家经典的《诗经》成了李善"举先以明后"的重要释典来源,在注文中大量征引,相比之下,五臣注的数量就少了很多。下面以列表的形式以见六臣注具体引《诗》情况。由于五臣注引《诗》只有两条,因此,表中五臣注列入备注栏与其他相关问题一起呈现。需要说明的是,备注栏所引《毛诗》出自乾隆四十八年武英殿仿刊相台岳氏五经本《毛诗》,同时参校孔祥军先生以此为底本的北京:中华书局 2018 年整理本《毛诗传笺》。

表1 《文选·思玄赋》六臣注引《诗》一览表

序号	胡刻本《思玄赋》赋文	胡刻本李善注	引自《诗》篇名称	备注
1	志抟抟以应悬兮,诚心固其如结。	《毛诗》曰:劳心团团。忧劳也。又曰:心之忧矣,如或结之。	桧风·素冠 小雅·正月	今本《毛诗》《素冠》作"劳心慱慱兮"。《传》:"慱慱,忧劳也。"
2	幽独守此仄陋兮,敢怠遑而舍勤。	《毛诗》曰:不敢怠遑。	商颂·殷武	

---

① 王先谦:《诗三家义集疏》,北京:中华书局,1987 年,第 8—9 页。
② (梁)萧统编,(唐)李善注:《文选》,北京:中华书局,1977 年,第 839 页。

续表

序号	胡刻本《思玄赋》赋文	胡刻本李善注	引自《诗》篇名称	备注
3	何孤行之茕茕兮,子不群而介立。	《毛诗》曰:独行茕茕。	唐风·杕杜	今本《毛诗》作"独行睘睘"。
4	感鸾鷖之特栖兮,悲淑人之希合。	《毛诗》曰:淑人君子,其仪不忒。	曹风·鸤鸠	
5	览蒸民之多僻兮,畏立辟以危身。	《毛苌传》曰:辟,法也。民之行多为邪辟,此言无遗为法也。	大雅·板	旧注引《毛诗》曰:"民之多僻,无自立辟。"今本《毛诗》作"民之多僻,无自立辟"。
6	斥西施而弗御兮,縶騕褭以服箱。	《毛诗》曰:睆彼牵牛,不可以服箱。	小雅·大东	今本《毛诗》"不可以服箱"无"可"字。
7	袭温恭之黻衣兮,被礼义之绣裳。	《毛诗》曰:君子至止,黻衣绣裳。	秦风·终南	
8	淹栖迟以恣欲兮,耀灵忽其西藏。	《毛诗》曰:衡门之下,可以栖迟。	陈风·衡门	

续表

序号	胡刻本《思玄赋》赋文	胡刻本李善注	引自《诗》篇名称	备注
9	冀一年之三秀兮,遒白露之为霜。	《毛诗》曰:蒹葭苍苍,白露为霜。	秦风·蒹葭	
10	遇九皋之介鸟兮,怨素意之不逞。	《毛诗》曰:鹤鸣于九皋。	小雅·鹤鸣	
11	躔建木于广都兮,扶若华而踌躇。	《韩诗》曰:爱而不见,搔首踟躇。薛君曰:踟躇,踯躅也。	邶风·静女	今本《毛诗》作:"爱而不见,搔首踟蹰。"
12	恓河林之蓁蓁兮,伟《关雎》之戒女。	毛苌《诗传》曰:蓁蓁,至盛也。	周南·关雎	"旧注"引《诗》见前文。李善注出自《周南·桃夭》"桃之夭夭,其叶蓁蓁"《传》:"蓁蓁,至盛貌。"五臣吕向有注,足利本注文较详:"《诗》云:'关关雎鸠…君子好仇。'黄帝之神既未

续表

序号	胡刻本《思玄赋》赋文	胡刻本李善注	引自《诗》篇名称	备注
12				乃息于河林之中,美关雎之诗以戒女也。"
13	王肆侈于汉庭兮,卒衔恤而绝绪。	《毛诗》曰:出则衔恤。	小雅·蓼莪	
14	毋绵挛以倖己兮,思百忧以自疹。	《毛诗》曰:我生之后,逢此百忧。	王风·兔爰	
15	有无言而不酬兮,又何往而不复。	《毛诗》曰:无言不酬,无德不报。	大雅·抑	今本《毛诗》"无言不酬"作"无言不雠"。
16	寒风凄其永至兮,拂穹岫之骚骚。			旧注:"《毛诗传》曰:骚,动也。"李善曰:"骚骚,风劲貌。"《毛诗传》引自《大雅·常武》"徐方绎骚"《传》。

续表

序号	胡刻本《思玄赋》赋文	胡刻本李善注	引自《诗》篇名称	备注
17	献环琨与琛缡兮,申厥好以玄黄。	薛君《韩诗章句》曰:缡,带也。		
18	天地烟煴,百卉含葩。	毛苌《诗传》曰:卉,草也。		"卉"今本《毛诗》写作"卉"。《诗传》出自《小雅·出车》"卉木萋萋"和《小雅·四月》"百卉俱腓"《传》:"卉,草也。"
19	鸣鹤交颈,鵙鸠相和。	《诗》曰:关关鵙鸠。	周南·关雎	今本《毛诗》"鵙"作"雎"。
20	处子怀春,精魂回移。	《毛诗》曰:有女怀春。	召南·野有死麕	
21	如何淑明,忘我实多。	《毛诗》曰:如何如何,忘我实多。	秦风·晨风	
22	将答赋而不暇兮,爰整驾而亟行。	《毛诗》曰:尔之亟行,皇脂尔车。	小雅·何人斯	今本《毛诗》写作"遑脂尔车"。

续表

序号	胡刻本《思玄赋》赋文	胡刻本李善注	引自《诗》篇名称	备注
23	瞻昆仑之巍巍兮,临萦河之洋洋。	《毛诗》曰:河水洋洋。毛苌曰:洋洋,盛大也。	卫风·硕人	
24	屑瑶蕊以为糇兮,斮白水以为浆。	毛苌《诗传》曰:糇,食也。又曰:斮,挹也。		"糇,食也"出自《小雅·伐木》"干餱以愆"《传》,今本《毛诗》字作"餱"。另,《小雅·无羊》"或负其餱"字亦作"餱",无传。《小雅·大东》"不可以挹酒浆"《毛传》:"挹,斮也。"
25	安和静而随时兮,姑纯懿之所庐。	《韩诗》曰:静,贞也。		
26	既防溢而靖志兮,迨我暇以翱翔。	《毛诗》曰:迨我暇矣。又曰:将翱将翔。	小雅·伐木 郑风·女曰鸡鸣	《伐木》:"迨我暇矣,饮此湑矣。"《女曰

续表

序号	胡刻本《思玄赋》赋文	胡刻本李善注	引自《诗》篇名称	备注
26			郑风·有女同车	鸡鸣》:"将翱将翔,弋凫与雁。"《有女同车》:"将翱将翔,佩玉琼琚。""将翱将翔,佩玉将将。"
27	乘天潢之汎汎兮,浮云汉之汤汤。	《毛诗》曰:倬彼云汉。	大雅·云汉	
28	悲离居之劳心兮,情悁悁而思归。	《毛诗》曰:劳心悁悁。	陈风·泽陂	今本《毛诗》作"寤寐无为,中心悁悁"。
29	魂眷眷而屡顾兮,马倚輈而徘徊。	《韩诗》曰:眷眷怀顾。《毛诗》曰:屡顾尔仆。	小雅·小明 小雅·正月	今本《毛诗》《小明》:"念彼共人,睠睠怀顾。"
30	收畴昔之逸豫兮,卷淫放之遐心。	《毛诗》曰:逸豫无期。《毛诗》曰:无金玉尔音,而有遐心。	小雅·白驹	今本《毛诗》"无金玉尔音"作"毋金玉尔音"。

续表

序号	胡刻本《思玄赋》赋文	胡刻本李善注	引自《诗》篇名称	备注
31	御六艺之珍驾兮,游道德之平林。	《毛诗》曰:依彼平林。	小雅·车舝	
32	玩阴阳之变化兮,咏《雅》《颂》之徽音。	《毛诗》曰:大姒嗣徽音。	大雅·思齐	
33	恭夙夜而不贰兮,固终始之所服。	《毛诗》曰:夙夜在公。	召南·采蘩	
34	苟中情之端直兮,莫吾知而不恧。	《小雅》曰:小愧为恧。		注文《小雅》指《小尔雅》,跟《诗经·小雅》无关。今本《小尔雅》作"心惭为恧",宋翔凤《小尔雅训纂》曰:"《方言》六注引《小尔雅》曰'心愧为恧'。"据此,注文"小愧为恧"的"小"当是"心"之讹。

续表

序号	胡刻本《思玄赋》赋文	胡刻本李善注	引自《诗》篇名称	备注
35	不出户而知天下兮,何必历远以劬劳。	《毛诗》曰:之子于征,劬劳于野。	小雅·鸿雁	
36	天长地久岁不留,俟河之清祗怀忧。	《左氏传》,子驷曰:周谚有之,曰:俟河之清,人寿几何。杜预曰:逸诗也,言人寿促而河清迟也。	逸诗	
37	天不可阶仙夫稀,柏舟悄悄吝不飞。	《柏舟》,《诗》篇名也。注:愠,怨也。悄悄,忧貌。群小,众小人在君侧也。吝,恨也。其诗曰:忧心悄悄,愠于群小。又曰:静言思之,不能奋飞。注:不如鸟奋翼而飞去。臣不遇于君,犹不忍去,厚之至也。	邶风·柏舟	四部丛刊本吕延济注:"《柏舟》,《诗》篇名。其诗云:'忧心悄悄,愠于群小。''静言思之,不能奋飞。'悄悄,忧貌。吝,恨也。言怨小人在朝,恨不如鸟奋翼而去。"

据上表,五臣注只有第12和37两条引《诗》"原用事所出",不过在与李善关于《思玄赋》引《诗》的意见上则是一致的。《先秦两汉典籍引〈诗经〉资料汇编》汇集《思玄赋》引《诗》资料共5处,分别是上表的第5、15、19、28、37条。曹建国《两汉诗赋引〈诗〉考论》"补遗"8处,分别是上表的第1、7、9、10、12、20、21、26条。两书(篇)总计甄定13处。实际上,分析上表,第34条的《小雅》是指《小尔雅》,跟《诗经》无关,第16、17、18、24、25这5条只是引《诗》《传》释词义,而其他31条都是以不同的形式称引《诗经》,而不仅仅是前揭两书(篇)甄定的13处。不仅如此,以六臣的注释体例衡之,寻绎《思玄赋》的诸家评注,其用《诗》还可以增加4条。为了论述上的方便,我们接续上表,编号为38—41。

38.百神森其备从兮,屯骑罗而星布。《后汉书·张衡列传》李贤注:《周颂》曰:"怀柔百神。"[1]

39.考治乱于律均兮,意建始而思终。"治乱"《后汉书·张衡列传》作"理乱",李贤注:《诗序》曰:"太平之音安以乐,其政和。乱世之音怨以怒,其政乖。"[2]李贤引《诗序》之"太平"今作"治世",显然与赋文之"理乱",都是李贤因避讳而改。

40.珍萧艾于重笥兮,谓蕙芷之不香。列于《三家诗遗说考·鲁诗遗说考》《采葛》"彼采萧兮"条下。

41.欲巧笑以干媚兮,非余心之所尝。龚克昌等《两汉赋评注》:"巧笑"原指俏丽的笑容,这里有讨好的意思。《诗·卫风·硕

---

[1] (宋)范晔撰,(唐)李贤等注:《后汉书》,北京:中华书局,1965年,第1934页。

[2] (宋)范晔撰,(唐)李贤等注:《后汉书》,北京:中华书局,1965年,第1936页。

人》:"巧笑倩兮。"①

齐鲁韩三家《诗》盛于两汉而衰于魏晋,《齐诗》亡于魏,《鲁诗》亡于西晋,至唐代初期只剩下《韩诗》。尽管《韩诗》仍存,但自从郑学兴,《毛诗》独尊,《韩诗》并不为时人所重视。正因此,李善等六臣注《文选》在征引《毛诗》时无论是数量上还是类型上都远远比《韩诗》丰富。而这,也体现在李善等六臣引《诗》《传》以释《思玄赋》上。全赋注文共计引《诗》36处(上表中第34条的《小雅》跟《诗经》无关),其中31处征引《毛诗》,4处引《韩诗》,1处引《逸诗》,《毛诗》的征引数量大大高于《韩诗》。通过排比分析六臣注引《诗》,再加上补辑,可以甄定,《思玄赋》用《诗》计35处(其中含《逸诗》1处)。《思玄赋》全篇2700余字,据许结先生统计,其直接引用和明显仿其句意的文献达29种,其中征引《楚辞》63处,②而据前揭我们的统计,《诗经》紧随其后,达35处之多,远大于许结先生22次(《毛诗》20处,《韩诗》1处,《逸诗》1处)的统计数量,由此足见《诗经》对张衡赋作的影响之巨。

二、《思玄赋》用《诗》特点及价值

"诗三百"在两汉的流传以及产生的影响是双向的,既是政治的、经学的,又是诗学的、文学的。职是之故,要探究《思玄赋》的用《诗》特点及其价值就需要从经学和文学两个维度入手。"诗三百"在两汉是王朝所推崇的经学元典,就接受顺序来说,先是经学性

---

① 龚克昌、苏瑞隆等评注:《两汉赋评注》,济南:山东大学出版社,2011年,第676页。

② 许结:《张衡〈思玄赋〉解读——兼论汉晋言志赋之承变》,《社会科学战线》1998年第6期,第109页。

的,然后才是文学性的。因此,我们先从经学维度入手来看一下《思玄赋》的用《诗》特点及其价值。《诗经》是"六艺"之一的"经",而不是"诗",因此,汉人赋作往往"称《诗》以宣讲儒道、张扬经学"。① "御六艺之珍驾兮,游道德之平林",以"六艺"为车而驾驭之,以道德为林而游玩之,显然此处《诗》在"六艺"是经学之《诗》。"玩阴阳之变化兮,咏《雅》《颂》之徽音",郑玄笺"大姒嗣徽音"曰:"徽,美也。嗣大任之美音,谓续行其善教令。"②以《雅》《颂》为美音、善言,显然是以经学标准来估量《诗经》。汉人认为"正得失,动天地,感鬼神,莫近于诗",君王可以凭借《诗》"经夫妇,成孝敬,厚人伦,美教化,移风俗",因此,古有陈诗以观民风之俗:"天子五年一巡守。岁二月东巡守,至于岱宗,柴而望祀山川。觐诸侯,问百年者就见之。命大师陈诗以观民风。"③"治世之音安以乐,其政和;乱世之音怨以怒,其政乖;亡国之音哀以思,其民困。"④于是乎,《思玄赋》"考治乱于律均"。凭此三条足以看出《思玄赋》用《诗》的经学面向。那么,由此引出的问题就是,张衡用《诗》称引的是哪一家诗?换言之,透过《思玄赋》用《诗》能否考量出张衡的《诗》学谱系?而这,应该是经学维度下考察《思玄赋》用《诗》的最大价值所在。

经学维度下考察《思玄赋》用《诗》我们主要援引《毛诗》以为

---

① 董治安:《两汉文献与两汉文学》,上海:上海古籍出版社,2005年,第135页。
② (清)阮元校刻:《十三经注疏·毛诗正义》,北京:中华书局,1980年,第516页。
③ (清)阮元校刻:《十三经注疏·礼记正义》,北京:中华书局,1980年,第1328页。
④ (清)阮元校刻:《十三经注疏·毛诗正义》,北京:中华书局,1980年,第270页。

证，不仅如此，在李善的注乃至是"旧注"中也是主要援引《毛诗》"原用事所出"，那么，这是否意味着张衡习《毛诗》，《思玄赋》用《诗》均是称引《毛诗》呢？寻绎前揭许结的《张衡〈思玄赋〉解读》应该就是凭借六臣注而甄定《思玄赋》引《毛诗》20处，《韩诗》1处，《逸诗》1处。实际上，毋庸赘言，以李善等六臣注主要援引《毛诗》来判定《思玄赋》主要称引《毛诗》以"从玄谋"在方法论上就是错误的。彼时《齐诗》《鲁诗》已亡，《韩诗》虽存而《毛诗》地位却超然，正因此，李善才大量征引《毛诗》。而因为其时《韩诗》尚存，所以李善注亦不废《韩诗》。张衡生于汉章帝建初三年（78年），其生活的时代尽管今文经学仍居学统之正，但学重兼通，古文经学渐盛，经今古文逐渐走向合流。《后汉书·贾逵传》载："逵数为帝（笔者注：章帝）言《古文尚书》与经传《尔雅》诂训相应，诏令撰《欧阳》《大小夏侯尚书古文》同异。逵集为三卷，帝善之。复令撰《齐》《鲁》《韩诗》与《毛氏》异同。并作《周官解故》。""（章帝建初）八年，乃诏诸儒各选高才生，受《左氏》《谷梁春秋》《古文尚书》《毛诗》，由是四经遂行于世。"①张衡治学广采博取，史家誉为"三才理通"，范书本传载张衡"入京师，观太学，遂通五经，贯六艺"。②张衡的同年挚友崔瑗"年十八，至京师，从侍中贾逵质正大义，逵善待之，瑗因留游学，遂明天官、历数、《京房易传》、六日七分。诸儒宗之。与扶风马融、南阳张衡特相友好。"③张衡"入京师，观太学"是否师事贾逵，范书本传并未指出，但据许结《张衡评传》的考证，张

---

① （宋）范晔撰，（唐）李贤等注：《后汉书》，北京：中华书局，1965年，第1239页。
② （宋）范晔撰，（唐）李贤等注：《后汉书》，北京：中华书局，1965年，第1897页。
③ （宋）范晔撰，（唐）李贤等注：《后汉书》，北京：中华书局，1965年，第1722页。

衡曾与前辈贾逵和同辈马融或问学或交游应该是可信的。① 所谓物以类聚,人以群分,从张衡的交游可见其经学的古文学倾向。当时的经今文学家"争学图纬,兼复附以妖言",而张衡以为"图纬虚妄,非圣人之法",顺帝时作《请禁绝图谶疏》,请禁绝图谶。② 张衡曾著《周官训诂》(《汉官解诂》胡广序作《周官解说》),其挚友崔瑗"以为不能有异于诸儒也"③,可惜其书今不传。不过据曹道衡《略论〈两都赋〉和〈二京赋〉》(《文学评论》1992年第3期)的研究,《二京赋》却多次讲了《周礼》中的制度。除了《周礼》,曹文还指出,《二京赋》也多次引用了经古文学家所重视的《左传》中的文字和典故。综上,基本可以确定张衡经学的古文派立场。以古文派立场来估量《思玄赋》引《诗》,许结将张衡的称引主要归之于《毛诗》有一定可信性,而这,也应该是古文派立场诗学传《毛诗》的题中应有之义。不过,众所周知,清代的三家诗研究者如陈寿祺父子以及王先谦等人都认为张衡是学《鲁诗》的。如陈乔枞《鲁诗遗说考自叙》认为"刘向父子世习《鲁诗》",刘向"著《说苑》《新序》《列女传》诸书,其所称述,必出于《鲁诗》无疑矣",而"张衡《东京赋》'改奢即俭,制美斯干'之语,与《刘向传》说《诗》义合",④因此,陈寿祺父子将张衡赋作称《诗》辑入《鲁诗遗说考》。具体到《思玄赋》共辑入8处,分别是:(1)伟《关雎》之戒女;(2)雎鸠相和;(3)处子怀春;(4)柏舟悄悄吝不飞(78);(5)珍萧艾于重笥兮,谓蕙芷之不香;

---

① 许结:《张衡评传》,南京:南京大学出版社,1999年,第91—92页。

② (宋)范晔撰,(唐)李贤等注:《后汉书》,北京:中华书局,1965年,第1911页。

③ (宋)范晔撰,(唐)李贤等注:《后汉书》,北京:中华书局,1965年,第1939页。

④ (清)陈寿祺撰,(清)陈乔枞述:《三家诗遗说考》,《续修四库全书》第76册,上海:上海古籍出版社,2002年,第43页。

(6)何孤行之茕茕兮;(7)如何淑明,忘我实多;(8)悲离居之劳心兮,情悁悁而思归。由是,张衡的《诗》学立场是《毛诗》还是《鲁诗》,抑或是古文还是今文似有陷入公说婆说之嫌。然而,回到《思玄赋》的文本却有助于我们厘清张衡的《诗》学谱系,下面详细论述。

(1)"恬河林之蓁蓁兮,伟《关雎》之戒女。"《思玄赋》全文可以分成三大部分:"首叙兴感之由,中述极游之想,而末归返本之思。"①第二部分"极游"的经历是:东方、南方、西方、九州、北方、地下、钟山和昆仑。"伟《关雎》之戒女"是作者游历第四站九州时,休息在茂盛的河林中,"睹河洲而思之"。② "伟",美也,意动用法,以"《关雎》之戒女"为美。《关雎》是怎样来"戒女"的? 注家常引《毛诗序》为证。如张震泽《思玄赋》校注:"《关雎》,《诗·周南·关雎》。《序》云:'后妃之德也。'故曰戒女。"③其后辈同事曲德来在《历代赋广选·新注·集评》中进一步补充道:"旧解以为此诗宣传文王之化,言使女子淑慎其德,故云'戒女'。""伟《关雎》之戒女"是说"赞美《关雎》之诗的戒慎女德"。④ 此外,流传甚广的费振刚等人的《全汉赋校注》也是引《毛诗序》以为证。然而,细绎《毛诗序》"《关雎》,后妃之德也。……《关雎》乐得淑女,以配君子;忧在进贤,不淫其色。哀窈窕,思贤才,而无伤善之心焉,是《关雎》之义

---

① 费振刚等:《全汉赋校注》,广州:广东教育出版社,2005年,第627页。

② (宋)范晔撰,(唐)李贤等注:《后汉书》,北京:中华书局,1965年,第1925页。

③ 张震泽校注:《张衡诗文集校注》,上海:上海古籍出版社,2009年,第215页。

④ 曲德来主编:《历代赋广选·新注·集评》(第2卷),沈阳:辽宁人民出版社,2001年,第263页。

也"，①以美后妃之德的《毛诗》义来释张衡的"戒女"以为"伟"，显然迂曲而龃龉。相反，"戒女"说倒与《鲁诗》若合符节。

王谟《汉魏遗书钞》辑《汉书·杜钦传》杜钦上大将军王凤语"佩玉晏鸣，《关雎》叹之"入申培《鲁诗传》，并引《汉书》注下辑语曰："李奇曰：'后夫人鸡鸣佩玉去君所，周康王后不然，故诗人叹而伤之。'臣瓒曰：'此《鲁诗》也。'"②观《汉书》杜钦本传，杜钦上揭的言述背景是，汉成帝为太子时，"以好色闻，及即位，皇太后诏采良家女"，于是杜钦谏言王凤"建九女之制"："后妃之制，夭寿治乱存亡之端也。迹三代之季世，览宗、宣之飨国，察近属之符验，祸败曷常不由女德？是以佩玉晏鸣，《关雎》叹之，知好色之伐性短年，离制度之生无厌，天下将蒙化，陵夷而成俗也。故咏淑女，几以配上，忠孝之笃，仁厚之作也。"③在杜钦看来，后妃之制事关王朝的治乱存亡，案验历史，祸败常由"女德"，进而引《关雎》之作以佐证其说。由是观之，杜钦的言述几乎就是"伟《关雎》之戒女"的完美注脚。而杜钦的解说按照臣瓒的注解用的是《鲁诗》义。臣瓒是西晋学者，尽管《鲁诗》亡于西晋，不过臣瓒既然以肯定的语气说"此《鲁诗》也"，那么可以推知臣瓒见过《鲁诗》，西晋时《韩诗》尚存，由是，《关雎》刺康王说就应该专属于《鲁诗》，而非欧阳修等人认为的"齐鲁韩三家皆以为康王政衰之诗"。④ 而这，也能够得到其他传世文献的支援。康王晏起，《关雎》叹而伤之的故事最早见于《列女

---

① （清）阮元校刻：《十三经注疏·毛诗正义》，北京：中华书局，1980年，第273页。

② （清）王谟辑：《汉魏遗书钞·鲁诗传》，嘉庆三年刊本。

③ （汉）班固撰，（唐）颜师古注：《汉书》，北京：中华书局，1962年，第2667、2669页。

④ （宋）杨简撰：《慈湖诗传》，《四库全书》第73册，台北：台湾商务印书馆，1986年，第7页。

传》曲沃负谏魏哀王的故事:"周之康王夫人晏出朝,《关雎》起兴,思得淑女以配君子。"①一般来说,刘向被认定为《鲁诗》学者。东汉杨赐"与蔡邕同定《石经鲁诗》",②亦用鲁说。汉灵帝熹平元年,"青蛇见御座",灵帝向杨赐询问缘由,杨赐献上封事,以"女谒行"来解说这一灾异,并引康王晏起的故事作为佐证:"康王一朝晏起,《关雎》见几而作。"③对于如何消除这一"蛇变"灾异,杨赐的建议是:"惟陛下思乾刚之道,别内外之宜,崇帝乙之制,受元吉之祉,抑皇甫之权,割艳妻之爱,则蛇变可消,祯祥立应。"④与前汉杜钦的言论相比较,尽管时代变了,具体事件变了,但困扰朝廷的"女色"问题依然存在。正因此,以《关雎》刺康王来谏说、告诫君王敬慎女德的故事再一次上演。《后汉书》唐李贤等注解道:"前书曰:'佩玉晏鸣,《关雎》叹之。'《音义》曰:'后夫人鸡鸣佩玉去君所,周康王后不然,故诗人叹而伤之。'此事见《鲁诗》,今亡失也。"⑤与《汉书·杜钦传》的注解相比较,基本上没有增加史料。但唐时《韩诗》尚存,然而注解只是指出《鲁诗》已亡的事实却依然没有用《韩诗》来补足康王晏起的本事,可见《韩诗》确实不用康王晏起的本事来解说《关雎》。《毛诗》《韩诗》不用康王晏起,《关雎》叹而伤之的故事,那么《齐诗》呢?《齐诗》亡逸最早,所留资料不多,但仅有的资

---

① (汉)刘向撰:《古列女传》,《丛书集成初编》,北京:商务印书馆,1936年,第90页。

② (清)陈寿祺撰,(清)陈乔枞述:《三家诗遗说考》,《续修四库全书》第76册,上海:上海古籍出版社,2002年,第59页。

③ (宋)范晔撰,(唐)李贤等注:《后汉书》,北京:中华书局,1965年,第1776页。

④ (宋)范晔撰,(唐)李贤等注:《后汉书》,北京:中华书局,1965年,第1776页。

⑤ (宋)范晔撰,(唐)李贤等注:《后汉书》,北京:中华书局,1965年,第1777页。

料亦能佐证《齐诗》也不用这一故事。《汉书·匡衡传》载匡衡给汉元帝的奏疏曰:"孔子论《诗》以《关雎》为始,言太上者民之父母,后夫人之行不侔乎天地,则无以奉神灵之统而理万物之宜。故《诗》曰:'窈窕淑女,君子好仇。'言能致其贞淑,不二其操,情欲之感无介乎容仪,宴私之意不形乎动静,夫然后可以配至尊而为宗庙主。此纲纪之首,王教之端也。自上世已来,三代兴废,未有不由此者也。"①疏中匡衡自称"闻之师曰",而据《汉书·儒林传》后苍传可知,匡衡受《齐诗》于后苍。由是,奏疏中匡衡所论实为《齐诗》。细绎匡衡之论,在《齐诗》中,《关雎》乃是一首颂美之作,其中的夫妇人伦被推至"纲纪之首,王教之端"的极高境界。而这,就同于"《毛传》匿刺扬美",显然不是刺康王的"戒女"了。

《史记》已有"周室衰而《关雎》作"②之说,但还没有系于具体某一周王,而从刘向、杜钦、杨赐、应劭等人的一再称说来看,《关雎》刺康王的故事应该流行于西汉中叶以后。因为广泛流行,还曾引起过"疾虚妄"者王充的辨惑:"问《诗》家曰:'《诗》作何帝王时也?'彼将曰:'周衰而《诗》作,盖康王时也。康王德缺于房,大臣刺晏,故《诗》作(也)。'夫文、武之隆,贵在成、康,康王未衰,《诗》安得作?周非一王,何知其康王也?二王之末皆衰,夏、殷衰时,《诗》何不作?"③东汉末年张超的《诮青衣赋》云:"周渐将衰,康王晏起,毕公喟然,深思古道,感彼《关雎》,德不双侣,愿得周公,配以窈窕,防微消渐,讽喻君父,孔氏大之,列冠篇首。"④细绎张超由"康王晏

---

① (汉)班固撰,(唐)颜师古注:《汉书》,北京:中华书局,1962年,第3342页。
② (汉)司马迁撰:《史记》,北京:中华书局,1982年,第3115页。
③ 黄晖撰:《论衡校释》,北京:中华书局,1990年,第562—563页。
④ 龚克昌、苏瑞隆等评注:《两汉赋评注》,济南:山东大学出版社,2011年,第928页。

起",感喟《关雎》之作"防微消渐,讽喻君父",绾合杨赐的"见几而作",我们把时间往前探,几乎可以将之作为后汉初冯衍《显志赋》"美《关雎》之识微兮,愍王道之将崩"①之"识微""将崩"的注脚。而"伟《关雎》之戒女"显然就是张衡在冯衍"美《关雎》之识微"后的另一种表述而已。综上,基于康王晏起,《关雎》叹而伤之这一故事的广泛接受背景,可以诠解"伟《关雎》之戒女"用《鲁诗》作为《诗》本事。不仅如此,回到《思玄赋》九州游历的"玄理"之思"夫吉凶之相仍兮,恒反侧而靡所",用《鲁诗》作为《诗》本事也能够与赋文"窦号行于代路兮,后膺祚而繁庑。王肆侈于汉廷兮,卒衔恤而绝绪"关于前汉"女德"之反思得到互相支援。

（2）"鸣鹤交颈,雎鸠相和。"《东京赋》有云:"雎鸠鹂黄,关关嘤嘤。"《归田赋》亦引《关雎》:"王雎鼓翼,仓庚哀鸣。"《毛诗》释"关关雎鸠"曰:"关关,和声也;雎鸠,王雎也。"②据此,"雎鸠相和"之"相和"符于毛义,而格义《思玄》《东京》《归田》三赋中的"雎鸠"与"王雎"亦可在《毛诗》中得到诠解。而与之形成支援性解释的,辞书来自《尔雅》,《释诂》云:"关关,音声和也。"《释鸟》云:"雎鸠,王雎。"③赋作最早则可以追溯至扬雄《羽猎赋》:"王雎关关,鸿雁嘤嘤。"

（3）"天不可阶仙夫稀,柏舟悄悄吝不飞。"明用《邶风·柏舟》典。"悄悄",忧心忡忡的样子,本《柏舟》"忧心悄悄,愠于群小"。"不飞"本《柏舟》"静言思之,不能奋飞",言不如鸟奋翼而飞去。

---

① （宋）范晔撰,（唐）李贤等注:《后汉书》,北京:中华书局,1965年,第994页。

② （清）阮元校刻:《十三经注疏·毛诗正义》,北京:中华书局,1980年,第273页。

③ （清）郝懿行撰,王其和等点校:《尔雅义疏》,北京:中华书局,2017年,第97、862页。

"吝",六臣注释为"恨也"。张衡所"忧"何事所"恨"何事？其实范书本传已作解答："阉竖恐终为其患,遂共谗之。衡常思图身之事,以为吉凶倚伏,幽微难明,乃作《思玄赋》,以宣寄情志。"①据此,"忧"的是小人在君侧。而结合全赋来看,"恨"乃顾惜,舍不得也。这两句意思是说,天不可拾级而上仙人也稀少,虽如《柏舟》所说,群小在君侧,自己忧心忡忡,但还是舍不得奋飞远逝。是故,李善注"臣不遇于君,犹不忍去,厚之至也",得张衡意旨。《柏舟》《毛诗序》曰:"言仁而不遇也。卫顷公之时,仁人不遇,小人在侧。"②两相比较,《思玄赋》此句用《诗》与《毛诗》若合符节。鲁齐韩三家诗还留有《邶风·柏舟》部分遗说,细加寻绎,均不符《思玄赋》用《诗》之意旨。刘向《列女传·贞顺传》:(卫宣)夫人者,齐侯之女也。嫁于卫,至城门而卫君死。保母曰:"可以还矣。"女不听,遂入,持三年之丧,毕,弟立,请曰:"卫小国也,不容二庖,请愿同庖。"终不听。卫君使人愬于齐兄弟,齐兄弟皆欲与君,使人告女,女终不听,乃作诗曰:"我心匪石,不可转也。我心匪席,不可卷也。"厄穷而不闵,劳辱而不苟,然后能自致也,言不失也。然后可以济难矣。诗曰:"威仪棣棣,不可选也。"言其左右无贤臣皆顺其君之意也。君子美其贞一,故举而列之于诗也。③ 刘向被王谟认定为《鲁诗》学者,故《汉魏遗书钞》将之辑入申培《鲁诗传》,王先谦《诗三家义集疏》承之。王符《潜夫论·断讼狱篇》有云"贞女不二心以数

---

① (宋)范晔撰,(唐)李贤等注:《后汉书》,北京:中华书局,1965年,第1914页。
② (清)阮元校刻:《十三经注疏·毛诗正义》,北京:中华书局,1980年,第296页。
③ (汉)刘向撰:《古列女传》,《丛书集成初编》,北京:商务印书馆,1936年,第97页。

变,故有匪石之诗",①延续《列女传》的解说,亦被王先谦辑入《鲁诗》。《列女传》主要解说卫宣(寡)夫人其心匪石匪席的"贞一",而这,显然不符张衡用《柏舟》的心曲。《焦氏易林》《屯之乾》和《咸之大过》有云:"汎汎柏舟,流行不休。耿耿瘖瘼,心怀大忧。仁不逢时,复隐穷居。"王先谦将之辑入《齐诗》,并认为与《鲁诗》义同:"或谓此与《毛序》'仁而不遇'合,非也。《艺文类聚》十八引湛方生《贞女解》云:'志存匪石之固,守节穷居。''伏隐穷居',与'守节穷居'一也。"②基于《鲁》《齐》诗说"贞一"之义的笃定,王先谦解释"不能奋飞"曰:"言'不能'者,贞女志不还齐,故不必入国而竟入。今欲返国,卫君臣亦不止之,只以既为国君夫人,越竟即为非礼,虽欲奋飞,义不能也。"③因为已经将张衡纳入了《鲁诗》谱系,所以王先谦坚定地认为:"张衡《思玄赋》'柏舟悄悄吝不飞',用此经文。"④实际上,细加寻绎,如此嫁接,义理迂曲,大不如《毛诗序》之直接。王应麟《诗考》《韩诗》引李逯仲云:"《柏舟》,卫宣姜自誓所作。"⑤大抵同于《齐》《鲁》而无从详考。不过,唐时《韩诗》尚存,但观六臣注《思玄赋》不引《韩诗》而以《毛诗序》义"小人在君侧"或"言怨小人在朝"诠解,可以推知张衡此处不用《韩诗》。

(4)"珍萧艾于重笥兮,谓蕙芷之不香。"《王风·采葛》《毛诗

---

① (汉)王符著,(清)汪继培笺,彭铎校正:《潜夫论笺校正》,北京:中华书局,1985年,第233页。
② 王先谦:《诗三家义集疏》,北京:中华书局,1987年,第127页。
③ 王先谦:《诗三家义集疏》,北京:中华书局,1987年,第134页。
④ 王先谦:《诗三家义集疏》,北京:中华书局,1987年,第134页。
⑤ (宋)王应麟著,王京州、江合友点校:《诗考》,北京:中华书局,2011年,第17页。

序》曰:"惧谗也。"①诗中的采萧、采艾《毛传》认为是惧谗者用来自况的托喻之词。马瑞辰《毛诗传笺通释》卷七《采葛》条下有云:"《楚辞·离骚经》:'户服艾以盈要兮,谓幽兰其不可佩。又何昔日之芳草兮,今直为此萧艾也。'东方朔《七谏》:'蓬艾亲入御于床第兮,马兰踸踔而日加。'张衡《思玄赋》:'珍萧艾于重笥兮,谓蕙芷之不香。'并以萧艾为谗佞进仕之喻。"②《鲁诗遗说考》陈乔枞按语曰:"《毛诗》《采葛》叙云'惧谗也'。今据东方生及张平子语,并以萧艾喻谗佞之仕进,则知《鲁诗》说与《毛》同矣。"③据此,《思玄赋》此处用《诗》之意旨同于《毛诗》。

(5)"如何淑明,忘我实多。"《毛诗》《秦风·晨风》:"如何如何,忘我实多。"赋文前句化用,后句同于《毛诗》。

(6)"悲离居之劳心兮,情悁悁而思归。"《毛诗》《陈风·泽陂》:"中心悁悁。"《毛传》:"悁悁,犹悒悒也。"《鲁诗遗说考》陈乔枞云:"李善《文选》注引《毛诗》曰'劳心悁悁',今诗作'中心悁悁','中'字疑'劳'之误。平子赋正用诗语,可为明证。"④而王先谦则认为:"《楚辞·九叹》:'劳心悁悁,涕滂沱兮。'张衡《思玄赋》:'悲离居之劳心兮,情悁悁而思归。'衡用《鲁诗》,疑鲁作'劳心',毛自作'中心',而李注以毛为误字也。"⑤据此,陈、王两家均

---

① 阮元校刻:《十三经注疏·毛诗正义》,北京:中华书局,1980年,第333页。
② (清)马瑞辰撰,陈金生点校:《毛诗传笺通释》,北京:中华书局,1989年,第243页。
③ (清)陈寿祺撰,(清)陈乔枞述:《三家诗遗说考》,《续修四库全书》第76册,上海:上海古籍出版社,2002年,第112页。
④ (清)陈寿祺撰,(清)陈乔枞述:《三家诗遗说考》,《续修四库全书》第76册,上海:上海古籍出版社,2002年,第151页。
⑤ 王先谦:《诗三家义集疏》,北京:中华书局,1987年,第481页。

笃定张衡此处赋文直接化自《诗经》,即便王先谦看到了《楚辞·九叹》系统的影响,依然认定张衡用《鲁诗》。实际上,《思玄赋》引《楚辞》据许结的统计达 63 处之多,"劳心悁悁"不能排除《楚辞》系统的影响。除此,"珍萧艾于重笥兮"之"萧艾"也要作如是观,兼顾香草美人喻志系统的影响。否则,面对"三才理通"的张衡,就失之于胶柱鼓瑟了。

基于《思玄赋》引《诗》《诗》学谱系的梳理,可以发现,将张衡用《诗》归于《鲁诗》谱系是值得商榷的。"柏舟悄悄吝不飞"取义《毛诗》,"鹍鸠相和""珍萧艾于重笥"以及"如何淑明,忘我实多"符于《毛诗》,"魂眷眷而屡顾"被尚见到《韩诗》的李善指为取自《韩诗·小明》之"眷眷怀顾"。此外,即便是我们考订的"伟《关雎》之戒女"用的是《鲁诗》义,我们还要看到《楚辞》以来包括张衡之前两汉人的赋作影响及其文学创作的特殊性。"伟《关雎》之戒女"与冯衍《显志赋》"美《关雎》之识微兮"显然有直接的承继关系。不仅如此,更应注意康王晏起,《关雎》叹而伤之的故事在两汉传播的广泛性。《后汉书》本传载冯衍"幼有奇才,年九岁,能诵《诗》,至二十而博通群书",①冯衍诵的是哪一家《诗》于本传无法索知,但"博通群书"却可于本传找到相应的支援。张超入《后汉书·文苑列传》,事迹简略,经学取向无从详考,其《诮青衣赋》因蔡邕《青衣赋》"志鄙意微"而起,赋作广泛征引古事,说教意味浓重。据冯、张之赋作反观杜钦、杨赐等用康王晏起的故事谏说君王,这一故事在两汉文学、政治等领域运用的广泛性可见一斑。换言之,我们不能因冯衍、张超用了康王晏起的故事就将它们归于《鲁诗》谱系,如是考索用《诗》可谓"固哉高叟之为诗也"。而这,正是我们在缕析

---

① (宋)范晔撰,(唐)李贤等注:《后汉书》,北京:中华书局,1965 年,第 962 页。

《思玄赋》的用《诗》特点进而以觇"三才理通"的张衡其《诗》学谱系时所要警惕的。要之，基于前揭张衡《诗》学谱系的思索，可知《思玄赋》用《诗》不拘泥于四家诗的某一家，用《毛诗》而不废《鲁诗》，间或还能找到《韩诗》的影子，而这，恰有符于张衡所处时代经古文学的治学风格——"博通"。由是，"三才理通"的张衡其经古文学的背景得到了自洽解释，而其《诗经》学取向也昭然若揭。

　　下面，我们谈一下文学维度下《思玄赋》的用《诗》特点和价值。关于两汉赋作的用《诗》方式，董治安先生的《以〈诗〉观赋与引〈诗〉入赋》一文概括为援用《诗》典、化用《诗》意以及引用《诗》句三种方式。董先生认为，援用《诗》典即引述《诗经》题旨、篇义，而"广义而言，化用《诗》意也应属于用典之类；然而其多取古诗片段甚至只取句义，彼诗与此赋内容的联系就显得更为密切，也更为具体"①。而曹建国则分为引用《诗经》和化用《诗》句两种方式，其中引《诗》又细分为三种形式：称引《诗》词、称引《诗》句以及称引《诗》篇，并认为，"所谓的化用《诗》句不同于称引《诗》句，就在于它对《诗》句有所改变，是改而用之"②。寻绎董、曹两位先生的具体称例，董之"援用《诗》典"基本同于曹之"称引《诗》篇"，董之"化用《诗》意"基本同于曹之"化用《诗》句"，而董之"引用《诗》句"是曹之"称引《诗》句"加上"化用《诗》句"。两相比较，曹的两汉诗赋用《诗》研究比董进一步细化，到了"词"的层面，由"词"到"句"再到"篇"。而"词"层面的"有所祖述"考察恰是李善注《文选》"原用事所出"的着力点所在。就此而论，基于对优秀注释传统的继承，

---

① 董治安：《两汉文献与两汉文学》，上海：上海古籍出版社，2005年，第138页。

② 何志华、沈培等编：《先秦两汉古籍国际学术研讨会论文集》，北京：社会科学文献出版社，2011年，第212页。

"称引《诗》词"的特点应该纳入汉赋用《诗》研究范畴。不仅如此，曹建国区划"化用《诗》句"和"称引《诗》句"的不同也颇有理据。但是，曹将"称引《诗》篇"放在"引"的层面有些降低了称篇用《诗》之格局。绾合前揭李善引《诗》注《思玄赋》的具体情况，本文拟分为称引《诗》词、称用《诗》句、称用《诗》篇以及论《诗》评《诗》四个层次来考察《思玄赋》的用《诗》特点。

首先，称引《诗》词，即赋作的用词取自《诗经》。如"紫緌裹以服箱"中的"服箱"一词最早应见于《小雅·大东》第六章"睆彼牵牛，不以服箱"，所以，"举先以明后，以示作者必有所祖述"的李善引《毛诗》以为证。前揭《思玄赋》41条用《诗》可以甄定属于"称引《诗》词"的分别为第4、6、7、8、10、11、13、14、22、27、30、31、32、33、35、38、41条，共计17条。

其次，称用《诗》句。称用《诗》句分两种情况，一是直接引述，不改变《诗经》句式，或以"《诗》曰"标称，或是行文中自然使用，一是化用《诗》句，对《诗》句有所改变，改而用之。对此，曹建国之《两汉诗赋引〈诗〉考论》有详细辨别举例，而董治安则没有细分，不过从其例证亦可见出分两种情况予以区别对待。就《思玄赋》而言，只有第21条"如何淑明，忘我实多"的后半句是直接引述，其他都是化而用之。不过，总体来看，该条也是化用《秦风·晨风》第三章诗句"如何如何，忘我实多"而用之。据此，《思玄赋》41条用《诗》可以甄定属于"称引《诗》句"的分别为第1、2、3、5、9、15、19、20、21、23、26、28、29、36、40条，共计15条，都是化用《诗》句，改而用之。

再次，称用《诗》篇，即引述《诗经》题旨、篇义来抒怀言事。第12条"恓河林之蓁蓁兮，伟《关雎》之戒女"和第37条"天不可阶仙夫稀，柏舟悄悄吝不飞"属于这种情况。

最后，论《诗》评《诗》。第32条"咏《雅》《颂》之徽音"就取词

《大雅·思齐》"大姒嗣徽音"之"徽音"来看，属于第一个层次"称引《诗》词"，而就认为《诗经》之《雅》《颂》是"徽音"来看，则属于评《诗》论《诗》层面了。第12条"伟《关雎》之戒女"用《关雎》"戒女"的故事来告诫君王淑慎女德，属于称《诗》以抒怀言事，而就将《关雎》的题旨归为"戒女"来看则又属于论《诗》评《诗》了。第39条"考治乱于律均兮，意建始而思终"古今注家喜引《毛诗大序》以为注脚，实际上，对于"通五经，贯六艺"的张衡来说，荀子《乐论》《礼记·乐记》等礼书系统更有可能是赋作的祖述来源。

在汉赋用《诗》的大背景中来考察，可见《思玄赋》用《诗》基本上涵盖了汉赋用《诗》的所有方式。就数量而言，称引《诗》词最多，称用《诗》句其次。与以直接引述为主的《南都赋》相比，在称用《诗》句方面，《思玄赋》基本上是改而用之的化用。《南都赋》引《诗》多出自《雅》《颂》，温润典雅，而《思玄赋》用《诗》多化自《风》《雅》，情切怨深。而这，显然都是由《思玄赋》的写作主旨所决定的。《思玄赋》是张衡在宦竖谗害的背景下意不得申，转而赋玄远来舒泄内心的愤懑不平，"效屈子《远游》之意而推广之"，而其上下求索之精神则一如屈原之《离骚》。以冯衍《显志赋》、崔篆《慰志赋》、张衡《思玄赋》等为代表的述志赋将赋作的落脚点由铺张扬厉的外部世界转向抒写个人情志的内心世界，其称《诗》化《诗》，使得《诗》、赋的关系得到进一步强化，增强了赋作的文学性。由是，《思玄赋》称《诗》化《诗》的价值就在于，它既是东汉中叶以后赋作走向诗化道路的时代参与者，同时又是汉代文学演进的助力者。

结　　语

作为孔门四科"文学"重要学习部分的"诗三百篇"在两汉逐渐

经术化,自武帝起成为国家意识形态的重要组成部分。《诗》入《七略》之"六艺略",拥有至高无上的地位,与列在"诗赋略"的"文章"之"赋"属于不同类别的创作。然而汉人又认为赋由《诗》出,赋乃"古《诗》之流""雅颂之亚""六义附庸,蔚成大国",是一种与《诗经》具有独特亲缘关系的文学体式,由是,汉赋用《诗》成了一种文学史现象。作为张衡"人生情绪的集中反映"[①]的《思玄赋》处此时代背景中大量用《诗》自是映现两汉文学精神的题中应有之义。许结先生的《张衡〈思玄赋〉解读——兼论汉晋言志赋之承变》借助《文选》李善等六臣注而甄定《思玄赋》引《毛诗》20 处,《韩诗》1 处,《逸诗》1 处。然而,六臣注《文选》时,《齐诗》《鲁诗》已亡,《韩诗》虽存而地位大不如《毛诗》,那么,以六臣注主要援引《毛诗》来判定《思玄赋》主要称引《毛诗》以"从玄谋"在方法论上就是错误的。清代三家诗研究者如陈寿祺父子以及王先谦等人将张衡纳入《鲁诗》系统,进而将张衡赋作引《诗》全部纳入《鲁诗》遗说予以辑佚,显然是把文学家和经学家混为一谈,在方法论上也需要重新拨正。基于此,本文以谱系学的方法,从六臣《文选》注出发,考镜源流,综合排比,辩证《思玄赋》的用《诗》特点和价值。通过排比分析六臣注引《诗》,再加上补辑,可以甄定,《思玄赋》用《诗》计 35 处(其中含《逸诗》1 处)。进而,借助《思玄赋》文本以及张衡经古文学背景的考察,可以发现,《思玄赋》用《诗》不拘泥于四家诗的某一家,用《毛诗》而不废《鲁诗》,间或还能找到《韩诗》的影子,而这,恰有符于张衡所处时代经古文学的治学风格——"博通"。由是,考察《思玄赋》用《诗》,经学史上的意义在于,厘清张衡的四家诗取向,进而重新估量清人引诗赋作品建构三家诗谱系的方法论问题。

---

① 许结:《张衡〈思玄赋〉解读——兼论汉晋言志赋之承变》,《社会科学战线》1998 年第 6 期,第 108 页。

宣寄情志的《思玄赋》虽谈玄理,却包孕人生,在汉晋言志赋发展史上具有启导变革的意义。文学维度下的思索可以发现,《思玄赋》用《诗》基本上涵盖了汉赋用《诗》的所有方式,其称《诗》化《诗》,使得《诗》、赋的关系得到进一步强化,增强了赋作的文学性。《思玄赋》称《诗》化《诗》的文学价值在于,它既是东汉中叶以后赋作走向诗化道路的时代参与者,同时又是汉代文学演进的助力者。

清代《诗》类文字游艺述论

南京师范大学文学院　刘立志

《诗经》是中国古代读书人的基本读物,唐宋以来,悬为功令,更是成为教育中不可或缺的课程,三百篇或经学知识的缺乏对于元明清士人来说是不可想象的,晚明张岱《夜航船》序言里的一则笑话正可作为旁证:

> 昔有一僧人,与一士子同宿夜航船。士子高谈阔论,僧畏慑,拳足而寝。僧人听其语有破绽,乃曰:"请问相公,澹台灭明是一个人、两个人?"士子曰:"是两个人。"僧曰:"这等尧舜是一个人、两个人?"士子曰:"自然是一个人!"僧乃笑曰:"这等说起来,且待小僧伸伸脚。"

连《论语》里出现的澹台灭明、孔孟口中常说的尧舜都搞不清楚,其学识其素养可想而知,难怪这个信口开河的士子要被方外之士鄙视了。

三百篇对于中国文化的影响极其深远,刘勰《文心雕龙·宗经》认为儒家经书是后世各种文章的本源,"论说辞序,则《易》统其首;诏策章奏,则《书》发其源;赋颂歌赞,则《诗》立其本;铭诔箴祝,则《礼》总其端;纪传盟檄,则《春秋》为根","而百家腾跃,终入环内"。后世学者、作家探研诗歌体式的发展源流,皆是导源于三百篇,大体不出刘勰的思路。士人长期浸淫儒家经典,其为文、撰述乃至日常游艺活动都免不了沾染上经学色彩,诸如十三经中的语词、事典、先贤懿言嘉行等时常出现在他们的笔下。而社会层面的广大民众亦不时受到经学之浸润,游艺活动时或沾染经学之色彩。

三百篇内容丰富,形象鲜明,感情真挚,语言生动活泼,朗朗上口,影响唐宋以来之文学创作既深且广。六朝、唐宋时期,围绕《诗经》,产生了众多集《诗》诗、论《诗》诗、《诗》事诗①,构思巧妙,令人称绝,此外社会上还流传有不少关涉《诗经》的机智故事与笑话,较有名的有《世说新语·言语》载录晋简文帝司马昱与桓温以《诗经》语句相问答②、《启颜录》记述侯白调笑杨素"牛羊下来"故事。明清时人在前人的基础上继承开拓,撰著了很多新作品,还创制了不少新文体和游艺活动,尤其是清代士人于此颇为用心,数量可观,文采斐然,屡有佳构,可圈可点。

传世典籍之中著录的清人撰著的《诗经》游艺文字可分为韵语歌谣、骈文、对联、谜语、笑话、酒令等数种。

《诗经》歌谣韵语类著作,即叙述概括三百篇之内容,撰为歌谣,以便记诵之文献。南宋罗大经《鹤林玉露》卷之三乙编"陈子衿传"条记载友人李进之"尝以三百五篇诗名作《陈子衿传》"。明代西安叶秉敬撰有《葩经诗歌》,其弟子叶全伦编次,《(民国)衢县志·艺文志上》言当时存抄本上、下二册,"伦常闻之祖曰:'为学只有功夫,无资质,博而寡要,不如约而易精。'不敏敢不佩服。每日诵《诗》,便欲联其章次。乃先生日编一歌,歌国号而十五风,并集诗

---

① 详参刘立志:《〈诗〉学史文学现象之一隅》,《苏州大学学报》2006年第1期。又修改收入刘立志《〈诗经〉研究》第十二章,北京:中华书局,2011年。

② 《世说新语·言语》云:"简文作抚军时,尝与桓宣武俱入朝,更相让在前。宣武不得已而先之,因曰:'伯也执殳,为王前驱。'简文曰:'所谓无小无大,从公于迈。'"桓温引诗出于《卫风·伯兮》,晋简文帝引诗出自《鲁颂·泮水》。

篇名,而三百章全收,取义谐声,读之颐解,是亦以约而收博之意也。①"清代士人继踵而作,钩稽所得四种如下:

1. 马益撰《诗经篇什歌》一卷,《(民国)临朐县志·艺文志》著录。马益,山东临朐人,乾隆间岁贡生。

2. 王鉴撰《诗经柄歌》。王鉴,字朗亭,山东济宁人。"此书为乡塾幼学而作,取《诗集传》释诗旨之辞,衍为七言歌诗,便于童蒙诵习。《国风》《二雅》《三颂》皆做总歌,然后分别咏歌,有长有短,全书共长短歌八十一首。其总歌皆咏篇目,如《国风》总歌:'《国风》正经惟二南,邶鄘卫王郑齐联,魏唐秦陈桧曹继,豳终变风十三篇。'便于童蒙诵习。今存原刊本。《续修四库全书》著录。"②

3. 杨恩寿撰《小序韵语》。杨恩寿(1835—1891),湖南长沙人。此书乃以韵语概括诗旨以授小儿。

4. 蒲松龄撰有《诗经曲》乃敷衍串联三百篇语句,马振方辑校之《聊斋遗文七种》收录。

概述三百篇之内容,撰为骈俪文字者:

1. 张卫阶撰《诗经集锦》四卷,甘肃陇西县图书馆藏。张卫阶,甘肃省陇西县人。庠生。同治、光绪间人。此书颜士璋序云:"其于风、雅、颂,逐篇撮要,俪以偶词,举全诗精华。"

---

① 转引自魏俊杰:《衢州古代著述考》,北京:国家图书馆出版社,2016年,第26—27页。
② 夏传才主编:《诗经学大辞典》,河北教育出版社,2014年,第499页。

2. 清方萊如撰《诗经对类赋》一卷,湖北图书馆藏民国武昌徐氏桐风庼钞本。方萊如,浙江淳安人,诸生。

3. 赵鹏撰《诗经章对》一卷,赵氏,浙江太平人,光绪十七年(1891)优贡,十九年举人。是书仿王十朋《诗经表》而作,《台州府志·经籍志》著录。

4. 项珍卿撰《诗经摘艳》,美国加州柏克莱大学东亚图书馆藏清刻本。项珍卿(？—1867),安徽太平人,岁贡生。①

撮述三百篇语句而辑成联语者:

1. 罗萝村辑《诗经集句类联》四卷,光绪十二年(1886)上海同文书局石印巾箱本,湖北省图书馆、天津图书馆藏。

2. 石潀撰《诗经问对串珠》二卷,光绪十七年(1891)刻本,天津图书馆藏。

3. 苏学谦辑《葩经联句》二卷,光绪二十一年(1895)刻本,复旦大学图书馆、湖北省图书馆藏。

经书谜语及《诗经》类谜语。

谜语在中国产生时代极早,迄今已有两千余年的历史,有隐语、射覆、离合、商谜、诗禅、文虎、诗虎、春灯诸多异称。谜语往往"近取诸身,远取诸物",皆是取材于世人熟悉的事物,儒家经典自

---

① 详参刘立志:《取镕经意铸伟辞,骈俪勾连新风雅——〈诗经摘艳〉刍议》,江庆柏、杨新勋主编:《2019年中国四库学研究高层论坛论文集》,南京:凤凰出版社,2021年。

然列名其中,受到较多的关注,宋元以来,产生了数量颇为可观的经书谜。经书谜是指谜底范围源出于经书语句篇章的谜语,还可以具体划分为四书谜、《论语》谜、《孟子》谜、《诗经》谜等。《诗经》类谜语,其含义并不等同于"《诗经》谜",除了谜底出于"诗三百"的句、篇者,它还包括以三百篇之语句设立谜面的谜语。

明清时期,社会上制谜猜谜活动大为流行,明代李开先在《〈诗禅〉序》中说:"宋元以来,通都大市,每于元夕盛张鼓乐,罗列华筵,灯火辉不夜之城,壶觞泻如渑之酒。例用主谜一人,出片纸书谜其上,数人传播里巷,无少长喧聚相猜,中则予纸请入座,上座贺以酒。虽穷乡僻邑亦然,但灯筵递减耳。"①其时出现了制谜解谜名家和辑录相关资料的专书,李开先曾经言及,"近世亦有集成书者,如《谜镜》《谜瓮》《黑漆补》《锦簇箕》《包罗天地》《山阴羽客》《夜雨敲灯》"②,"我朝丁仲名、江朝元、谷子敬、杨廉夫、唐以初、王惟善,是皆诗禅之人也。《文戏集》《珍珠囊》《谜俟赋》《百斛珠》《谜海》《谜榜》《揆序万类》《风月禅机》,是皆诗禅之集也"③李开先《诗禅》、陈继儒《精辑时兴雅谜》、张云龙《广社》等则流传至今。《诗禅》中有谜语"巧笑倩兮,美目盼兮,彼美人兮,西方之人兮",谜底为"大士",谜面辑集《诗经》语句;徐渭载录一则字谜,谜面为"出自幽谷,迁于乔木",谜底为"呆"字,皆颇有巧思。

李开先、徐渭等人所撰谜书皆是泛泛辑录,没有明确的类别划分,其中可能有资料不够丰富的因素,作品不多篇幅有限,自然不

---

① 李开先:《〈诗禅〉序》,高伯瑜等编纂:《中华谜书集成》,北京:人民日报出版社,1997年,第7页。

② 李开先:《〈诗禅〉序》,高伯瑜等编纂:《中华谜书集成》,北京:人民日报出版社,1997年,第7页。

③ 李开先:《〈诗禅〉后序》,高伯瑜等编纂:《中华谜书集成》,北京:人民日报出版社,1997年,第35页。

必考虑分类的问题。明末冯梦龙《山中一夕话·诗谜》记载一百一十四则谜语,则依据谜底,设列有姓名谜、字谜、天文谜、花木谜、鸟兽谜、文史谜、人事谜等,内容更为丰富。清代是古谜发展的鼎盛时期,经书谜大量涌现。如张潮撰著《下酒物》,上卷专意从"四书"语句切入,谜底设列有花名、鸟名、古人名、药名等,饮酒助兴,自得其乐。顺治年间,毛际可著《灯谜》,撰作七言绝句十余首,每句各隐射《孟子》书中人名一个。

清代吴地谜事兴盛,传世之谜书中,出于湖州士人之手者即有费源《玉荷隐语》(收录谜语212则)、王均卿辑《春谜大观》(收录谜语5000余则)与《春灯新谜合刊》(收录谜语1400余则)等,驰名已久。晚清"拼命著书"的经学大师俞樾即是个中高手,制谜猜谜,乐此不疲,他制作有多则经书谜语,包括《诗经》类谜语,如"鱼米(打《诗经》一句)",谜底为"鲜可以饱";"御沟流红叶(打古书名一)",谜底为"韩诗外传"。

吴地士子耽于谜事,以逞智巧,甚或失却方寸,陷于歧途。常州庄宝澍在光绪十年五月初六日记中说:"少山言,局前景贤茶社刘淮生辈设谜,午后无聊,往观。颇多不谨,如男女媾精,万物化生,打方言,丢胚,诬竖,言至此,文字之魔障也。"①刘淮生即刘懽(1861—1904),光绪十九年(1893)举人。

关联《诗经》的酒令。

明清时人聚会流传酒令文化,小说之中时有描述,如李汝珍《镜花缘》第八十二回《行酒令书句飞双声辩古文字音讹叠韵》中,若花与诸人商定酒令,用"牙签四五十枝,每枝写上天文、地理、鸟兽、虫鱼、果木、花卉之类,旁边俱注两个小字,或双声,或叠韵。假

---

① 《庄宝澍日记》,叶舟点校:《晚清常州名贤日记四种》,南京:凤凰出版社,2013年。

如掣得天文双声,就在天文内说一双声;加系天文叠韵,就在天文内说一叠韵。说过之后,也照昨日再说一句经史子集之类,即用本字飞觞:或飞上一字,或飞下一字,悉听其便。以字之落处,饮酒接令;挨次轮转,通席都可行到",规定行令罚酒规则,"此后凡流觞所飞之句,也要一个双声或一个叠韵,错者罚一杯另说。如有两个双声或两个叠韵,抑或双声而兼叠韵,接令之家,或说一笑话。或行一酒令,或唱一小曲,均无不可,普席各饮一杯。如再多者,普席双杯。至于所飞之书以及古人名,俱用隋朝以前;误用本朝者,罚一杯。其书名一切仍是本人自报,省得临时又费扳谈。掣签之后,宣过题目,即将原签交给下家归桶,以杜取巧之弊,丫鬟接了,送交接令之家。如将原题记错,罚一杯另说。不准旁人露意,违者罚十巨觥。凡接令之家,俱架一筹,以便轮转易于区别",众人赞同施行。同书第九十三回《百花仙即酒露禅机众才女尽欢结酒令》也有对于行令场面的描述。艺术来源于生活,《镜花缘》写酒令是有现实生活作为依据的。

  清代无锡人俞敦培将前代诸多酒令故事结集,编著成《酒令丛钞》四卷,刊刻行世,包括通令、筹令等,书中载录之故事或出于前代,但很多酒令应该是在吴地长期流行的,其中关涉唐诗宋词、《西厢记》《三国演义》《红楼梦》者为数众多,如"改字诗令":

  将古诗读错一字,另引一句诗解之,不工者罚一杯,不成者罚双杯。
  少小离家老二回(明是老大,何云老二)
  只因老大嫁作商人妇。
  菜花依旧笑春风(明是桃花,何云菜花)
  只因桃花净尽菜花开

旧时王谢堂前花(明是燕,何云花)

只因红燕自归花自开。①

首先是列出酒令规则,其后是示例。

其书卷二述列有第226页"绩麻令":

> 此令行法甚多,宽严随议。有限定一经者,有无拘经史子集者,有但须成语者,有兼俗语亦可者。假如令官限《诗经》,云"福履绥之",顺数第四座饮一杯,接云"之子于归",又数四座饮一杯,云"归宁父母",余类推之。收令仍须用福字。则循环无端,倘所言之句末一字无可接者,还请言者代接,不能者罚。可接而不能接,则接者罚双杯。②

《酒令丛钞》中还述列有异言异服令、花鸟多情令、斗草令、鸟名贯串、虫贯曲牌名、推字换形、连环拳、抬轿令、渔翁下网令、神仙过海令、红旗报捷令、点戏令、说笑话、泥塑令、葩经花名令、唐诗酒筹、唐诗牙牌筹令、西厢记酒筹、捉曹操令、访西施令、红楼人镜、水浒酒筹等,名目繁多,令人目眩。这些酒令牵涉的知识范围极其广泛,对于参与者提出的要求是很高的。

参与关涉经典诗文的行令活动,首先要求行令者必须熟悉相关文献资料,对其名句能够脱口而出。其次要求行令者对文字具

---

① 俞敦培《酒令丛钞》,王德毅主编:《丛书集成三编》第30册,台北:台湾新文丰出版公司,1997年,第224页。

② 俞敦培《酒令丛钞》,王德毅主编:《丛书集成三编》第30册,台北:台湾新文丰出版公司,1997年,第226页。

有高度的敏感,娴熟把握汉字的本义、引申义、借代义等不同层面的内涵。"改字诗令"中列举的"少小离家老二回",本是故意将贺知章《回乡偶书》"少小离家老大回"诗句说错一字而成,之后又用白居易《琵琶行》中"老大嫁作商人妇"一句来接榫,说明误字出现的缘由,巧妙地偷换了"老大"一词的内涵,在贺知章诗句中,"老大"指年纪很大,而在白居易诗中"老大"意为排行老大。第三还要求行令者反应敏捷,因为是现场参与,主题和时间都受到严格的限制,反应迟钝者必然惨遭淘汰。

关涉经学的文字游艺的盛行,背后倚仗的是经学教育的普及。明清时期,朝廷与民间在经学上达成了惊人的一致,"无论是渊源有自积淀传统,还是最高权力的大力提倡,抑或是官方制度的硬性规定,四书五经已然毫无争议地成为明代社会最为普遍的一般知识与思想渊薮,不可回避地成为明代士人信仰世界的基础构成"[①]。这句话同样适用于清代,可以概括明清两代的情形。儒家经典成为识字者最基本的知识素养,与此正相适应,社会上才会涌现出众多的文字游艺活动及成果。

《诗经》类文字游艺大行其道,内里隐藏的历史真实是社会上了解、熟悉、习治三百篇的人数众多,甚于其他经书。汉唐以来,经学绵延,经书成为中国社会最为重要的文化府库,浸淫日久,经书知识与义理已经深深扎根于民间社会,渗透在民众的日常生活之中。《诗经》一者为韵语,朗朗上口,易于成诵,二者内容丰富,较之《论语》《孟子》《孝经》诸书涵盖生活层面至为深广,职是之故,《诗经》流布极广,受众极多,千百年而下,三百篇之语汇、之名物、之意象、之主旨,皆已然成为民众习知的常识,举凡对联、酒令、笑话、歌

---

① 郭万金:《明代科举与文学》,北京:商务印书馆,2015年,第97页。

谣等娱乐作品中都不免沾染其痕迹。如道光年间民间流传的马头调中有一首《诗经注》,语云:"关关雎鸠今何在?在河之洲各自分开。好一个,窈窕淑女人人爱,只落的,君子好逑把相思害。辗转反侧,优哉游哉,好叫我左右流之无其奈。怎能够钟鼓乐之把花堂拜。"简直是对于作为"风之始"的《关雎》一篇的生吞活剥。清世研习《诗经》几乎形成热潮,较之唐宋元明诸朝有过之而无不及。梁章钜《巧对续录》卷上云:"汪衡甫方伯宦浙来谈,谓近来文士,早慧者多。昨送一星使到某家,其子方十岁,闻客言'劳于王事',应声曰:'简在帝心。'因检案上《诗经》'巷无服马'命对,又应声曰:'隰有游龙。'其兄对'野有死麕'远不如矣。"称引《诗经》语句极为捷速,可谓脱口而出。陆以湉《冷庐杂识》卷一"功令"条云:"言举业者,必恪遵功令,不敢旁采他说,立异求胜;即笺疏家言,亦有从之而见黜者。嘉庆戊寅(1818)恩科浙闱三题'民事不可缓也'至'亟其乘屋',归安名宿杨拙园知新主'夜作绞索以待明年蚕用'立说,房官呈荐,主司谓:'此说若有所本,当入选,否则恐遭磨勘,吾不任其咎也。'房官乃遍搜孟子诸家注释,并无此说,杨竟被黜,而不知本《毛诗》中孔疏,非僻书也。又乾隆间李学使潢岁试嘉郡,经题'隰有六驳'。某生素负文名,主毛传'驳如马,倨牙,食虎豹'立说,竟以纰缪黜置四等。"① 梁绍壬《两般秋雨庵随笔》记载乾隆年间,有布政使某公到浙江上任,见文牍中把钱塘江中地名"鳖子门"写成"鳖子亹",便说:"此明明是亹字,何得误读无门耶?"一小吏在旁引述《大雅·凫鹥》"凫鹥在亹",说:"旧注:亹音门,谓水流峡

---

① 陆以湉:《冷庐杂识》,崔凡芝点校,北京:中华书局,1984年,第58页。

中,两峰如门也。"①这三件事例,涉及房官与布政使,皆可视为反面例证。童蒙即诵读三百篇,所以能够应对捷悟;阅卷官员而疏于三百篇之注疏文字,不学无术,正合汉乐府所谓"举秀才,不知书"之讥,凡此足以证其时社会习治《诗经》风气之浓厚。

习《诗》之火热情形还可以从科举考试之中参考《诗经》之人数得到验证。宋代以后,科举考试实行分房阅卷的制度。②"从前考生各认一经,故有五经分房之例,乾隆二十二年废认经,四十二年房官分经例遂停止。"③分经制度的废止实在是因为各经习治人数太不平衡,简而言之,是《诗经》《周易》参考人数太多。赵翼《陔馀丛考》卷二十九"十八房"条云:"本朝会试及京闱乡试,所用同考官凡十八员,谓之十八房。按分经本始于宋理宗绍定二年,但不载房数,今之十八房,盖沿前明制也。然明制亦有不定十八房者。《明史·选举志》,初制会试同考官八人,其三人用翰林,五人用教职。景泰中,俱用翰林部曹。正德中,用十七人,翰林十一,科部各三。万历十一年,以《易》卷多,减《书》之一以增于《易》。十四年,《书》卷复多,乃增翰林一人以补之。此十八房之始也。四十四年,又因

---

① 详参梁绍壬:《两般秋雨庵随笔》卷一"鳖子亹"条,庄葳校点,上海:上海古籍出版社,2012年,第12页。

② 清汪汲编:《事物原会》卷八"十八房"条云:"《通考》宋理宗绍定二年己丑,以士子多悖经旨,始饬考官各房分经勘校。陆深《科场条贯》明太祖洪武十七年甲子,颁行科举成式,会试同考八人。代宗景泰五年甲戌,增二人。英宗天顺四年庚辰,又增二人。宪宗成化十七年辛丑,又增二人。武宗正德六年辛未,增三人,共为十七人。《日知录》世宗嘉靖末年《诗》五房,《易》《书》各四房,《春秋》《礼记》各二房。犹止十七房。神宗万历八年庚辰,以《易》卷多,添一房,减《书》一房,至丙戌仍复《书》为四房,乃为十八房。"清汪汲编《事物原会》,扬州:广陵古籍刻印社,1989年,第303—304页。

③ 商衍鎏:《清代科举考试述录》,北京:生活·读书·新知三联书店,1958年,第71页。

余懋学奏,《易》《诗》各增一房。本朝酌定中制,《易》《诗》各五房,《书》四房,《春秋》《礼记》各二房,共十八房,相沿已久。近日因同考官以经分房,有关节者易于按经寻索,特旨不复分经,但以一二为次,仍用十八人。此不惟可以防弊,且各经试卷多寡不等,限之以房,则卷少者甚闲,而卷多者几于日不暇给。余分校壬午乡闱,签掣《诗》五房。通计京闱八千有余,而《诗经》独至五千卷,是五考官较十三考官所阅之卷,尚多三分之二,不得已分八百余卷入《春秋》《礼》四房助校。然《诗经》犹各阅八百余卷,其视《易》《书》等房,每房不过二三百卷,闲剧大不侔也。今不分经,则各房所阅卷多寡适均,可从容校阅,不至苟简矣。"[1]科考之中,《诗经》试卷素来以量大闻名,阅卷官员难以承担工作压力,才最终导致分房制度之废黜。而认取《诗经》的考生出于芸芸众生,自然构成了《诗经》类谜语、联语、酒令等文字游艺活动产生和盛行的丰厚的社会土壤。较之其他地域,吴地习经学《诗》风气至为浓厚,相关文字游艺的辑集撰述自然也就相应更为活跃。

《诗经》类文字游艺活动的实质在很大程度上是将三百篇的内容或教化意味世俗化。周玉波先生指出,"世俗化是经典化的逆过程,在文学发展史语境中,世俗化与经典化具有同等重要的意义","在文学发展史语境中,经典化是对作品的提纯与加精,确立文学审美的标高;世俗化是对经典作品的注水与摊薄,让经典之美惠及普罗大众。只有经典化,文学最终沦为精英一族的玩物,了无生气;只有世俗化,文学始终在山乡野道上狂奔,难以进入艺术的殿堂,经典化与世俗化的双向互动,才能成就文学发展史的瑰丽景观"。综合说来,明清时期,儒家经典的流传之中存在一个世俗化

---

[1] 赵翼《陔馀丛考》卷二十九,曹光甫校点,上海:上海古籍出版社,2011年,第545—546页。

运动,这不仅体现在文士诗人吟咏经书组诗的大量涌现,也包括民间文艺样式对于经书语句和义理的吸收和化用,清代民歌集《白雪遗音》所收录的【马头调】《诗经注》可为显例,但是一则因为这类材料历来不大受重视,传世极其零散,二则其作者与创作时代难以考明,如湖北房县民间至今流传诸多涉《诗》的歌谣,"我和情姐去采茶,二人同路把话答。参差荇菜左右流之,窈窕淑女寤寐求之,天知地知你知我知"[1],很可能是世代流传,众口传颂,是否源起于清际殊难考实,还需要进一步搜集材料,稽考论析。

迄于民国,随着科举制度的废除,经学教育渐趋崩颓,社会思潮之中"革命"取代晚清的"启蒙",成为主流,经学文字游艺失去了社会根基,风光不再。

---

[1] 转引自陈连山:《现代民歌中蕴涵的古代文化——对湖北房县民歌与古代典籍之间关系的考察》,陈平原主编:《中国俗文学》,北京:北京大学出版社,2011年。

高侪鹤《诗经图谱慧解》图像析论*

河北师范大学文学院 孟荣

《诗经图谱慧解》为清康熙年间高侪鹤所著①,仅见于中国国家图书馆与台北"国家图书馆"②,全书共91幅图③,为现存少数较

---

* 本文系河北省教育厅在读研究生创新能力培养资助项目,项目编号：CXZZBS2022058。

① 全书包括《诗经》图谱(专指绘图)和对《诗经》的注解两部分。各卷皆先图后注,每幅图后大都有一段简短的解释性文字。正文前附有《后愚诗说》《诗义参详》《诗经图谱引义》(包括《古今源流辨》《诗家源流》《论序》《论乐歌》《论子贡诗传》等共25条),注诗不主一家,汇集子夏《诗序》、子贡《诗传》、申培《诗说》、毛亨《传》、韩诗《传》、郑玄《笺》、朱熹《诗集传》等历代重要注家说诗,在《诗义参详》正引列出108家之多。注解部分主要依据朱熹《诗集传》以及子夏《小序》和子贡《诗传》。"于说诗之意,不背乎朱子；序诗之由,必附以序传,庶好古者不致执卷而坐暗室矣。""兹于篇什之伦次,仍依集传,于序、传二书,用以参详。"又为使注解更加明确而"按年记课",《后愚诗说》："诗既各有所指矣,比阅《竹书》《春秋》三传,具有实事,遂用《纲目》例,标之章句之首。而确有可证者,间用编年,盖以经证史,以史合经,弥复较然。"

② 中国国家图书馆著录为"抄本",台北"国家图书馆"著录为"第三次手稿本",文本内容有异,北京国家图书馆本成书较早。本文据台北"国家图书馆"本。

③ 《诗经图谱目》总目共计90页图(应为91页之误),二南"凡十有八图"、变风"凡三十有六图"(应为"三十有九图"之误)、小雅"凡十有八图"、大雅"凡十图"、三颂"凡有六图",图绘分别安插在各卷之首。另附有《天垣星次纪候图》《十五国地舆图考》《乐器兵车式》《日月交食图》。全书91幅图,作者自绘76幅,其余15幅出自王翚、高简、戴峻等6位名家之手。《后愚诗说》："故于三百篇,得其可以观感者,与名人状其风景,不啻置身其际。"多数为一诗一图,也有一诗二图(如《女曰鸡鸣》《东山》)、一诗三图(如《绵》),甚至一

完整的诗经图著作①。高侪鹤,约生于顺治十六年(1659),江苏长洲人,号蓼庄、后愚、石湖愚者。②

———————

诗十六图(《七月》)以及二诗(如《采蘩采蘋图》《车攻吉日图》《板荡图》)或多诗一图(如《清庙图》包含了《清庙》《有瞽》《雝》《酌》四首诗的诗意)的情况。91 幅图中上色完成者有44幅(其中 8 幅非高氏所绘),可见此稿本很可能非定稿。自序仿照马和之的笔意绘图,"三百篇之绘图也,其来旧矣,曾览类书、画谱,载宋孝宗朝命工部侍郎马和之绘三百篇图,因仿其意,以取其易于兴感者列各卷之首,以备古人遗义,俾诗篇之全旨而玩味不厌焉",认为"三百篇中惟赋体可以入图","兴比体皆属虚象,然以意逆志,以备兴感之由,他如淫奔离乱之什,概不登焉"。

① 以《诗经》作图的现象应该产生于很早,扬之水推测战国时期铜器上的很多线刻画都与《诗》意相关(扬之水《马和之诗经图》,《中国典籍与文化》2012 年第 1 期)。最早见于文献记载的是东汉刘褒的《云汉图》《北风图》(《历代名画记》卷四:"刘褒,汉桓帝时人,曾画《云汉图》,人见之觉热;又画《北风图》,人见之觉凉。")。之后陆续有《诗经图》的相关记录,但都没有流传下来。现存最早的诗经图是南宋马和之的《毛诗图》(文渊阁四库全书本《御定佩文斋书画谱》卷五十一:"马和之,钱塘人,绍兴中登第。善画人物、山水,笔法飘逸,务去华藻,自成一家,高孝两朝深重其画。毛诗三百篇,每篇俱画一图,官至工部侍郎。"文渊阁四库全书本《图绘宝鉴》卷四:"高孝两朝,深重其画,每书毛诗三百篇,令和之图。")。但降至清代已非完璧,乾隆帝惜其不全,于乾隆四年春到十年夏(1739—1745)携词臣与画院诸臣规抚马和之笔意,一起完成了《御笔诗经全图书画合璧》30 册,除了《诗经》原有的 305 篇以外,乾隆帝还依照朱熹《诗集传》之意补笙诗六篇,共计 311 篇。为《诗经》大规模作图(美术图)的作品,除了官方的马和之《毛诗图》与乾隆《御笔诗经图》外,民间仅见高侪鹤《诗经图谱慧解》与乾隆时期陈尹《毛诗图》粉本册页合集。其中陈尹的《毛诗图》粉本册页合集现藏于北京市文物研究所图书室,被定为善本图书珍藏。

② 参见高侪鹤著,吕珍玉审订:《图解诗经》,台北:联经出版社,2020年,第 16 页。高侪鹤生平资料极其稀少,仅留下《诗经图谱慧解》一书,《汤氏家谱》中收录了他哀悼康熙时理学名臣汤斌的挽诗《丁卯十月十一日睢州汤夫子卒,闻讣痛悼,爰志挽辞四十言,以述知遇之感》,自署长洲博士弟子员高侪鹤,可知他曾受汤斌的知遇之恩。

一、图像对文本的选择

高俟鹤仿照马和之《毛诗图》笔意而作图下面列述了三类,有依据《诗集传》作图的,也有摘句作的单纯的插画。

(一)纯粹根据《诗集传》之意而绘

如《兔罝》诗句的表面意义①为歌咏武夫,而《诗集传》认为:"化行俗美,贤才众多。虽罝兔之野人,而其才之可用犹如此,故诗人因其所事以起兴而美之。而文王德化之盛,因可见矣。"②高俟鹤在图中完全依照《诗集传》的意思,画了一位闲云野鹤的文士形象,丝毫未表现诗句的意义。

(二)配合《诗集传》之意而择句绘图

一般用云气或二人议论的方式来暗示《诗集传》所认为的诗的实际主题,而选择图绘的诗句一般为首句的起兴句。如《关雎》的图绘,用云气中的宫殿来暗示后妃之德,配合《诗集传》"后妃性情之正"③的诠释,再择取"关关雎鸠,在河之洲"④的句意而绘。《樛木》的图绘,用二人议论的方式来暗示实际主题,再选取首句的起兴句而绘。只不过在《樛木》的实际主题上,高俟鹤一方面认为子贡《诗传》正确,主题内涵应为歌咏文王之德,但又或许是迫于当时大环境的压力,依然按照《诗集传》认为的歌颂后妃之德来解释与

---

① 本文将《诗经》作品的词意或句意及整首诗所体现出来的意义统称为表面意义或表层意义,将《毛传》《诗集传》等经学意义称为实际主题或主题或主题内涵。若《诗经》的词意或句意与整首诗所体现出来的意义对举时,则称前者为表层物象或直接称为词意或句意,称后者为表层意义或诗义。

② (宋)朱熹撰,赵长征点校:《诗集传》,北京:中华书局,2017年,第8页。

③ (宋)朱熹撰,赵长征点校:《诗集传》,北京:中华书局,2017年,第3页。

④ (宋)朱熹撰,赵长征点校:《诗集传》,北京:中华书局,2017年,第2页。

图绘,但在画面中画了一个男性,含蓄表达了自己的观点。

(三)仅根据句意而绘

虽然有《诗集传》的诠释,但不易画出,径取句意以绘。单看这些图画看不出来所要表达的实际主题,相当于插图。这又分为两种情况,一种是描绘整首诗诗意的"全景式诗意图",一种是刻画部分内容的"取义式诗意图"①。全景式诗意图如《卷耳》既绘制了"采采卷耳,不盈顷筐。嗟我怀人,置彼周行"②的思妇现状,又绘制了高山来暗示丈夫登山乘马的场景,在一幅图内全景式地展示了诗意。《七月》诗绘制 16 幅图,犹如一幅幅的连环画,全景式地展示了诗意。取义式诗意图如《鸤鸠》根据"鸤鸠在桑,其子七兮"③而绘,《邶风·柏舟》根据"泛彼柏舟,亦泛其流"④而绘,《定之方中》根据"星言夙驾,说于桑田"⑤而绘,《殷武》根据"陟彼景山,松柏丸丸"⑥而绘。《汉广》绘"汉南游女图",《蒹葭》绘"蒹葭秋水图",《君子于役》绘"羊牛下来图",《烝民》绘"吉甫作诵图"等皆根据句意而绘。取义式诗意图所据以绘制的诗句主观性很强。

与《御笔诗经图》相比,《诗经图谱慧解》画作往往兼顾诗文的表层意义与实际主题,重忠实还原诗文,而《御笔诗经图》单方面表现诗文表层意义或单方面表现主题的画作比较多。

在《关雎》的图绘中,《诗经图谱慧解》用云气实现了诗文的表层意义与实际主题的连接,而《御笔诗经图》却没有体现实际主题。

---

① "全景式诗意图"与"取义式诗意图"的说法来自衣若芬:《春光秋波:看见文图学》,南京大学出版社,2020 年,第 119 页。
② (宋)朱熹撰,赵长征点校:《诗集传》,北京:中华书局,2017 年,第 5 页。
③ (宋)朱熹撰,赵长征点校:《诗集传》,北京:中华书局,2017 年,第 137 页。
④ (宋)朱熹撰,赵长征点校:《诗集传》,北京:中华书局,2017 年,第 23 页。
⑤ (宋)朱熹撰,赵长征点校:《诗集传》,北京:中华书局,2017 年,第 48 页。
⑥ (宋)朱熹撰,赵长征点校:《诗集传》,北京:中华书局,2017 年,第 376 页。

同样的,《樛木》的图绘中,《御笔诗经图》只画了在平地上的一棵树,上面缠绕着葛藤,《诗经图谱慧解》将缠绕葛藤的樛木画在了高高的悬崖上,悬崖下画一男一女,女子一手指着樛木,眼睛看向男子,似在向男子讲述樛木所代表的后妃之德,男子则抬头仰望樛木。《御笔诗经图》的这类单表诗文表层意义甚至只单表现单句诗意或题目的画作还有很多①,更多为名物学意义及装饰性价值。

在《卷耳》的图绘中,《诗经图谱慧解》将采卷耳与想象丈夫登山乘马的场景置于一幅图当中;《御笔诗经图》同样呈现了现实与想象两个场景,所不同的是现实的场景不再是采卷耳,而是画一个女子站在台阶上仰望天空思念她的丈夫。可见《御笔诗经图》中很多图绘已经不再过多关注诗文的表层物象,而是径取诗义绘图。

二、图像的内容特点

(一) 政教色彩浓厚

马和之《毛诗图》与乾隆《御笔诗经图》都是由官方组织绘制的,带有政教色彩是很正常的,据学者研究,《御笔诗经图》的政教色彩要比马和之《毛诗图》更加浓厚。②《诗经图谱慧解》作为一部私人写作的民间图书,照常理推测应该不会带有很浓厚的政教色彩,然而事实却并非如此。

《诗经图谱慧解》在自序选篇绘图的标准时提到"他如淫奔离

---

① 参见吴璧雍:《从诗经图发展史看清代乾隆〈御笔诗经图〉》,《故宫学术季刊》1991年第3期。

② 参见吴璧雍:《从诗经图发展史看清代乾隆〈御笔诗经图〉》,《故宫学术季刊》1991年第3期。

乱之什,概不登焉"①,可见其一开始就带有鲜明的政教色彩。《诗经图谱慧解》少有装饰性的插图,大都会在绘图中点出其政教意义,如上文提到的《关雎》《樛木》等诗。对于《邶风·柏舟》,《诗集传》的注释为"妇人不得于其夫,故以柏舟自比"②。《御笔诗经图》按照《诗集传》的诠释绘图,而高侪鹤却因其为"变风之首"就很潦草地绘制了一幅图。"国以民为本也,而民之至苦莫甚于农"③,高侪鹤十分注重并绘制了很多农业方面的图,如《七月》《无羊》《楚茨》《信南山》《甫田》《大田》《民劳》《载芟》《駉》等诗的配图,此外作者还特意补充了三幅《豳雅总图》:《迓田祖》《攘其左右》《斯仓斯箱,遗秉》,展现了从开始播种到最后丰收的全过程。"《豳风图》为农桑衣食之原"④,具有很强的政教意义,以最具代表性的陈述王业艰难的《七月》图为例,马和之省略了一年四季具体的劳作情况,只突出了耕作之辛劳与丰收之喜悦;《御笔诗经图》构图与马和之相同。高侪鹤却作了十六幅图:《七月流火图》《授衣图》《于耜举趾图》《妇子馌饷图》《豳女求桑图》《八月萑苇图》《蚕月条桑图》《八月载绩图》《五月鸣蜩图》《私豵献豜图》《斯螽图》《亨葵剥枣图》《春酒介眉图》⑤《采荼薪樗图》《筑场纳稼图》《跻堂称祝图》,详细描绘了农民一年四季的劳动过程和生活情况,足可见高侪鹤对《七月》诗的重视程度。高侪鹤特别重视农业,在《葛覃》的绘图

---

① (清)高侪鹤:《诗经图谱慧解》,清康熙间第三次手稿本。
② (宋)朱熹撰,赵长征点校:《诗集传》,北京:中华书局,2017年,第23页。
③ (明)宋濂:《钦定四库全书·恭题豳风图后》,《文宪集》,第1223册,台北:台湾商务印书馆,1986年,第629页。
④ (清)赵尔巽等:《清史稿》卷三百八十五,北京:中华书局,1977年,第11677页。
⑤ 此题目来自高侪鹤著,吕珍玉审订:《图解诗经》,台北:联经出版社,2020年,第132页,原书无题。

中,《诗集传》云:"此诗后妃所自作,故无赞美之词。然于此可以见其已贵而能勤,已富而能俭,已长而敬不驰于师傅,已嫁而孝不衰于父母。是皆德之厚,而人所难也。《小序》以为'后妃之本',庶几近之。"高侪鹤注重了后妃的勤俭,绘制《后妃采葛图》,《御笔诗经图》侧重表现后妃的孝与敬,画了"言告师氏,言告言归"的场面。《楚茨》与《信南山》的重点都在祭祀,《御笔诗经图》都是描绘的祭祀的场面,而《诗经图谱慧解》却都画成了劳动的场面。《殷武》的配图也未按《诗集传》诠释绘成祭祀图,而是因有感于作庙之不易而绘《景山松柏图》。此外,他对"孝"也很注重,绘制了感人至深的《蓼莪》图,更在《伯兮》的绘图中加入了"种萱孝母"的意思。①

高侪鹤《诗经图谱慧解》政教色彩浓厚的原因很可能与清代"化俗导愚"的劝善运动有关,顺治颁行六谕②,康熙颁布圣谕十六条③,皆十分重视对平民的教化。从《诗经图谱慧解》来看,康熙时期的劝善运动是十分成功的。

(二)重描绘过程,少宏大场面

与《御笔诗经图》相比,《诗经图谱慧解》重视对过程的描绘。《芣苢》的绘图中,《慧解》绘制采芣苢的过程,《御笔》绘采完归来的场景;《汝坟》中,《慧解》绘"未见君子"的场景,《御笔》描摹"既见"

---

① 萱草意象代表母亲是从唐代开始的,高侪鹤明显囿于自身所处时代及知识水平,无法做到准确考证。
② 此六谕源自明太祖圣谕六言,《明太祖实录》:"孝顺父母,尊敬长上,和睦乡里,教训子孙,各安生理,毋作非为。"
③ 《圣祖仁皇帝实录》:"朕今欲法古帝王,尚德缓刑,化民成俗,举凡敦孝弟以重人伦,笃宗族以昭雍睦,和乡党以息争讼,重农桑以足衣食,尚节俭以惜财用,隆学校以端士习,黜异端以崇正学,讲法律以儆愚顽,明礼让以厚风俗,务本业以定民志,训子弟以禁非为,息诬告以全良善,诫窝逃以免株连,完钱粮以省催科,联保甲以弭盗贼,解仇忿以重身命。"

的团圆图;《甫田》中,《慧解》绘开始耕种的过程,《御笔》绘收成后的农夫之庆;《泮水》中,《慧解》重迎接的过程,《御笔》重迎接后的宴饮场面。总之,《慧解》更注重进行时,《御笔》更注重完成时。

与《御笔诗经图》相比,《诗经图谱慧解》少有宏大场面的描绘。如《皇皇者华》的图绘中,《慧解》只画了一人一仆一马,而《御笔》则画了浩荡的出使图。类似还有《车攻》《瞻彼洛矣》等诗的配图。

从《诗经图谱慧解》中图像内容可见高侪鹤肆意的情感宣泄与理性和想象力的缺乏。

三、图像的艺术特色

整体看来,《诗经图谱慧解》中的图画大量运用拼凑构图法,二人议论的构图模式也很常见,注重整体性构图,注重对景物的描绘。在构图上,有的饱满充分,有的大量留白,大多上松下紧,疏密有致。纵深感较强,注重冷色暖色的结合运用。

(一)拼凑构图法的大量运用

《诗经图谱慧解》常常将两种景象拼凑在一幅图中,可能是诗的表层意义与实际主题的拼凑,也可能是诗意中现实与幻想两个时空的拼凑,还可能是主图与辅助图的拼凑,常用云气分隔开来,也有直接将两种场景画在一起的。

《关雎》这首诗的配图,上三分之一的画面为高低起伏的远山,下三分之一的画面画了河中的一个小洲,洲上有两只雎鸠鸟在张开嘴巴鸣叫,取"关关雎鸠,在河之洲"[1]之意,中三分之一的画面画了一团云气,宫殿在云气里若隐若现,暗示此诗的主题为歌颂后

---

[1] (宋)朱熹撰,赵长征点校:《诗集传》,北京:中华书局,2017年,第2页。

妃之德。用云气连接诗的表层意义与实际主题的图绘还有《麟趾》《鹿鸣》等诗的配图。《螽斯》的配图比较特殊,直接将诗的表层意义与实际主题呈现在一幅图里,未使用云气相接。

《卷耳》的配图中,下半段画一位神情忧郁、陷入沉思状态的女子提着一个空的小筐走在大道的旁边,身后跟着一个担心地看着她的侍女,女子的周围长满了卷耳,取"采采卷耳,不盈顷筐。嗟我怀人,寘彼周行"①意;上半段画高山及阶梯,暗示想象中丈夫登山乘马的场景,如此便将现实与想象融入一幅图当中。相类似的还有《草虫》《庭燎》等诗的配图,只是《庭燎》配图中运用了云气表示想象中深宫问夜的场景。

《板荡图》中紧闭的门里有一群小人在指手画脚、侃侃而谈,门外有两个为国家忧虑的人在交谈,其中一人一手指着紧闭的大门,似在感叹。左上方留白处画了一团云气,云气里隐现着宫殿,暗示此图中场景发生的地点是在皇宫。此图运用云气实现了主图与辅助说明地点的图的拼凑。与此相似的构图还有《羔裘退食图》(云气后的场景暗示人物返回的地点)和《吉甫作诵》(云气后的场景暗示人物身份)。

在拼凑构图法中,云气起到了一个衔接过渡的作用,使两个画面的结合井然有序。同时具有调节构图语言的作用,云气里所画的场景大都比较简略,只是起到一个疏密引导的作用,使得整体画面主次分明。

《御笔诗经图》比《诗经图谱慧解》更大量运用云气分隔两个场景的拼凑构图法,而且有时用山线代替云气,如《扬之水》。有的学者大都认为这种构图法是《御笔诗经图》的原创,认为这可以"表明

---

① (宋)朱熹撰,赵长征点校:《诗集传》,北京:中华书局,2017年,第5页。

《御笔诗经图》与马和之《诗经》图之间并非是纯模仿的关系"①,很显然这种观点是错误的。我国台湾学者吴璧雍根据马和之《豳风·狼跋》的构图推断这种使用云气构图的方式可能出自马画②,应该是正确的。马和之用云气构图的画法应该传承自佛教壁画。③

(二)二人议论的构图模式

《诗经图谱慧解》对于图像难以表达的画外之意,常常用二人或多人议论的方式呈现。比如在《樛木》的图绘中,用一男一女的议论来表示后妃之德;在《淇奥》的图绘中用二人议论来表示武公之德;在《崧高》的图绘中用三人议论来表示高山所代表的伟人内涵;《螽斯》的图绘用五人议论来表现后妃之德,等等。在这些图绘里,这些议论的人化身为诗意的解说员,向观者诉说着作图者所认为的诗意。《御笔诗经图》中更加大量运用了这种构图方式。与《诗经图谱慧解》一样,二人议论的构图最多,如《桃夭》《汉广》《麟之趾》等;其次是三人,如《式微》《二子乘舟》《淇奥》等;多人的较少,如《螽斯》。马和之《毛诗图》中这种构图模式也很常见,如《伐柯》《采苓》《破斧》《蟋蟀》等,也是以二人议论为主。可见这种构图模式应该来源于马和之《毛诗图》,《诗经图谱慧解》与《御笔诗经图》继承了这种构图模式。

(三)重整体构图和描绘风景

《诗经图谱慧解》的构图比较注重整体,视野广阔。在《螽斯》的图绘中,《慧解》用疏密对比来突出主题"螽斯",画的是"大景";

---

① 马迎珺:《〈诗经〉文图关系研究》,南京大学2014年硕士论文。
② 吴璧雍:《从诗经图发展史看清代乾隆〈御笔诗经图〉》,《故宫学术季刊》1991年第3期。
③ 参见孙淼:《马和之及其名下〈豳风图〉研究》,浙江大学2018年硕士论文。

而在《御笔诗经图》中,用人物的神态表情来突出主题,画的是"小景"。在《蟋蟀》的图绘中,《诗经图谱慧解》与《御笔诗经图》都依据《诗集传》的诠释绘图,《御笔诗经图》集中描绘了一个家庭的饮酒欢乐,画的是"小景";而《诗经图谱慧解》着意于整个村庄,画的是"大景"。在《衡门》的图绘中,马和之画处于简陋茅屋的隐士望着门前的水流场景,画的是"小景"。①《诗经图谱慧解》用疏密和远近对比来突出主题,画的是"大景"。由于追求整体性的大景,《诗经图谱慧解》的构图有时会显得分散。如《吉日攻车图》②。

《诗经图谱慧解》注重对景物的描绘,景物比较多,画得比较细腻。比如《衡门》的图绘中,《慧解》的风景占据了极大的画面,马和之《诗经图》及《御笔诗经图》中风景只起到一个点缀作用。《诗经图谱慧解》每一幅图都有景物,对于山水的描绘,《御笔诗经图》大都是寥寥几笔勾勒轮廓,《诗经图谱慧解》却画得细腻真实,如《关雎》的图绘。同时五彩斑斓,生动活泼。

《诗经图谱慧解》不注重刻画人物细节,人物很粗疏,常常是人小景大。《御笔诗经图》多注重于人物的神态表情及情感表达。在《螽斯》的绘图中,《御笔诗经图》中的人物衣带飘扬,头饰及面部表情清晰可见,仪态端庄,人物视线集中于树干小小的螽斯身上,而《诗经图谱慧解》中的人物面部模糊不清,只能靠手指向螽斯。《匪风》都画西归途中东望"顾瞻周道"的场面,《诗经图谱慧解》描绘人物脸部朝东,而《御笔诗经图》则绘一主一仆西归时主人回头望向东方的场面,比起《诗经图谱慧解》的简单直白,更加有意味。

---

① 《御笔诗经图》中《衡门》的构图与马和之的完全相同。
② 此题目来自高侨鹤著,吕珍玉审订:《图解诗经》,台北:联经出版社,2020年,第148页,原书题为《东都行狩》,是合《车攻》《吉日》两首诗诗意而作。

《诗经图谱慧解》也不注重对动物的刻画。如《駉》的绘图,马和之画出了马的高大肥壮,姿态万千,《御笔诗经图》虽然简练但也画出了马的肥壮,正面侧面、静止跑动都有体现,而高侪鹤画的马显得矮小瘦弱,像羊一样,而且马的神态雷同。

高侪鹤在《家训》中说:"今人储仇、唐画一幅,悬之,见闻不加益,学问不加长,性情不终移。"①可见其评判作品的标准是以实用为目的的,轻视审美。同时,《诗经图谱慧解》的目标读者是一般的平民,因此,图画简单直白、艺术性不高也就不足为奇了。

《诗经图谱慧解》是高侪鹤穷二十余年功力写就的,用力甚勤,十分珍爱②,却因解诗参考伪书③,图画艺术性不高而近三百年无

---

① (清)高侪鹤:《诗经图谱慧解》,清康熙间第三次手稿本。
② 《后序》:"自庚午至丁亥,绩思程课,得就粗稿。至己丑冬,增修始毕,前后屈指已二十余年。"《家训》:"如愚著是编,耗二十余年,精卫穷稽博考,实使古圣贤正旨千载复章,使文人学士之心,一见而生兴感,且山川风物,展卷而得异趣。非千古以来之珍赏乎!以之世宝,曰某氏有传家物,是吾愿也。"书名自云"慧解",版心下方记"高子撰录",可见其自视甚高,颇为自负。总体来看,其图绘艺术性不高;注解参引众家,但以《诗集传》为宗,符合其所处时代的大环境。应该说高侪鹤是康熙年间一个典型的普通文人。
③ 高侪鹤解诗很大程度上参考了被认为是伪书的《诗传》,高侪鹤在《后愚诗说》中认为"《诗》之有序与传也,尤《易》之有彖、象、文言,春秋之有三传也。如序、传可废,诗之原委,茫然无端,亦何从摹状其性情、窥寻其体貌乎"。以至于张寿镛在称赞其《诗经图谱慧解》绘图精美以及用力甚勤的同时,可惜他"以伪书为的脉,二十年之心血付诸无何有之乡"(张寿镛《约园杂著》三编,上海:上海书店,1992年,第2页)。除参考伪书外,注解中无依据的独断也很多。

人问津①。但作为为数不多的《诗经》图,《诗经图谱慧解》对于研究马和之《毛诗图》的绘制及传存情况、《御笔诗经图》的创作情况、《诗经》图史、清初解经特色与方式等都有重要的价值。

---

① 遍检清代的目录著作及笔记资料,皆不见著录此书,甚至不见于《清史稿·艺文志》。最早对这部书做出评价的是郑振铎,他在1940年给张寿镛的信中评价此书"绘画甚佳,是'美术'品,非仅'著作'也"。[战时,协助本馆前身中央图书馆搜购珍贵古籍的"文献保存同志会"成员郑振铎,于民国二十九年五月一日写给另一成员张寿镛的信中,提及此编,说:"中国书店又交来《诗经图谱》一部,计十二(疑为'二十'之误)册,绘画甚佳,是'美术'品,非仅'著作'也。初索价甚昂,经数日之接洽,大约可以八百元收之。如嫌价昂,则还之可也。惟彼辈拟携宁(南京),售之某奸,故甚踌躇,不欲放手。乞鉴阅并裁决。"想必后来裁决收购,故现藏本馆善本书库。幸甚!险甚!("国家图书馆"退休馆员卢锦堂《诗情画意——〈诗经图谱慧解〉"国家图书馆"古籍善本杂咏之五》,《全国新书资讯月刊》,2010年十月号)]后来张寿镛在《约园杂著》中称赞其图绘精美。[辛巳(1941)秋为公家访书,余爱其图绘之精,颇思请画工摹之,而未得其人,于是仅录其解十卷,凡六册,后序云:"自庚午至丁亥得就初稿,至己丑冬增修始毕,前后二十余年。"高氏用力于诗诚勤矣!(张寿镛:《约园杂著》三编,上海:上海书店,1992年,第2页。)]1967年台湾商务印书馆出版的《重修清史艺文志》著录了此书。1974年台湾文海出版社影印的《清代稿本百种汇刊》包含了此书,1991年江苏广陵古籍刻印社亦影印了此书,但图绘影印都很模糊。2000年出版的《清史稿艺文志拾遗》著录了此书,2012年出版的《中国古籍总目·经部》亦著录了此书。虽然有两个出版社进行了影印并有了一些相关的记录,但一直被学术界忽略。2017年早稻田大学原田信博士学位论文《〈诗经〉图谱的基础性研究——图谱的继承与拓展》将《诗经图谱慧解》作为图解《诗经》的情景画进行了研究。2018年李奕霏《〈诗经〉图谱研究综述》(《南方论刊》2018年第12期)亦介绍了《诗经图谱慧解》。2020年台湾联经出版社出版了《图解诗经》,彩印了《诗经图谱慧解》里面的图像,并由《诗经》研究专家吕珍玉解读,首次对《诗经图谱慧解》中的图像进行整理并作了简要研究。